Im Knaur Taschenbuch Verlag ist bereits folgendes Buch der Autoren erschienen:
Die Bestie von Florenz

Über die Autoren:
Douglas Preston wurde 1956 in Cambridge, Massachusetts, geboren. Er studierte in Kalifornien zunächst Mathematik, Biologie, Chemie, Physik, Geologie, Anthropologie und Astrologie und später Englische Literatur. Nach dem Examen startete er seine Karriere beim American Museum of Natural History in New York. Eines Nachts, als Preston seinen Freund Lincoln Child auf eine mitternächtliche Führung durchs Museum einlud, entstand dort die Idee zu ihrem ersten gemeinsamen Thriller, »Relic«, dem mittlerweile siebzehn weitere internationale Bestseller folgten. Douglas Preston schreibt auch Solo-Bücher (»Der Codex«, »Der Canyon«) und verfasst regelmäßig Artikel für diverse Magazine. Er lebt mit seiner Frau und seinen drei Kindern an der US-Ostküste.
Weitere Informationen zu den Büchern von Douglas Preston und Lincoln Child finden Sie ab Seite 251.

Mario Spezi ist ein mehrfach ausgezeichneter Journalist, der über viele der großen Verbrechen in Italien – von Mafiaaktivitäten bis Terrorismus – geschrieben hat. Er hat bereits zahlreiche Romane und Sachbücher veröffentlicht.

Douglas Preston
Mario Spezi

Der Engel mit den Eisaugen

Deutsch von
Kathrin Wolf und Maria Zybak

Knaur Taschenbuch Verlag

Die amerikanische Originalausgabe erschien 2013 unter dem Titel
»The Witch of Perugia« bei Grand Central Publishing, New York.

Besuchen Sie uns im Internet:
www.knaur.de

Deutsche Erstausgabe April 2013
Knaur Taschenbuch

Redaktion: Boris Heczko
Umschlaggestaltung: ZERO Werbeagentur, München
Umschlagabbildung: plainpicture
Satz: Adobe InDesign im Verlag
Druck und Bindung: CPI – Clausen & Bosse, Leck
Printed in Germany
ISBN 978-3-426-51346-0

2 4 5 3 1

EINLEITUNG VON DOUGLAS PRESTON

Am 2. November 2007 wurde in der schönen alten Stadt Perugia, umgeben von den Hügeln der Toskana, eine junge Engländerin namens Meredith Kercher ermordet in dem Haus aufgefunden, das sie sich mit mehreren anderen Studentinnen teilte. Die halbnackte Leiche lag unter einer Daunendecke auf dem Boden ihres Zimmers. Man hatte Meredith die Kehle durchgeschnitten, es gab Anzeichen für sexuelle Gewalt und Raub. Dies war einer der spektakulärsten Mordfälle, den Perugia seit mehr als dreißig Jahren erlebt hatte, und er beherrschte die Titelseiten der italienischen Zeitungen. Vier Tage später, am 6. November, verkündeten Polizei und Staatsanwaltschaft triumphierend auf einer Pressekonferenz in Perugia, dass der Fall gelöst sei und man die drei Mörder verhaftet habe; einer habe bereits ein Geständnis abgelegt. »Der Fall ist aufgeklärt«, hieß es. Die Nachricht ging um die Welt.

Einige Tage später wurde gemeldet, dass eine amerikanische Studentin namens Amanda Knox mit zwei anderen Personen in den Mord verwickelt sei, den die Staatsanwaltschaft als eine Art sexuell-satanisches Ritual unter Drogeneinfluss bezeichnete. Am 12. November erschien in der *New York Times* ein Artikel mit der Überschrift »Grausiger Mord hält italienische Universitätsstadt in Atem«. In dem Artikel hieß es unter anderem:

»Es hat Ms. Knox nicht geholfen, dass sie laut Darstellung des Richters ihre Aussage mehrmals änderte. Zuerst erzählte sie der Polizei, sie sei in der Nacht, als Ms. Kercher starb, vom 1. auf den 2. November, mit Mr. Sollecito in dessen Wohnung gewesen … Beim Verhör gab sie an, sie habe sich in der Küche des gemeinsam bewohnten Hauses aufgehalten, Ms. Kerchers Schreie gehört, … habe sich die Ohren zugehalten, das Haus fluchtartig verlassen und erinnere sich sonst an nichts. Vergangenes Wochenende behauptete sie erneut, sie sei an jenem Abend gar nicht in dem bewussten Haus gewesen.«

Als ich das las, dachte ich, wie vermutlich die meisten Amerikaner, dass Amanda Knox schuldig sei. Ich speicherte den Mord als eines dieser grausigen, sinnlosen Verbrechen, wie sie psychisch gestörte, vermutlich unter Drogen stehende Menschen begehen.
Einige Tage später rief mich ein Mann namens Tom Wright an, und seine tiefe, sonore Stimme bebte geradezu vor Empörung. Wright stellte sich mir als Freund der Familie Knox vor; seine Tochter und Amanda seien enge Freundinnen. Er sei felsenfest überzeugt, versicherte er, dass Amanda nicht fähig sei, einen Mord zu begehen. Er habe sich mit der Sache beschäftigt und sofort gespürt, dass da etwas nicht stimmte. Das Geständnis, sagte er, sei nach einem vierzehnstündigen Verhör erfolgt, bei dem die Polizei Amanda physisch und psychisch unter Druck gesetzt habe. Der italienischen Presse werde eine Menge falscher, nachteiliger Informationen zugespielt, was die Öffentlichkeit gegen Amanda einnehme. Genau diese Informationen würden von der amerikanischen Presse aufgegriffen, wodurch sich auch in ihrem Heimatland die öffentliche Meinung gegen sie wende. Die italienischen Anwälte der Familie, berichtete Wright weiter, hätten ihnen verboten, mit Journalisten zu sprechen, und so werde ihre Seite der Geschichte gar nicht bekannt. Es müsse etwas getan werden, um diese Flut an falschen Informationen zu stoppen und einer unschuldigen jungen Frau, die zu Unrecht des Mordes beschuldigt wurde, zu helfen.
Ich fragte Wright, warum er gerade mit mir Kontakt aufgenommen habe.
Es herrschte kurzes Schweigen in der Leitung, und dann sagte er: »Weil Oberstaatsanwalt Giuliano Mignini mit diesem Fall befasst ist. Er treibt mit Amanda das gleiche Spiel wie mit Ihnen und Mario Spezi.«
Bis zu diesem Moment hatte ich gar nicht gewusst, dass Mignini mit der Sache befasst war. Ich nahm Wright keineswegs sofort

alles ab, was er vorbrachte. Natürlich würden Amandas Familie und ihre Freunde sie verteidigen, ganz gleich, wie die Beweislage aussah. Aber ich hatte das Gefühl, dass ich mir die Sache näher anschauen sollte, um mir eine eigene Meinung zu bilden.

Als Erstes rief ich Mario Spezi an. Spezi und ich haben zusammen das Buch *Die Bestie von Florenz* geschrieben, in dem es um einen Serienmörder geht, der zwischen 1974 und 1985 in den Hügeln der Toskana junge Liebespaare umbrachte. Diese Mordserie wurde bis heute nicht aufgeklärt. Unser Buch hatte bei ebenjenem Staatsanwalt Giuliano Mignini, der die Ermittlungen damals teilweise leitete, heftigen Unmut erregt. Als Mignini erfuhr, worüber wir schrieben, ließ er mich zur Vernehmung vorladen, die in Italienisch und ohne Anwalt durchgeführt wurde. Bei dieser Vernehmung beschuldigte er mich der Beihilfe zu diesen Morden und forderte mich auf, ein Geständnis abzulegen. Als ich erklärte, dass ich kein Verbrechen gestehen würde, das ich nicht begangen hätte, beschuldigte er mich des Meineids, der Behinderung der Justiz und anderer Vergehen. Dann bedeutete er mir, dass ich am besten möglichst schnell ausreisen solle, andernfalls müsse ich mit einer Verhaftung rechnen. Nachdem ich Italien mit meiner Familie fluchtartig verlassen hatte, ließ Mignini Mario Spezi verhaften und ins Gefängnis werfen mit der Begründung, er sei in die Morde des Monsters von Florenz verwickelt. Nach internationalen Protesten sah Mignini sich gezwungen, Spezi auf freien Fuß zu setzen und die Beschuldigungen gegen mich fallenzulassen. (Die ganze Geschichte ist in *Die Bestie von Florenz* nachzulesen.) Mignini brachte sein Vorgehen bei den Morden von Florenz eine Anklage wegen Amtsmissbrauchs und anderer Vergehen ein.

All das bewirkte, dass ich jeden Fall, in den Mignini involviert war, mit äußerst skeptischen Augen betrachtete. Ich fragte Spezi, ob er denn etwas über den Kercher-Mord wisse. Spezi erwiderte, er habe sich ursprünglich nicht als Journalist für den Fall interessiert, doch als er erfuhr, dass Mignini die Untersuchung leitete, habe er die Hände vors Gesicht geschlagen und aufgestöhnt: »Mein Gott, was wird er jetzt wieder anrichten? Welchen armen, unschuldigen Menschen wird er jetzt wieder ins Gefängnis bringen?«

Mario und ich nahmen uns nun den Fall professionell vor, als Journalisten. Je weiter unsere Recherchen gediehen, desto weniger konnten wir das Ganze nachvollziehen. Es begann schon damit, dass man »Fall aufgeklärt« verkündete, ehe überhaupt die Spuren vom Tatort ausgewertet worden waren. Eigenartig. Zum anderen erklärten Polizei und Staatsanwaltschaft von Perugia, man brauche gar keine Spuren auszuwerten, um zu wissen, dass Amanda Knox und ihr Freund Raffaele Sollecito schuldig seien. »Wir konnten die Schuld nachweisen«, erläuterte Kommissar Edgardo Giobbi, »indem wir die psychischen und verhaltensmäßigen Reaktionen der Verdächtigen während der Verhöre genau beobachteten. Andere Ermittlungsmethoden erübrigen sich, da diese Methode uns in kürzester Zeit zu den Schuldigen geführt hat.«

Als dann die Ergebnisse der Spurensicherung vorlagen, zeigte sich, dass sie keineswegs auf die in Haft befindlichen Verdächtigen hinwiesen. Es gab nicht eine einzige DNA-Spur von Amanda Knox, ihrem Freund und einer dritten Person, die mit ihnen verhaftet worden war. Stattdessen war der Tatort geradezu gepflastert mit DNA-Material einer vierten Person, eines von der Elfenbeinküste stammenden Herumtreibers, Kleinkriminellen und Drogendealers namens Rudy Guedé. Seine DNA wurde außen am Opfer gefunden, in dessen Vagina und im Portemonnaie, aus dem Geld genommen worden war. Blutige Fingerabdrücke von Guedé fanden sich an den Wänden, Fäkalien von ihm in der Toilette, wo nicht nachgespült worden war. Nach der Tat hatte sich Guedé nach Deutschland abgesetzt. Er wurde nach Italien zurückgebracht, wo er eine völlig unglaubhafte Geschichte erzählte: dass er mit dem Opfer einvernehmlich Sex gehabt habe und dann ins Bad gegangen sei. Während er ein paar Meter entfernt die Toilette benützte, sagte er, und auf seinem iPod Musik hörte, sei jemand anders in die Wohnung eingebrochen und habe das Opfer ermordet. Er habe wegen der Ohrstöpsel nichts gehört. Als er herauskam, habe er den Mörder überrascht und mit ihm gerungen, doch der Mann konnte flüchten. Aus Angst, dass man ihm selbst die Schuld zuschieben könnte, habe er sich aus dem Staub gemacht; währenddessen erstickte das Opfer an seinem eigenen Blut. Später ging er noch in einer Disco tanzen, ehe er nach Deutschland flüchtete.

Für mich war nach Lektüre dieser Aussage klar, dass Guedé der alleinige Täter war, dass Amanda und Raffaele zu Unrecht in Haft saßen. Es war ein banaler Raub, bei dem das Opfer anschließend vergewaltigt und ermordet wurde.

Doch die Polizei hatte Amanda und Raffaele nicht freigelassen. Vielmehr hatte sich Mignini offenbar eine Geschichte aus den Fingern gesogen, dass Amanda Knox und Raffaele Sollecito sich mit Guedé – den sie überhaupt nicht kannten – zusammengetan hätten, um an Halloween unter Drogeneinfluss einen sexuell-satanischen Ritualmord durchzuführen. Für diese verrückte, rein hypothetische Spekulation schien es keinerlei Beweise zu geben. Es war mir ein Rätsel, warum Mignini und die Polizei von Perugia unbedingt zwei unschuldige Menschen unter Mordanklage stellen wollten, obwohl sie den Mörder doch schon hatten. Das ergab überhaupt keinen Sinn. Was ging da vor? Je intensiver Mario Spezi und ich uns mit diesem seltsamen Fall befassten, desto klarer schien uns, dass mehr dahintersteckte. Allem Anschein nach bemühten sich die dortige Polizei und Staatsanwaltschaft – und insbesondere Giuliano Mignini – weder um Wahrheitsfindung noch um Gerechtigkeit. Ihr Vorgehen schien von anderen Motiven bestimmt. Aber von welchen? Und warum?

Nun begann Mario Spezi, sich ernsthaft mit diesem Fall zu befassen. Und was er herausfand, war echter Sprengstoff.
Vier Jahre später wurden Amanda Knox und Raffaele Sollecito im Berufungsverfahren von der Mordanklage freigesprochen und aus der Haft entlassen. Das Berufungsgericht befand, dass sie aufgrund falscher Beweise verurteilt worden seien. Der erste Prozess war ein so ungeheuerlicher Hohn auf die Gerechtigkeit gewesen, dass elf Parlamentsabgeordnete einen Protestbrief an den italienischen Staatspräsidenten schrieben und eine Untersuchung forderten. Diese Untersuchung fand niemals statt. Bisher waren die Hintergründe dieser Justizfarce nicht bekannt.
Hier, in *Der Engel mit den Eisaugen,* kommt nun endlich die erschreckende Wahrheit ans Licht.
Mario Spezi hat in den vergangenen vierzig Jahren über etliche der spektakulärsten Verbrechen in der modernen italienischen Geschichte berichtet: über Delikte mit terroristischem Hintergrund, über Verbrechen im Umfeld der Mafia, über Sekten- und Serienmorde. Er zählt auf diesem Gebiet zu den bekanntesten Journalisten Italiens. Dank seines Informantennetzes, das er im Laufe vieler Jahre innerhalb der Polizei, der Carabinieri und des Justizapparats aufgebaut hatte, konnte er besser als jeder andere der Wahrheit auf die Spur kommen. Es ist eine fesselnde Geschichte, packend erzählt und manchmal derart absurd, dass man sie kaum glauben mag – doch jedes Wort ist wahr.
Dieses Buch bringt ans Licht, wie es zuging, dass Amanda Knox und Raffaele Sollecito zu den Mördern von Meredith Kercher gemacht wurden.

DIE GESCHICHTE VON MARIO SPEZI

Kapitel 1

Auf die Frau mit dem stark geschminkten Gesicht, der auffallenden Kleidung und dem zerzausten, blondgefärbten Haar, die am Morgen des 3. November 2007 in einem dicken Mercedes aus Rom ankam, dürfte die Stadt nicht wesentlich anders gewirkt haben als auf Charles Dickens, der sie vor ungefähr 150 Jahren beschrieb: »Das durch Natur und menschliche Kunst stark befestigte Perugia, das unvermittelt aus der Ebene emporsteigt …«
Nach Perugia kommt niemand durch Zufall.
Der Autor von *Oliver Twist* hatte sich zum Colle del Sole begeben – der Anhöhe, aus der Perugia emporsteigt –, um seinen *Reisebildern aus Italien* ein weiteres Kapitel hinzuzufügen. Der Grund, aus dem die Frau in dem Mercedes dorthin fuhr, war sehr viel spezieller – Gott führte sie.
Auch wenn das Motiv für eine Reise nach Perugia normalerweise kein so gewichtiges sein dürfte, begibt man sich doch nur mit einem besonderen Anliegen dorthin, denn die Stadt liegt weitab von allen üblichen Verbindungswegen. Ganz allein mitten in Umbrien, der einzigen Region, die nicht ans Meer grenzt, war Perugia von jeher isoliert. Und dies im Zentrum Italiens, eines Landes, umgeben vom Mittelmeer, einer großen Brücke zwischen unterschiedlichen Kulturen. Seit Jahrhunderten führen die italienischen Hauptverkehrsstraßen weit an Perugia vorbei, und zwar mit allem, was sie transportieren: Menschen, Dinge, Ideen. Nach dem gleichen Prinzip wurden später Eisenbahnen gebaut und schließlich Autobahnen. Seit Jahrhunderten läuft alles um Perugia herum, ohne die Stadt je zu berühren, ja, es ist fast, als würde sie gemieden, allein gelassen mit ihrer Vergangenheit und mit Geistern, die noch in der Gegenwart fortleben.

Gott hatte die Frau in dem Mercedes mit einer Mission von größter Wichtigkeit betraut: Von ihr hing nicht nur die Rettung eines einflussreichen Mannes ab, sondern gar die Rettung des italienischen Staates selbst. Und die Zeit, die Gott ihr gegeben hatte, war schrecklich kurz. So gesehen, konnten der Mann und Italien von Glück sagen, dass es möglich ist, Perugia von Rom aus in weniger als zweieinhalb Stunden zu erreichen.

Das eigentlich Außergewöhnliche war, dass die Nachricht ihr nicht wie sonst durch die Seele des vor einigen Jahren verstorbenen Pater Gabriele gesandt worden war, und auch nicht durch die Madonna von Fátima, mit der die Frau inzwischen bestens vertraut war. Nein, sie kam direkt von IHM.

Gabriella Carlizzi, eine Römerin aus gutbürgerlichem Haus, noch nicht ganz sechzig, hatte die himmlische Botschaft vor ein paar Tagen im Morgengrauen erhalten, und da es ihr dank ihrer ungewöhnlichen, übernatürlichen Fähigkeiten gelungen war, etwa siebzig Anhänger um sich zu scharen, machte sie sich umgehend daran, die Neuigkeiten in ihrem Blog *lagiustainformazione.it* zu veröffentlichen, über den sie seit einigen Jahren mit ihrer Fangemeinde kommunizierte.

In den frühen Morgenstunden des 1. November, an Allerheiligen, schrieb sie in einer etwas verqueren Syntax: »Dies ist die Botschaft von heute Morgen, drei Uhr, vom Himmel gesandt und von mir ins Schriftliche übertragen: … Meine Kinder, in den letzten Tagen ist der Kampf gegen das Böse härter geworden denn je, und Satan dürstet nach Blut. Er will das Blut der Justiz trinken, und deshalb bitte ich euch, die Wächter des einen, der seine Robe noch nicht besudelt hat, das überaus lobenswerte Werk, das ihr vollbringt, so schnell fortzuführen wie nur irgend möglich, damit Mein (!) Giuliano mit eurer Hilfe vor das Schwurgericht treten kann, welches auch auf Erden dazu auserkoren ist, über die Lebenden und die Toten zu urteilen, ausgestattet mit Beweisen, wel-

che all jene der Justiz ausliefern sollen, die mit nur einem Ziel weiter töten – um die Wissenden, die bereit sind, sich voller Gelassenheit in den Zeugenstand zu begeben, zum Schweigen zu bringen. Auch über Mein mutiges Geschöpf, das euch diese Nachricht als Meine Vermittlerin überbringt, wurde ein sehr kurzfristiges Todesurteil verhängt, wobei sie versuchen werden, diesen Tod als Verkehrsunfall erscheinen zu lassen. Aus diesem Grund, liebe Kinder, müsst ihr euer Bestes geben und dabei immer daran denken, dass das Böse keine Ferien macht, schon gar nicht an Feiertagen wie heute, an denen ein Lob auf Gott und all jene angestimmt wird, die bereits auf Erden die Herrlichkeit des Himmels erlangt haben. Mein Giuliano kann nur auf euch zählen … Seid also wachsam, dies sind die Tage, lasst euch nicht ablenken, seid auf der Hut, damit diese Robe, die dem Staat zu so viel Ehre gereicht, nicht mit dem Blut eines weiteren Märtyrers gewaschen wird.
Ich segne euch.«
Unterschrieben war die Botschaft von niemand anderem als dem »Gerechten Gott« persönlich.
Die Anhänger der Frau wie auch jeder andere in Italien, der sich für die neuesten, bizarren Entwicklungen im Fall des sogenannten Monsters von Florenz interessierte – dem berühmtesten Justizfall Italiens, der es seit nunmehr drei Jahrzehnten regelmäßig in die Schlagzeilen schaffte –, sie alle also konnten keinen Zweifel hegen: Die Robe, die Gefahr lief, in Kürze mit Blut gewaschen zu werden, gehörte Giuliano Mignini, dem bekanntesten Staatsanwalt Perugias, dem Justizbeamten, der zirka sieben Jahre zuvor unter großem Aufsehen die Ermittlungen zum Monster von Florenz wieder aufgenommen hatte – wobei er sich schon damals auf die Enthüllungen ebenjener Frau aus dem Mercedes stützte. Und das Ziel des als Verkehrsunfall getarnten Attentats waren demnach der Staatsanwalt und die Frau selbst. Sie betrachtete

sich als Hauptzeugin, wenn es darum ging, die überaus wichtigen Erkenntnisse des Chefanklägers aus Perugia vor das Schwurgericht zu bringen und die geheimnisvollen, übermächtigen Mörder zu verurteilen, die Hintermänner des Monsters von Florenz.
Nun hatte sich Gabriella Carlizzi also entschlossen, Mignini persönlich von der schrecklichen Prophezeiung zu unterrichten. Doch zwischen dem Erhalt der Botschaft und ihrem Aufbruch nach Perugia war das Verbrechen bereits geschehen. Allerdings nicht das, bei dem der Justizbeamte und sie ums Leben kommen sollten, sondern ein anderes.
Tags zuvor, am Morgen des 2. November 2007, den die katholische Kirche dem Totenkult widmet und an dem die Italiener mit Chrysanthemen in den Händen und Gebete murmelnd auf die Friedhöfe strömen, um ihrer verstorbenen Lieben zu gedenken, wurde der feine, kalte Nebel, der Perugia umhüllte, von beharrlichen Stimmen durchdrungen. Es gab Leute, die sagten, ein grauenvoller Mord – etwas völlig Außergewöhnliches in dieser ruhigen Stadt – sei in einer kleinen Villa aufgedeckt worden. Diese befinde sich unweit der Università per Stranieri, der bekanntesten Universität Italiens, die es schaffte, achttausend Studenten hinter die Mauern von Perugia zu locken, einem Ort, der insgesamt nicht mal 170 000 Einwohner zählt.
Eine junge Engländerin, so das Gerücht, die erst vor kurzem in Perugia eingetroffen war, sei ermordet in dem Haus aufgefunden worden, das sie sich mit anderen Studentinnen teilte. Inner- und außerhalb der Universität überstürzten sich die Berichte, und es war schwierig zu sagen, was stimmte und was nicht: »Sie wurde vergewaltigt und dann mit Messerstichen getötet« – »Wer denn überhaupt, und wie ist das passiert?« – »Die Polizei ist unten in der Via della Pergola, hinter einer kleinen Villa« – »Es heißt, man habe ihr die Kehle durchgeschnitten, und sie soll in einer riesigen Blutlache liegen« – »Aber warum denn nur? Warum mit zwanzig

so sterben?« – »O Gott, es wird doch nicht Mez sein?« – »Welche Mez? Doch nicht die, die sich an Halloween als Vampir verkleidet hat?«

Zwei Nächte zuvor, zwischen dem 31. Oktober und dem 1. November, hatten viele der ausländischen Studenten Halloween gefeiert, um des Todes zu gedenken und ihn vielleicht auch zu exorzieren, eine Tradition, die sich nicht im Geringsten von der katholischen oder italienischen unterscheidet. Irgendjemand erinnerte sich schließlich, dass ein englisches Mädchen, das sich Mez nannte, in einem langen schwarzen Mantel mit hohem Kragen, der sie wie ein Vampir aussehen ließ, auf einem der Feste gesehen worden war. Und dass sie in einem Haus in der Via della Pergola wohnte, wo sich das Verbrechen zugetragen haben sollte. Viele der jungen Ausländer, vor allem die weiblichen, standen unter Schock: Ein bisschen betraf es sie alle.

Die Einwohner von Perugia hingegen waren der Meinung, dass dieser Tod sie nichts anginge. Das sei »die Angelegenheit« der anderen. Er hatte nichts mit ihnen zu tun, war die logische Folge der Lebensweise dieser Jugendlichen, die so anders war als ihre eigene. Eine Folge ihrer seltsamen Gewohnheiten, zu großer Freiheiten und auch eines Festes wie Halloween, das die katholische Kirche ja aus gutem Grund verurteilte.

Die Fremden bringen Arbeit und Geld, doch in Perugia schätzt man Fremde nicht. Und das hier war ein »Krimi«, den es auf absurden Wegen in ihre Stadt verschlagen hatte, eine absolute Ausnahme, die man wie ein unbeteiligter Zuschauer betrachten konnte.

Und natürlich musste es sich um eine sonderbare Begebenheit handeln. Eine sehr sonderbare.

Wenig später, noch am Morgen des 2. November, bestätigten Radio- und Fernsehkanäle die Meldung und brachten erste Einzelheiten: »Das ermordete Mädchen heißt Meredith Kercher. Die

Polizeibeamten haben sie erstochen im Schlafzimmer ihrer Wohnung in der Via della Pergola vorgefunden. Meredith Kercher, die in London geboren wurde, wäre Ende Dezember 22 Jahre alt geworden. Im August war sie über das Bildungsprogramm Erasmus zum Studieren nach Perugia gekommen. Aller Wahrscheinlichkeit nach wurde sie in der Nacht von Donnerstag auf Freitag ermordet.«

»Die Polizisten haben gut zehn Personen aus Merediths näherem Umfeld vernommen. Noch ist nicht klar, ob es ihre amerikanische Mitbewohnerin war, die sie zuletzt lebend gesehen hat …«

»Das Opfer könnte seinen Mörder auf einer Halloween-Party kennengelernt haben … Die Autopsie wird unter anderem darüber Aufschluss geben, ob die Studentin ein Opfer sexueller Gewalt wurde. Ihre Leiche wurde halbnackt auf dem Boden ihres Schlafzimmers gefunden. Um die Ermittler in die Irre zu führen, könnte der Mörder versucht haben, nach dem Mord einen Diebstahl vorzutäuschen …«

Der Gerechte Gott hatte Gabriella Carlizzi leider nicht darauf hingewiesen, dass eine englische Studentin namens Meredith Kercher in dem Haus, das sie mit der Amerikanerin Amanda Knox teilte, erstochen werden würde.

Dies nun hätte eigentlich jeden irritieren müssen. Nicht aber Gabriella Carlizzi: Innerhalb kürzester Zeit löste sie das Problem, indem sie die falsche Prophezeiung, die nicht etwa eine englische Studentin, sondern Mignini und sie selbst als nächstes Opfer auswies, einfach korrigierte und ihre ganz persönliche Wahrheit in Versalien in ihrem Blog kundtat: »DIES IST DIE GESCHICHTE DES MONSTERS VON FLORENZ, DIE SICH IN GESTALT EINER ANDEREN PERSON FORTSETZT, WELCHE SICH VON DEN ›VIER HINTERMÄNNERN‹ UNTERSCHEIDET, AUF DIE WIR UNS BEZIEHEN, WENN WIR VON DEN VERBRECHEN VON FLORENZ SPRECHEN. DOCH LEIDER BEFINDEN WIR

UNS IN DER GLEICHEN GESCHICHTE, UND SIE IST SEHR GEFÄHRLICH. DER IN DIESEM FALL ERMITTELNDE LEITENDE STAATSANWALT SOLL HERAUSGEFORDERT WERDEN, UND DAS ZIEL DES MÖRDERS IST DIE OPFERGABE WEIBLICHEN BLUTES.«

Das Datum, so Gabriella Carlizzi weiter, sei nicht zufällig gewählt worden. Halloween – die Nacht der Hexen, der Untoten, die Nacht abgründiger, satanischer Rituale und Menschenopfer. Für sie war und blieb Mignini Zielscheibe des obskuren Monsters. Und einer der Hintermänner, behauptete sie, sei ausgerechnet ich, der im Vorjahr von ebenjenem Staatsanwalt festgenommen und nach beinahe einem Monat vom Obersten Kassationsgerichtshof entlastet worden war. Ein weiterer Verschworener sei mein Freund Douglas Preston, ein Mittelsmann finsterer amerikanischer Mächte. Doug wurde als mein Komplize beschuldigt und schließlich zurück nach Amerika geschickt, um eine Haftstrafe zu vermeiden. Ich hingegen wurde – obgleich ich mich inzwischen wieder auf freiem Fuß befand – nicht mehr nur der Irreführung bezichtigt, sondern des Mordes und einer langen Reihe schwerwiegender Verbrechen. Von der Mitgliedschaft in einer kriminellen Vereinigung war die Rede und sogar von Leichenschändung.

Während Gabriella Carlizzi keine Hemmungen hatte, ihrer überirdischen Logik zu folgen, war es Giuliano Mignini natürlich nicht möglich, eine Ermittlung zu leiten und dabei offen zuzugeben, dass er an ihre Behauptungen glaubte.

Also bewahrte er Stillschweigen, und es existieren keine Dokumente, denen sich entnehmen lässt, wie vielen himmlischen Offenbarungen er tatsächlich gelauscht haben könnte. Doch schon wenig später äußerte er sich zu den Ermittlungen im Fall Kercher und dessen prompter Aufklärung, die zur Festnahme von Amanda Knox und ihrem italienischen Freund geführt hatte. Und diese

Stellungnahme erwies sich als exaktes Echo der Prophezeiungen der Carlizzi: Halloween, ein satanischer Ritus, eine Orgie mit viel Sex und Blut.

Dieselben Argumente – uralte, satanische Sekten, die aus einflussreichen Mitgliedern bestanden, obszöne rituelle Handlungen mit Leichenteilen junger Frauen, Satanskult –, all dies hatte der Staatsanwalt bereits bei Untersuchungen zum Monster von Florenz verwendet, die er zur gleichen Zeit geführt hatte und die sich ebenfalls auf Aussagen der Carlizzi stützten.

Ohne diese Vorgeschichte ist es nicht möglich, die Ereignisse der kommenden vier Jahre in Perugia vollständig zu begreifen. Denn genau diese Vorgeschichte ist es, die der Irrationalität, der Magie, dem Satanismus und einer neuen Variante archaischer Hexenjagden bei Gericht Tür und Tor geöffnet hat.

Im Fall Kercher gibt es keine Zeugenaussagen, die Gabriella Carlizzi gegenüber Giuliano Mignini gemacht hätte. Doch da er sie zuvor oft als Zeugin verhört und dies während meiner eigenen Gerichtsverhandlung auch laut kundgetan hatte, weiß ich mit Sicherheit, wie sehr er die römische Hellseherin schätzte, die laut seinen Worten »von vielen verunglimpft wird, aber nicht von mir!«.

Als der Staatsanwalt von den Verbrechen des Monsters von Florenz sprach, zu denen er Untersuchungen anstellte, und dabei auf Motive verwies, die mit Satanismus, dunklen Riten oder mysteriösen, mächtigen Geheimsekten zu tun haben sollten, stellte niemand seine Glaubwürdigkeit in Frage. Man räumte ihm eine gewisse Autorität ein – und das, obwohl seine Theorien die Ergebnisse überaus angesehener, kriminalistischer Methoden negierten, die sich auf die Datenbank des amerikanischen FBI und des deutschen Bundeskriminalamts stützten.

Auch schien er zu ignorieren, dass noch nirgendwo auf der Welt eine satanische Sekte entdeckt worden war, in der sich sogenannte »normale« Menschen dem Ritualmord verschrieben hätten, um ihre Opfer Satan darzubringen. Sofern sich der Zusammenschluss tatsächlich als Sekte bezeichnen ließ, hatte er immer aus extrem unangepassten, durchgeknallten Menschen bestanden, wie zum Beispiel der »Familie« von Charles Manson, die Sharon Tate, die Frau des Regisseurs Roman Polański, massakriert hatte.

Innerhalb der Staatsanwaltschaft oder von Seiten des Gerichts wurde dem Chefankläger keinerlei Hindernis in den Weg gelegt, niemand bremste ihn. Ein wenig lag das sicher auch daran, dass viele Justizbeamte aus Perugia von denselben Vorstellungen durchdrungen waren. Vor allem aber fühlten sie sich wohl zu einer Art eiserner Solidarität verpflichtet, weshalb niemand es wagte, einen Kollegen in Schwierigkeiten zu bringen und beispielsweise seinen Antrag abzulehnen.

Die Lokaljournalisten unterstützten Mignini nach Kräften, und wenn es doch einmal passierte, dass einer von ihnen Kritik oder einfach nur Zweifel äußerte, warf ihm der unerschütterliche Staatsanwalt sogleich Behinderung der Justiz vor und forderte ihn auf, sich einen Anwalt zu nehmen. Eine Angelegenheit, die für den Betroffenen schon allein in finanzieller Hinsicht kostspielig geworden wäre.

Mignini ist groß und korpulent, er entstammt einer der reichsten Familien der Stadt, ist sehr katholisch und trägt gerne sportliche und dennoch elegante Sakkos. Mit der obligatorischen Pfeife im Mund wirkt er wie ein *gentleman farmer,* ein Großgrundbesitzer aus vergangenen Zeiten. Seine grauen, gekräuselten Haare lassen die Stirn zur Gänze frei, die Augen sind hell, und das Lächeln wirkt höflich. Seine Ermittlungen hatten ihn in Perugia zu einem bekannten Mann gemacht. Zufrieden mit seiner neuen Popularität, war er langen, ausgiebigen Spaziergängen nicht abgeneigt – Spaziergängen auf dem Corso Vannucci, wo sich die ganze Stadt trifft, benannt nach dem berühmtesten Renaissancemaler Perugias, der auf der Collina del Sole geboren wurde.

Der Vater dreier Töchter (die jüngste ist erst vor wenigen Jahren zur Welt gekommen) galt allgemein als besonders religiös. Es hieß sogar, seine Religiosität grenze an Fanatismus, sei durchtränkt von einem nicht nur vorkonziliaren, sondern geradezu mittelalterlichen Katholizismus. Er gehöre, so sagte man, einem mächtigen katholischen Geheimbund an (vielleicht Opus Dei, vielleicht aber auch einer anderen, unbekannten Organisation) und genieße den Schutz einflussreicher Persönlichkeiten, die nicht genannt werden dürften. Zugleich wurde etwas Ähnliches und dennoch diametral Entgegengesetztes, etwas völlig Widersprüchliches von ihm behauptet, etwas, das die Leute aus Perugia wichtigen Persönlichkeiten ihrer Stadt gerne nachsagen – nämlich, dass sie einer der zahlreichen Freimaurerlogen angehörten, die sich über den Colle del Sole verteilen.
In der speziellen Weltsicht von Mignini, so fügte man noch hinzu, sei die Arbeit als Chefankläger nicht so sehr ein Dienst am Staat als vielmehr eine Mission gegen das Böse, das sich vor allem im Sex manifestiere. Natürlich schien das alles nur Gerede, das jeglicher Grundlage entbehrte: »Enthüllungen«, die einem, wie es in der Provinz oft der Fall ist, fast schon hinter vorgehaltener Hand zugeraunt werden; Geheimnisse, von denen man angeblich erfahren hat, um die anderen glauben zu machen, man kenne wichtige Leute.
Doch Mignini hat im Internet zwei Spuren hinterlassen, die alle Verdachtsmomente bestätigen. Sein Name taucht auf zwei katholischen Internetseiten auf, eine davon fundamentalistisch und eine andere – wie die Verantwortlichen selbst eingeräumt haben – »reaktionär«. Letztere geht sogar so weit, sich den Kirchenstaat zurückzuwünschen, wie er vor der Einigung Italiens, die »ein Werk des Teufels« sei, existiert habe – samt der Restauration des österreichisch-ungarischen Reichs und der Wiederherstellung der vorrevolutionären Zustände in Frankreich.
Der Name von Staatsanwalt Mignini tauchte am 8. Oktober 2012

auf der Seite der ultra-fundamentalistischen Vereinigung Associazione Legittimista Trono e Altare auf, als deren Mitglieder den hundertsten Todestag von Carlos María de Borbón begingen, den sie als den legitimen König von Spanien ansahen. »Sehr zahlreich die Teilnahme unserer Freunde«, heißt es auf der Seite, »unter ihnen und vielen anderen – die es entschuldigen mögen, wenn wir ihre Namen nicht nennen – auch der bedeutende Minister aus Perugia, Giuliano Mignini.« Hier wurde offensichtlich »pubblico ministero« (Staatsanwalt) mit »ministro« (Minister) verwechselt. Da der Chefankläger hinter dem Mord an Meredith Kercher satanische Motive vermutet, die mit Halloween in Verbindung stehen, ist die Lektüre eines Artikels auf der Seite der Associazione Legittimista Trono e Altare besonders interessant. Der Autor, Priester Don Marcello Stanzione, rät allen jungen Leuten, »in keiner Form an Halloween teilzunehmen, damit die Offensive des Teufels abgewehrt werden kann, dessen Schlachtrösser die Esoterik und der Okkultismus sind. Halloween ist geeignet, labile Menschen mit Hang zum magischen Okkultismus zu manipulieren und zu versklaven.«

Obwohl sich die Associazione gegen den Vorwurf des Antisemitismus verwahrt, verficht sie die Authentizität der *Protokolle der Weisen von Zion,* die ihr zufolge auf einem »langfristig angelegten Plan« fußen, den der Bankier Amschel Mayer Rothschild einer Gruppe präsentiert haben soll, die sich 1773 in seinem Haus in Frankfurt traf. Laut der Associazione wurde der Plan tatsächlich in die Tat umgesetzt. Im Zuge dessen seien nach 1773 der Darwinismus, der Marxismus und der Nietzscheanismus verbreitet worden. »Hier wird ferner dargelegt«, behauptet die Associazione weiter, »wie der politische Zionismus angewandt werden müsse, um den Zielen (der Weltherrschaft) derer zu dienen, die (nach 1773) die internationale revolutionäre Bewegung angeführt haben ... die Illuminati.«

Migninis Name taucht noch auf einer anderen katholisch-»fundamentalistischen« Webseite auf, und zwar auf der der Alleanza Cattolica. Sie zählt vierhundert Mitglieder, unter denen sich eine große Anzahl von Universitätsprofessoren, Soziologen, Politikern und Journalisten befindet. So etwa auch Alfredo Mantovano, der aus der neofaschistischen Partei MSI kam und Untersekretär des Innenministeriums im vierten Kabinett Berlusconis war, sowie der Soziologe Massimo Introvigne, der vielleicht bekannteste italienische Experte auf dem Gebiet satanischer Sekten. Die *Cristianità,* das Organ der Vereinigung, propagiert katholische Werte und wendet sich aufs schärfste gegen Homosexualität, Abtreibung, Empfängnisverhütung und Ehescheidung. Das *World Social Forum* bezeichnen sie als »Laboratorium der Subversion«.

Giuliano Mignini hat für die Alleanza Cattolica einen langen Artikel mit dem Titel *Viva Maria!* geschrieben. Darin befasst er sich mit dem toskanisch-umbrischen Aufstand von Einwohnern aus Arezzo und der Region des Trasimener Sees und des Tiber-Hochtals im Jahr 1799 – Gebieten, die dem Kirchenstaat angehörten. Es geht also um den Volkswiderstand gegen den Export von Idealen der Französischen Revolution durch napoleonische Truppen nach Umbrien und in die Toskana. Dabei liegt man politisch ganz auf einer Linie mit der Associazione Legittimista Trono e Altare, die meint: »Nach 1870 wurden die Päpste ihres legitimen Rechts der Ausübung weltlicher Macht beraubt, da ihre Territorien von einem jungen, illegitimen Usurpator besetzt waren.«

Trono e Altare und die Alleanza Cattolica haben viele Berührungspunkte: Das Wappen ist dasselbe – das heilige Herz Jesu und darüber das Kreuz, das Emblem der Gegenrevolutionäre im französischen Département Vendée. Beiden Vereinigungen gehören neben Mignini auch Lehrkräfte der Universität von Perugia an, so etwa Dianella Gambini, Professorin für spanische Literatur, und Paolo Caucci von Saucken, Dozent für spanische Literatur und Leiter der Confraternita di San Jacopo di Compostella. Sie ist als einzige italienische Institution berechtigt, einen Pilgerpass auszustellen, ein unentbehrliches Dokument für alle, die zu den heiligen Orten Santiago de Compostela, Rom oder Jerusalem pilgern wollen.

Der Vorsitzende der Alleanza Cattolica trägt den Titel »Regent«. Der Präsident wäre damit wohl die Madonna selbst.

In diesem Zusammenhang verwundert es nicht, dass Mignini im Sommer 2011, dem Sommer, der dem Freispruch von Amanda und Raffaele vorausging, Brigitta Bulgari verhaften ließ und sie etwa zwei Wochen in einer Zelle festhielt. Bulgari ist eine Lapdance-Tänzerin und trat zu diesem Zeitpunkt in einem Lokal in der Nähe von Perugia auf. Mignini machte die junge Frau dafür verantwortlich, dass sich eine Gruppe Minderjähriger Zutritt zu der Diskothek verschafft hatte, wo sie ihre Vorstellung gab. Nun liegt es eigentlich auf der Hand, dass es nicht die Aufgabe der Tänzerin war, zu kontrollieren, wer das Lokal betrat, und viele fanden es übertrieben, sie deshalb ins Gefängnis zu stecken. Diese »vorbeugende« Inhaftierung durch Mignini wirkte wie die unnötige Bestrafung einer jungen Frau mit allzu freizügigem Lebenswandel.

Sein guter Ruf wurde Mignini auch in landesweit ausgestrahlten Fernsehbeiträgen bestätigt, ebenso wie in Zeitungsartikeln, die über seine Ermittlungen im Fall des Monsters berichteten und nicht zuletzt über aktuelle Entwicklungen im Hinblick auf die bedeutenden Leute der Stadt. Und je überraschender diese Entwicklungen waren, desto glaubwürdiger erschienen sie den Menschen in Perugia (und nicht nur ihnen), selbst wenn keinerlei Beweise vorlagen. In einer Stadt, in der fast jeder jeden kennt, gefiel es den Provinzlern, zuzuschauen, wie man unerreichbare Personen in den Medien massakrierte.

Am Ende erreichten die Ermittlungen dieselbe Quote wie eine sehr erfolgreiche Fernsehserie, in der es von Vampiren, Geistern und unsagbaren Mysterien nur so wimmelte.
Und Perugia schien der perfekte Schauplatz für diese Art Story.
Die Jahrtausende haben auf dem Colle del Sole einiges aufgeschichtet: riesige, dunkle, von den Etruskern behauene Steinmassen, Blöcke aus weißem Travertin, aus denen die Bögen und Tore der römischen Mauern gefertigt sind. Dazu kamen gewöhnlicher Stein, Marmor, ockerfarbene Backsteine und rote Ziegel für mittelalterliche Gebäude und enge, dunkle Straßen wie die Via delle Streghe oder die Via Scura. Auch ein kleiner Platz, der sich ganz plötzlich auftut und auf den Namen del Drago getauft wurde, ist mit den charakteristischen Ziegeln gepflastert, ebenso ein anderer mit einem wunderschönen Renaissance-Brunnen in der Mitte. Schlichte, streng anmutende Gebäude wurden daraus errichtet, so etwa der Palazzo dell'Inquisizione und der Palazzo del Capitano del Popolo, wo eine sehr grausame Justiz ihre Urteile vollstreckte, und zwar häufig im Namen des Herrn, denn Perugia war schon immer Teil des Kirchenstaats. Als man im Jahr 1540 den Versuch unternahm, sich gegen die römische Macht aufzulehnen, exkommunizierte Papst Paul III., ein Spross der mächtigen Familie Farnese, kurzerhand die ganze Stadt und ließ sie militärisch besetzen. Von mehr als einhundert Wohngebäuden, Häusern, Kirchen, Straßen und Plätzen, die der Familie Baldoni gehörten, den Anführern der Revolte, sollten die Dächer abgerissen und die Häuser mit einer Ziegelschicht zugemauert werden, um als Fundament für die Errichtung der Festung Rocca Paolina zu dienen.
Fünfzehn Meter darunter ist auf einer Länge von über einem Kilometer noch immer der Geist einer unterirdischen, verlassenen Stadt mit Straßen, Fenstern, Geschäften, Terrassen und Portalen spürbar, die man jahrhundertelang nur mit Fackellicht bege-

hen konnte und die erst seit einigen Jahren richtiggehend beleuchtet wird. Sicher, die Burg stellt eine finstere touristische Kuriosität dar, aber sie ist vor allem auch das unfreiwillige Symbol der Unterdrückung durch eine blinde, religiöse Macht. Ein plastisches Bild für eine Stadt, die eine obskure, geheime, dunkle Seite besitzt.
Abgesehen davon gilt Perugia in Italien als Sitz vieler Freimaurerlogen und ritueller Veranstaltungen, die manchmal auch miteinander konkurrieren. Aus diesem Grund glauben viele, Machtausübung gestalte sich in dieser Stadt anders, als es bei Tage besehen vielleicht den Anschein hat: dass Macht nämlich in Wirklichkeit das Ergebnis mysteriöser Komplotte sei.
Andererseits besitzt die umbrische Stadt landesweit die höchste Todesrate beim Konsum harter Drogen, vor allem von Kokain – ein trauriger italienischer Rekord, gegenläufig zu allen anderen Städten, einschließlich Metropolen wie Rom oder Mailand.
Während eine große Zahl junger Leute Perugia auf der Suche nach mehr Anregung verlässt, kommen viele andere aus allen Teilen der Welt hierher. Die Universität von Perugia, 1308 gegründet, ist eine der ältesten, und im Jahr 1925 »erfand« die Stadt noch dazu die erste Universität für Ausländer, die für einen Großteil des Jahres fast achttausend junge Leute aus etwa hundertdreißig Ländern innerhalb ihrer Mauern vereint.
Dann gibt es noch eine Menge Einwanderer. Viele kommen aus Nordafrika – aus Tunesien, Marokko, Algerien –, und viele von ihnen sind jung. Sie verrichten einfache Arbeiten, die die Italiener verschmähen, und nicht wenige von ihnen dealen mit Drogen, vor allem mit Kokain.
»Nein, ich verkaufe nichts an die jungen Studenten aus der Uni, die ›rauchen‹ nur und fertig. Die richtig harten Drogen konsumieren die Leute aus Perugia, und zwar alle. Der Anwalt und seine Sekretärin, der Apotheker und sein Sohn, der Fischverkäufer und

seine Kundin, der Klempner und seine Mutter. Hier arbeitet es sich gut. Ich verticke bis zu sechzig Kilo ›Stoff‹ im Monat.« So hat es mir Kamel erzählt, ein junger tunesischer *Pusher,* nachdem mich Staatsanwalt Giuliano Mignini in den Carcere di Capanne, ein Gefängnis bei Perugia, geworfen hatte.
Die Einwohner der Stadt und die ausländischen Studenten bilden zwei Gruppen, die strikt voneinander getrennt sind, und das ist auch deutlich sichtbar: Wenn die Dämmerung einsetzt, strömen junge Leute, die alle möglichen Sprachen sprechen, auf die wunderschöne Piazza IV Novembre mit dem phantastischen Brunnen, der Fontana Maggiore. Sie setzen sich auf die sogenannten *scallele,* die zierlichen Stufen des Brunnens oder des Doms, gehen spazieren oder begeben sich in die kleinen Lokale entlang der engen Straßen, die aus den mittelalterlichen Mauern zum Palazzo Gallenga Stuart, dem Sitz der Università per Stranieri, hinabführen.
Die Einwohner Perugias hingegen bleiben lieber oben innerhalb ihrer Mauern, und zur Abenddämmerung beginnt der *struscio,* ein rituelles Flanieren, wie es überall in der italienischen Provinz zum Stadtbild gehört. Zwischen der Piazza IV Novembre und dem Corso Vannucci, eingerahmt von modischen Geschäften und eleganten Cafés, schreiten sie auf und ab wie auf einer langen Bühne, wo man jeden Abend Markenkleidung, einflussreiche Freunde, Vorzeige-Frauen, Geld und alles, was sonst noch damit zu tun hat, zur Schau stellen kann.
Ein Theater, das nur für die Leute aus Perugia aufgeführt wird.
Wenn man den Corso Vannucci einmal hinter sich hat, erreicht man den Belvedere naturale, einen grünen Aussichtspunkt, der sich auf der gegenüberliegenden Seite der Università per Stranieri und neben dem Palazzo della Provincia befindet. Von hier aus geht es zu Fuß eine kleine Straße hinunter, streckenweise auch ein paar Stufen, die sich Via Circo nennt. Sie führt gut zehn Meter weiter hinunter auf die Piazza Partigiani, eigentlich eher eine

breite Straße. Auf der Schmalseite des Platzes aus weißem Travertin befindet sich ein fünfstöckiges Gebäude, dem man die Zeit des Faschismus noch ansieht, und genau dieses Gebäude ist der Sitz der Staatsanwaltschaft. Hier, im Eckbüro im dritten Stock, arbeitet der stellvertretende Staatsanwalt Giuliano Mignini.

Am Morgen des 3. November 2007 hielt er sich in diesem Zimmer auf, doch er fühlte sich alles andere als entspannt. Und das lag nicht unbedingt daran, dass der Fall der jungen Engländerin, die man am Morgen zuvor erstochen in ihrer Wohnung aufgefunden hatte, ausgerechnet ihm zugeteilt worden war. Vielmehr fühlte er sich seit zwei Wochen bedrängt, ohne jedoch sagen zu können, woher die Gefahr drohte. Ganz im Gegensatz zur Carlizzi, die in wenigen Minuten bei der Staatsanwaltschaft eintreffen sollte, galt seine Sorge nicht so sehr seiner körperlichen Unversehrtheit als vielmehr seinen Ermittlungen im Fall des Monsters. Gerade mal fünfzehn Tage zuvor hatte die Staatsanwaltschaft Florenz Ermittlungen eingeleitet, in deren Mittelpunkt er und sein Vertrauensmann, Polizeikommissar Michele Giuttari, standen. Giuliano Mignini wurde des Amtsmissbrauchs angeklagt und der Begünstigung des Polizeibeamten, der seine Stellung ausgenutzt haben soll, um sich persönliche Vorteile zu verschaffen.

Außerdem hatte der Staatsanwalt ohne die erforderliche Genehmigung die Handys aller Journalisten abhören lassen, die sich mit mir in Verbindung gesetzt hatten. Allerdings war es eine peinliche Panne, den Berichterstatter der Turiner *La Stampa,* Vincenzo Tessandori, zu verhören, weil er mich interviewt hatte, war das Interview zu diesem Zeitpunkt doch noch gar nicht veröffentlicht worden.

Auch der Verlauf des Florentiner Prozesses gegen den Apotheker Francesco Calamandrei bereitete Mignini Sorgen. Der Apotheker wurde beschuldigt, einer der Hintermänner des Monsters von

Florenz zu sein, wobei sich diese Anklage auf die Theorien von Mignini und der Carlizzi stützte. Doch laut den Zeitungsberichten hatte ein Chefankläger sämtliche dem Gericht vorgelegte Beweise als »Makulatur« bezeichnet.

Die Ermittlungen von Mignini und Giuttari hatten nach Ansicht der florentinischen Staatsanwälte jede Grenze überschritten.

Am Morgen des 3. November 2007 hatte sich der Staatsanwalt in seinem Büro verbarrikadiert und sann über eine Strategie nach, um die nächsten Angriffe abzuwehren und zum Gegenangriff überzugehen.

Unterdessen hielt der beigefarbene Mercedes vor dem Eingang der Staatsanwaltschaft. Eine blonde, hinkende Frau stieg aus und betrat das Gebäude aus weißem Travertinstein. Mühsam stieg sie die kurze Treppe hinauf und umging mit taktischem Geschick den Metalldetektor, den normalerweise alle zur Kontrolle passieren mussten. Sie erwiderte den Gruß der Wachleute, als wäre sie hier zu Hause, und stieg in den Aufzug.

Zielsicher drückte sie den Knopf, der sie in den dritten Stock zum Büro des Staatsanwalts bringen sollte.

Gabriella Carlizzi lieferte Mignini nichts weniger als »die Wahrheit« im Mordfall Meredith Kercher und somit das Instrument, um verlorenes Terrain zurückzuerobern und seine Ermittlungen im Monster-Fall zu retten.

Mit Gabriella Carlizzis Ankunft war es, als würde an jenem Tag eine dunkle Vergangenheit auf dem Colle del Sole heraufbeschworen: das versunkene, unterirdische Perugia, seine Geschichte, sein Charakter, Hellseherinnen, die behaupteten, Botschaften von toten Seelen zu erhalten, uralte satanische Sekten, deren Mitglieder als überaus mächtig galten, schreckliche Morde, bei denen es sich in Wirklichkeit um Menschenopfer gehandelt haben sollte, Personen, die zweimal gestorben waren.

Dazu gesellten sich all die modernen Umstände: Zeitungen und

Fernsehsender, die sich den Mächtigen beugen, denen wahrheitsgemäße Unterrichtung gleichgültig ist und die nur auf die große Sensation aus sind; die neuen Techniken der Spurensicherung, die in amerikanischen Serien so viel Wundersames bewirken, in unerfahrenen Händen jedoch sehr gefährlich sein können; ein italienisches Justizsystem, das seit einiger Zeit deutliche Anzeichen von Unzulänglichkeit aufwies; das Internet, die sozialen Netzwerke.

Was danach folgte, war eine Verbiegung von Fakten und eine Art der Rechtsbeugung, wie sie in diesem Ausmaß in neuerer Zeit selten beobachtet wurde.

Kapitel 2

Ich habe sehr wohl begriffen, dass meine Geschichte nur die Spitze des Eisberges in ihrer Geschichte und in den Ermittlungen zum Fall des Monsters von Florenz ist.« Das sagte mir Raffaele Sollecito im Oktober 2012, wenige Tage nachdem er und Amanda Knox aus der Haft entlassen und von der Mordanklage im Fall Meredith Kercher freigesprochen worden waren. Die beiden Fälle, die an und für sich nichts miteinander zu tun haben, stehen allein durch Gabriella Carlizzi und ihre Offenbarungen miteinander in Verbindung.

Dass Giuliano Mignini an die Hellseherin glaubt, beweisen die Aussagen in seiner Untersuchungsakte zum Monster von Florenz. Mehr als die Hälfte stammen von der Römerin, und Mignini stützt sich in seinen Ermittlungen auf ihre himmlischen Offenbarungen. Dazu kommen noch weitere, sehr konkrete Vorfälle.

Da wäre zum Beispiel der Umstand, dass Mignini seine Leute am 4. September 2002 nach Rom schickte, anstatt die Aussagen der Frau in seinem Büro in Perugia aufzunehmen – eine Tatsache, die beinahe unglaublich anmutet, wäre sie nicht im offiziellen Protokoll des Amtes für kriminalpolizeiliche Ermittlungen dokumentiert und von Inspektor Furio Fantauzzi gegengezeichnet worden. Ein solches Privileg steht laut italienischem Gesetz normalerweise nur dem Staatschef, dem Ministerpräsidenten und den Kardinälen der katholischen Kirche zu.

In ihrer Zeugenaussage erläuterte Gabriella Carlizzi dem Anwalt, wie einer der Fetische, nämlich die Vulva, die das Monster seinen Opfern entfernt hatte, verwendet worden war: »Eine Nonne, die ich vor einigen Jahren kennengelernt habe, eine gewisse Schwester Miriam, die dem Geheimdienst des Vatikans angehörte, fragte mich, ob ich über Pater Gabriele Neuigkeiten zum Gesundheitszustand von Papst Johannes Paul II. in Erfahrung bringen könne. Pater Gabriele wiederum sagte mir, der Papst sei bei einer schwarzen Messe im Vatikan mit einem Fluch belegt worden und man habe ihm einen Fetisch in den orthopädischen Lattenrost geklemmt. Bei meinem nächsten Wiedersehen mit der Nonne teilte ich ihr mit, was ich erfahren hatte. Die Schwester suchte mich später noch einmal auf, um mir zu sagen, dass man den Fetisch gefunden habe, und zwar genau an der Stelle, die ich ihr genannt hatte. Nachdem die Nonne mir noch gesagt hatte, dass man sie umbringen wolle, verschwand sie.«

Angesichts ihres »Gewichts« machte Mignini die Aussage zur Geheimsache.

Laut römischer Hellseherin waren illustre Persönlichkeiten, die angeblich einer uralten satanischen Geheimsekte, dem Orden der Rosa Rossa, angehörten, nicht nur für die grauenerregenden Verbrechen des Monsters von Florenz verantwortlich, nein, auch der Angriff auf die Twin Towers sei von ebenjener diabolischen Sekte befohlen worden. Diese Behauptung hatte sie noch am 11. September per Fax an die italienische Presse kundgetan. Das Gleiche gelte auch für den Mord an Lady Diana, den man als einen Unfall getarnt habe. Die Rosa Rossa bestehe ausschließlich aus Prominenten und wichtigen Persönlichkeiten, darunter auch Politiker in den höchsten Staatsämtern, die sich unvorstellbar grausamen satanischen Orgien verschrieben hätten. Bei den nicht näher bekannten Riten würden Geschlechtsteile verwendet, die man den Opfern herausgerissen habe.

Ein weiterer Beleg für die enge Verbindung zwischen Gabriella Carlizzi und Giuliano Mignini ist die Tatsache, dass die Römerin bereits im Vorhinein über alle weiteren Geschehnisse informiert gewesen ist. Dies erschließt sich aus den E-Mails, die sie Douglas Preston im Jahr 2006 schickte und in denen sie ihm meine unmit-

telbar bevorstehende Verhaftung ankündigte – ein Sachverhalt, der normalerweise streng geheim hätte bleiben müssen.
In einer langen, umständlichen E-Mail schrieb sie: »Du wirst schon noch merken, dass sich das echte Monster ganz in deiner Nähe aufhält, dass du mit ihm gearbeitet hast und es beruflich schätzt. Und dass du nie gedacht hättest, in einer so kultivierten, sensiblen und höflichen Person könnte sich eine labyrinthische, abgründige Bestie verbergen, die danach trachtet, ihr Großes, Tödliches Werk zu Ende zu bringen. Ein Monster, das respektiert wird, das es schafft, jeden zum Narren zu halten. Meinst du nicht, lieber Preston, dass dies die erschütterndste Erfahrung deines Lebens wäre? Danach wirst du garantiert den originellsten Thriller aller Zeiten schreiben können.«
Gabriella Carlizzi zögerte nicht, ihre »Gemeinde« auch von meiner bevorstehenden Verhaftung, die in Perugia angeordnet worden war, in Kenntnis zu setzen und diese auf ihrem Blog anzukündigen: »Denn nicht einmal die florentinische Staatsanwaltschaft kann der mit einem Stift bewaffneten Person hineinreden … Doch macht euch keine Sorgen, in wenigen Tagen wird die Wahrheit ans Licht kommen …«
Gabriella Carlizzi und kein Ende: Über zehn Jahre hinweg war sie völlig besessen von dem Fall und von dem Bestreben, die Ermittler aus Perugia mit den Einzelheiten ihrer abwegigen, bizarren »Wahrheiten« zum Monster von Florenz zu versorgen.
Die Morde von Florenz sind das schrecklichste und blutigste Kapitel der italienischen Kriminalgeschichte: Zwischen 1968 und 1985 wurden acht junge Paare umgebracht, während sie in ihren Autos miteinander schliefen. Die letzten fünf Doppelmorde wurden in dem kurzen Zeitraum zwischen 1981 und 1985 verübt, und zwar stets in einer Samstagnacht, wenn der Mond hinter den Hügeln rund um Florenz kaum oder gar nicht sichtbar war. Nachdem der Mörder die Paare mit einer alten Beretta, Kaliber .22, getötet

hatte, entfernte er mit nur drei energischen Schnitten die Vulva der jungen Frauen. Die letzten zwei Male schnitt er ihnen in einer Eskalation des Wahnsinns auch die linke Brust ab und nahm sie mit.

Die Jagd nach dem Täter war die aufwendigste und teuerste, die Italien bis dahin erlebt hatte, und das folgende, über 2007 hinausreichende Ermittlungsverfahren war das längste, das es je gegeben hatte. Im Laufe der Jahrzehnte stellten die aufeinander folgenden Ermittler und Staatsanwälte Untersuchungen zu mehr als hundert Personen an, von denen nach und nach ungefähr ein halbes Dutzend verhaftet wurde. Und jedes Mal schlug das Monster von Florenz erneut zu und bewies damit die Unschuld der Tatverdächtigen. Eines Tages schließlich, im Jahr 1992, als der Serienmörder schon seit sieben Jahren nicht mehr aktiv geworden war, beschloss der Oberstaatsanwalt von Florenz, Piero Luigi Vigna, der wegen seines Einsatzes gegen den Terrorismus und die Mafia wahrscheinlich bekannteste Chefankläger, einen alten Bauern ins Visier zu nehmen, gegen den ein paar dürftige Hinweise und jede Menge Verleumdungen vorlagen.

Nachdem er trotz fehlender Beweise zu einer lebenslangen Freiheitsstrafe verurteilt worden war, legte der Bauer Pietro Pacciani 1996 Berufung ein. Er konnte mit ziemlicher Sicherheit damit rechnen, freigesprochen zu werden, und so geschah es.

Für den Chefankläger Vigna bedeutete dies eine vernichtende Niederlage, vor allem aber verbaute sie ihm den Aufstieg in noch wichtigere Ämter, besonders in das des leitenden Antimafia-Generalstaatsanwalts, die höchste Position der italienischen Justiz. Da die Niederlage jedoch schon einige Monate vorher abzusehen war, hatten Vigna und sein Stellvertreter den römischen Polizeichef gebeten, ihnen einen Kommissar an die Seite zu stellen, den sie mit den Untersuchungen zum Monster von Florenz betrauen konnten – zu jener Zeit bereits ein Fall für die Akten, ein *cold*

case. Den beiden wurde der Sizilianer Michele Giuttari zugeteilt, ein Kommissar, der zu diesem Zeitpunkt keine Aufgabe innehatte.
In Florenz bat Giuttari um ein paar Mitarbeiter und bekam ungefähr ein halbes Dutzend zugewiesen. Statt im Polizeipräsidium brachte er sie in einem unbewohnten Gebäude am nördlichen Stadtrand von Florenz unter, das der Polizei gehörte.
Giuttari war Vigna überaus nützlich: Genau an dem Tag, als Pacciani freigesprochen wurde, nahm er zwei seiner angeblichen Komplizen fest, die in Wirklichkeit nichts weiter waren als Dorfdeppen: zwei geistesgestörte Trunkenbolde, von denen einer sich selbst und andere belastete, und das ohne jeden Beweis.
Die Ermittlungen waren gerettet. Im Oktober desselben Jahres wurde Vigna Antimafia-Staatsanwalt.
Eigentlich wäre die Aufgabe von Kommissar Giuttari damit erledigt gewesen. Doch er behauptete, dass es weitere Hintermänner gebe: einflussreiche Persönlichkeiten, die hinter den brutalen Morden stünden und vielleicht sogar dem Satanismus anhingen. So entstand die GIDES (Gruppo Investigativo Delitti Seriali), eine Art Sonderkommission für serielle Straftaten, die sich ausschließlich auf die Verbrechen des Monsters konzentrierte.
Bei der Fahndung nach Hintermännern hatten die Ermittler in dem Staatsanwalt aus Perugia eine wertvolle und wichtige Stütze. Mignini war überzeugt, dass sich die Verbrechen des Monsters in der umbrischen Stadt fortsetzten. Daher hatte er parallele Ermittlungen eingeleitet, in die auch ich unvermutet hineingeriet.
Mignini zufolge hatte ich versucht, die Untersuchungen auf falsche Fährten zu lenken, indem ich in meinen Artikeln und Fernsehberichten Thesen darlegte, die sich von seinen unterschieden. Und wenn ich ihn schon in die Irre führen wollte, so seine Argumentation, dann doch wohl nur, um von dem wachsenden Verdacht gegen mich abzulenken. Dem Verdacht nämlich, einer der

Hintermänner des Monsters zu sein, wenn nicht gar das Monster selbst.
Doug Preston, der wenige Wochen zuvor in Perugia verhört und wegen Meineids und Mittäterschaft auf die Liste der Beschuldigten gesetzt worden war, wurde aufgefordert, Italien umgehend zu verlassen, wenn er nicht ebenfalls im Gefängnis landen wolle. Doug ließ sich nicht zweimal bitten und saß bereits am nächsten Morgen mit seiner Familie in einem Flugzeug nach New York. Zu Hause angekommen, setzte er alle Hebel in Bewegung, um Zeitungen und Vereinigungen wie die CPJ, die sich für die Pressefreiheit einsetzt, aufzurütteln und auf meinen Fall aufmerksam zu machen. Mit Erfolg.
23 Tage verbrachte ich in einer Zelle, die ersten sechs aufgrund meiner »Gefährlichkeit« in Einzelhaft, bis ich schließlich freigelassen wurde und der Oberste Gerichtshof meine Verhaftung, die jeder Grundlage entbehrte, als »gesetzwidrig« bezeichnete.
Doch Mignini gab sich nicht geschlagen: Im Herbst des Jahres 2007, kurz vor der Ermordung von Meredith Kercher, beschuldigte er mich, der Hintermann eines Mordes zu sein, der in Perugia im Jahr 1985 begangen worden war, und dies wieder im Auftrag der ominösen Rosa Rossa.
Mignini führte die Ermittlungen zu den Verbrechen des Monsters von Florenz unter dem Vorwand fort, der Tod des jungen Arztes Francesco Narducci, der sich 1985 ereignet hatte, stehe mit den florentinischen Morden und der uralten, satanischen Sekte in Verbindung. Einer Sekte, der angeblich seit Jahrhunderten die berühmtesten aristokratischen Familien von Florenz angehören und mittlerweile auch ein großer Teil des Establishments sowie zahlreiche weitere einflussreiche Männer weltweit.
Auch diese Offenbarung stammte von der Frau aus dem Mercedes, die Hunderte von Seiten mit ihren Aussagen füllte. Da sie in den Untersuchungsakten als besonders wichtig eingestuft wur-

den, mussten sie geheim gehalten werden. Beweise für die Existenz dieser Sekte gab es keine.
Mignini hatte mit Michele Giuttari und seiner Sonderkommission also ausgerechnet den Kommissar eingespannt, der schon in Florenz ermittelt hatte, und damit ein separates Untersuchungsverfahren eingeleitet. Die Staatsanwaltschaft Florenz versäumte es nicht, ihr Missfallen darüber auszudrücken.
Am 8. Oktober 1985, genau einen Monat nach dem letzten Verbrechen des Monsters von Florenz, verschwand Francesco Narducci, ein junger und hervorragender Gastroenterologe, der einer der bekanntesten Familien Perugias angehörte. Er war der Sohn von Professor Ugo und mit Francesca Spagnoli verheiratet, deren Familie Perugias berühmte Schokoladenfabrik gegründet hatte.
An jenem 8. Oktober hatte sich Francesco Narducci um die Mittagszeit zu seiner Villa in San Feliciano in der Nähe des Trasimener Sees begeben. Er stieg in sein rotes Motorboot, eine Grifo Plaster, warf den 70-PS-Motor an und entschwand. Zurück ließ er nichts als jede Menge Vermutungen und Klatsch. Fünf Tage später fischte man seine Leiche aus dem Wasser. Hätte man auf die Zeugenaussage des alten Fischers Luigi Dolciami gehört, der den Ermittlern sofort berichtete, was er an jenem Tag beobachtet hatte, hätte der Fall eigentlich keine Rätsel aufgeben müssen. Genau zur Zeit des angenommenen Verschwindens des Arztes hatte der Fischer aus knapp zwanzig Metern Entfernung dessen Boot gesehen und beobachtet, wie der Mann sich hinsetzen wollte, dann aber plötzlich aus seinem Blickfeld verschwand. Da er geglaubt habe, dem Mann sei schlecht geworden, sei er auf das inzwischen leere Boot zugefahren. Er sei an Bord geklettert, habe ein paar Runden gedreht und versucht, den Körper auszumachen, was aufgrund der Strömungen nicht möglich gewesen sei. Zurück an Land, hatte er Alarm geschlagen. Ein Unfall, kein Rätsel.
Siebzehn Jahre war dies allgemeiner Konsens, so lange, bis die

Hellseherin Gabriella Carlizzi – mittlerweile eine Berühmtheit, hatte sie doch die Existenz der Rosa Rossa enthüllt – auch in Perugia intervenierte und Staatsanwalt Mignini erklärte, der Tod des Arztes Narducci gehe ebenfalls auf das Konto der Sekte. Ohne irgendwelche Beweise vorlegen zu können, behauptete sie, der junge Arzt habe der Sekte angehört, ja, er sei sogar der »Wächter der Fetische« gewesen. Doch in letzter Zeit habe er sich in einer Krise befunden; vielleicht, weil er überlegte, vor Gericht auszupacken. Um die drohende Gefahr abzuwenden, habe die Rosa Rossa, der auch Narduccis Vater Ugo und andere Verwandte angehörten, beschlossen, den Arzt aus dem Weg zu räumen.

Natürlich stand dieser Version die Zeugenaussage des Fischers Luigi Dolciami entgegen. Doch irgendwie konnte auch dieses Faktum übergangen werden, denn seine Aussage verlor sich im Wust von Tausenden und Abertausenden Papieren in den Ermittlungsakten.

Die Rekonstruktion der mutmaßlichen Ermordung Narduccis wirkte auf viele Leute wenig überzeugend. Der junge Arzt, so behauptete Gabriella Carlizzi, war am 8. Oktober in eine Falle gelockt worden. Seine Killer, die von mir persönlich angeheuert worden seien, hätten sich mit ihm auf der kleinen Isola Pavese auf dem Trasimener See verabredet. Deshalb sei er in das Boot gestiegen. Die Mörder seien mit einer anderen Leiche aufgetaucht – vermutlich der Leiche eines Abtrünnigen –, um die Tat zu vertuschen. Laut Carlizzi erwürgten sie Narducci und ließen seinen Leichnam verschwinden – wohin, wisse man nicht. Die zweite Leiche sei ins Wasser geworfen und am Grund des Sees verankert worden. Der Anwalt der Familie Narducci, Alfredo Brizioli – auch er nach Ansicht der Carlizzi ein Mitglied der Sekte –, habe sich eine Ausrüstung zugelegt, um fünf Tage später in dem See nach der Leiche zu tauchen und sie aus ihrer Verankerung zu befreien. Auf diese Art sei die Leiche an die Oberfläche gekommen und aus dem Wasser gezogen worden. Dies nur, um zu erklären, weshalb während der Autopsie nicht festgestellt werden konnte, dass der Mann stranguliert wurde. Aus der Tatsache, dass die Leiche ja nun angeblich nicht die von Francesco Narducci gewesen war, folgerten Staatsanwalt Mignini und Kommissar Giuttari, dass alle, die das Gegenteil behaupteten – vom Polizeipräsidenten bis zum Oberst der Carabinieri, vom Rechtsmediziner bis zum Feuerwehrhauptmann –, gelogen hatten, weil auch sie zu den Komplizen gehörten.

Und so wurden zwanzig Personen, zu denen 2007 noch ich hinzugefügt wurde, wegen Beihilfe zum Verbrechen, Entziehung einer Leiche, Irreführung der Justiz und vieler weiterer Vergehen angeklagt.

2002 überzeugte Gabriella Carlizzi Mignini und Giuttari, dass sich nicht die Leiche des jungen Arztes in Narduccis Grab befände, sondern der andere Leichnam, der des Unbekannten, den die Killer bei sich gehabt hatten. Daraufhin ordnete Mignini die Exhumierung an. Welche Enttäuschung, als das Grab mit großer Spannung geöffnet wurde: Denn darin lag Francesco Narducci.

Andere Staatsanwälte und Polizeibeamte hätten hier klein beigegeben, doch nicht diese beiden: Sie behaupteten, man habe den Leichnam zweimal ausgetauscht und es sei den Verschwörern am Ende gelungen, ihrer Ersatzleiche wieder habhaft zu werden, sie verschwinden zu lassen und stattdessen Narducci zu begraben.

Im Herbst 2007 kam Mignini zu dem Schluss, dass er bald einen Richter ersuchen müsse, das Hauptverfahren für alle 21 Verdächtigen einzuleiten.

Die Atmosphäre war geprägt von todbringenden, vom Himmel gesandten Prophezeiungen, die durch das Internet und die Presse zu Sensationen aufgebläht wurden, sie war geprägt von der angeblichen beunruhigenden Präsenz einflussreicher Mitglieder geheimer, uralter satanischer Sekten, von Ermittlungen, die auch vor Polizeidirektoren, den Carabinieri und sogar vor einem Oberstaatsanwalt nicht haltmachten – und von der Kritik der Florentiner Staatsanwaltschaft an dem Vorgehen des Kollegen aus Perugia. Und in dieser mysteriösen, düsteren Atmosphäre nun wurde in der Nacht zwischen dem 1. und dem 2. November, der Nacht zwischen Allerheiligen und dem Tag der Toten, das Fenster eines am Stadtrand gelegenen Hauses mit einem großen Stein eingeworfen.

Ein Unbekannter stieg in das Haus ein und schnitt Meredith Kercher, der einzigen jungen Frau, die er vorfand, die Kehle durch. Vermutlich ein Sexualverbrechen, auch wenn nie mit Sicherheit festgestellt werden konnte, dass Meredith Kercher vergewaltigt worden war.

Der Mörder ließ sie halbnackt auf dem Boden liegen und warf eine Daunendecke über sie, wie es vor allem Zufallstäter tun, die ihr Opfer kennen. Er verließ das Haus durch den Eingang und ließ die Tür offen. Um nicht gesehen zu werden, nahm er eine kleine Straße auf der Rückseite des Hauses, wo es nur Felder gab. Er hatte die beiden Handys der Studentin an sich genommen und warf sie in einer etliche hundert Meter entfernten Parkanlage weg. Dann verschmolz er mit der schwarzen Nacht und verschwand.

Es war nur selbstverständlich, dass tags darauf eine der jungen Frauen, die sich das Haus mit Mez teilten, als Erste befragt wurde. Es handelte sich um die Amerikanerin Amanda Knox, die natürlich wirkende, junge Frau mit dem blassen Gesicht, das bald ganz Italien vertraut war. Die Nachrichtensendungen brachten es an jenem Tag in allen Ausgaben. In der Sequenz, die von einer Straße oberhalb des Hauses aufgenommen worden war, sah man Polizeibeamte in weißen Schutzanzügen im Haus aus und ein gehen. Eine Frau von robuster Statur, vermutlich eine Polizistin, auch wenn sie keine Uniform trug, stieß mit dem Fuß gegen die Tür, die sich direkt unterhalb des Tatorts befand, um sich Zutritt zu verschaffen. Der stellvertretende Staatsanwalt Mignini ging nachdenklich hin und her. Er hatte eine Pfeife im Mund und trug eine grüne, gesteppte Jacke aus Nylon, die berühmte Husky-Jacke mit den Steppstich-Nähten und dem Kragen aus Feincord, das sportliche Kleidungsstück, das die Engländer zum Reiten oder zum Lachsfang tragen, während die Italiener damit zur Arbeit gehen.

Ein wenig abseits sah man einen jungen Mann und eine junge Frau: Amanda und ihren italienischen Freund Raffaele Sollecito, auch er ein Student aus Perugia. Mit unbewegtem Gesicht betrachteten sie die Szene und strahlten eine zu Herzen gehende Zärtlichkeit aus. Sie hatten sich vor gerade mal neun Tagen kennengelernt.

Er, mit einem gelben Schal um den Hals, umarmte sie, strich ihr über die Schulter und gab ihr ab und an ein Küsschen, um ihr Mut zu machen. Sie, noch sehr jung, schien ihren Blick nicht von dem Zimmer abwenden zu können, in dem Mez noch immer lag, hingestreckt in ihrem eigenen Blut.

Kapitel 3

Perugia, 16. Januar 2009. »Amanda, immer wieder Amanda und nur Amanda. Unbestritten ist sie es, die Studentin aus Seattle, die wie ein Magnet das Interesse der Medien auf sich zieht. Und wie jeder Star, der etwas auf sich hält, ist es natürlich auch sie, die als Letzte in die Aula degli Affreschi kommt und vor das Geschworenengericht tritt, das im Mordfall Meredith Kercher über sie und Raffaele Sollecito urteilen soll. Als Knox hereinkommt, senkt sich fast vollständige Stille über das Gewühl der Journalisten (81 Korrespondenten aus allen Teilen der Welt sind zugegen). Sie versäumt es nicht, ihnen einen ihrer magnetischen Blicke zuzuwerfen. Jeans, weiße Sportschuhe, ein gestreiftes T-Shirt und eine graue, kuschelige Jacke, auf die ihr offenes Haar herabfällt – Amanda, ›das Engelsgesicht‹, schreitet langsam voran, zieht die Blicke aller Anwesenden auf sich, es entladen sich die Blitze der Fotografen, die entgegen der gerichtlichen Anordnung (›Keine Kameras oder Reporter!‹) den Saal nicht verlassen haben. Der Einzige, den sie keines Blickes würdigt, ist ausgerechnet ihr Ex-Freund Raffaele, der vor wenigen Minuten mit blassem Gesicht und einem etwas verlorenen Ausdruck hereingekommen ist.«

»Star«, »magnetische Blicke«, »Engelsgesicht«. Aber auch kalt und gleichgültig gegenüber diesem Jungen mit den romantisch langen Haaren und der kleinen Brille, die ihn wie einen Gelehrten aussehen lässt. Dem Jungen, der so schüchtern wirkt und bestimmt aus gutem Hause kommt. Man konnte deutlich sehen, dass er trotz allem noch in Amanda verliebt war. Wahrscheinlich hatte sie es nicht einmal bemerkt, doch die Reporterin aus Perugia, die Amandas Einzug in die Aula beschrieb, hatte das perfekte Porträt einer Hexe gezeichnet.

Natürlich nicht das Porträt einer Hexe, wie Walt Disney sie in unsere Vorstellungswelt eingezeichnet hat – keine gebeugte, alte Frau mit langer Hakennase über einem zahnlosen Mund, hervorspringendem Kinn und dürren, verkrümmten Fingern –, sondern so, wie Hexen in alten Zeiten tatsächlich aussahen: jung, schön, verführerisch und vor allem eins: unabhängig.
Was hatte Amanda nur getan, dass sie sich in den wenigen Monaten, die zwischen der Ermordung ihrer Freundin Mez und ihrem Auftritt im Gerichtssaal lagen, in eine Mörderin und gar in eine Hexe verwandelt hatte?
Was war geschehen, dass ihr Name zum Synonym für eine hassenswerte Frau wurde, ein Name, der dem Lateinischen entstammt und den Modus eines Verbs abbildet, das Gerund von »amare« (»Amanda est«), und »die zu Liebende« bedeutet?
In Wahrheit war wenig passiert. Während sie darauf wartete, verhört zu werden, hatte sie auf dem Flur des Polizeipräsidiums ein Rad geschlagen, einen akrobatischen Purzelbaum, bei dem man die Hände am Boden abstützt, die Beine durch die Luft wirbeln lässt und am Schluss wieder aufrecht steht. Nur zwei Tage nach dem Verbrechen war sie unbeschwert mit Raffaele zum Pizzaessen gegangen. Und noch schlimmer: Sie hatte mit ihrem Freund neckische Unterwäsche gekauft. Der Besitzer des Geschäfts, ein gesetzesfürchtiger und vor allem sehr neugieriger Mann, war zur Staatsanwaltschaft geeilt, um von diesem »überaus gravierenden Vorfall«, dessen Zeuge er geworden war, zu berichten oder, besser gesagt, ihn zur Anzeige zu bringen. Er war überzeugt, den Ermittlern wertvolle Informationen zu liefern, die dazu beitragen würden, die Verantwortlichen für den widerwärtigen Mord an Meredith Kercher dingfest zu machen. Das Paradoxe war, dass er sich keineswegs irrte: Seine Zeugenaussage wurde tatsächlich als überaus hilfreich eingeschätzt.
Das Radschlagen, die Pizza in intimer Zweisamkeit und die Un-

terwäsche waren für die Ermittler aus Perugia und für einen Großteil der Öffentlichkeit die Indizien, die es gebraucht hatte, um Amanda auf die Schliche zu kommen und ihr wahres Wesen hinter der Maske der amerikanischen Studentin zu entlarven. Das Engelsgesicht mit der dämonischen Seele.

Hatte es nicht ohnehin geheißen, hinter dem Mord an der englischen Studentin stecke ein satanisches Verbrechen, ein esoterischer Opferritus, etwas in der Art, das Gabriella Carlizzi ja sogar vorhergesehen hatte?

Da war es doch geradezu offensichtlich, dass eine Hexe mit von der Partie sein musste.

Amanda hatte also nicht viel tun müssen, um sich als das zu outen, was sie war: jung, schön, verführerisch, Amerikanerin und frei. Kurz, sie war alles, was ein Großteil der Leute, die ihre Geschichte so begierig verfolgten, gerne gewesen wäre, jedoch nie hätte werden können. Und wenn das, was man so sehr beneidet, unerreichbar ist, sollte man es besser eliminieren, um den Frust nicht spüren zu müssen. Man sollte es wie eine Hexe auf einem öffentlichen Platz verbrennen.

Sicher, die Ermittler, die hinter dem Täter her waren, suchten keine Hexe, sondern nur eine Mörderin. Ihr vorgefasstes Bild entsprach jedoch genau dem einer Hexe, die ihrer Ansicht nach ein rituelles Verbrechen anlässlich irgendeines obskuren Hexensabbats begangen hatte.

Eines jedoch hatte Amanda wirklich getan; etwas sehr Schlimmes, das Schlimmste, was eine Frau gemäß dem alten und immerwährenden Frauenhass tun konnte, der in biblischen Tempeln, ja schon im irdischen Paradies, seine Wurzeln hat, als Eva Adam und all seine Nachkommen ins Verderben stürzte. Amanda hatte gelogen. Allerdings wurde sie zu diesem Zeitpunkt schon ganz eindeutig für die Schuldige gehalten.

Lügen ist eine Eigenart und zugleich der schlimmste Makel der weiblichen Natur, der den Frauen gewiss direkt vom Teufel eingeimpft wird, genau wie es in vielen mittelalterlichen Texten geschrieben steht. Und genau wie Eva hatte Amanda Knox einen unschuldigen Mann ins Verderben gestürzt oder zumindest in Gefahr gebracht: Patrick Diya Lumumba, einen jungen Musiker aus dem Kongo, der zu besagtem Zeitpunkt bereits seit einigen Jahren in Perugia lebte und der Besitzer eines Pubs mit dem Namen *Le Chic* war, das hauptsächlich von Studenten besucht wurde und in dem die junge Frau aus Seattle ab und an arbeitete, um etwas Geld zu verdienen. Gegen Ende des sich hinziehenden letzten Verhörs hatte Amanda Patrick am Tatort auftauchen lassen und dadurch seine Verhaftung und die schreckliche Beschuldigung wegen Mordes verursacht.

Ebenjenes Verhör, das in der Nacht vom 5. auf den 6. November ohne Anwälte oder Dolmetscher stattgefunden hatte, ist eins der großen »schwarzen Löcher« der Affäre.

Das Problem dabei war Folgendes: Die Polizei und die ermittelnden Staatsanwälte sind vom italienischen Gesetz verpflichtet, alle Vernehmungen aufzuzeichnen, doch während des Prozesses verschwanden sowohl die Bandaufzeichnungen aus dem Verhör mit Amanda wie auch die aus dem parallel geführten Verhör mit Raffaele, und niemand konnte sich erklären, wie das passiert war.

Ein seltsamer Vorgang, der natürlich unweigerlich Verdacht erregte. Doch in erster Linie hätten die Ermittler selbst Verdacht schöpfen müssen, da Amanda mit ihrer Lüge ja nicht nur Patrick Lumumba, sondern auch sich selbst an den Tatort versetzt und damit in Schwierigkeiten gebracht hatte. Und dies ohne ersichtlichen Grund.

Schon vor dem Verhör stand sie unter Verdacht, ja mehr noch, sie war die Hauptverdächtige, was sie weder wusste noch je geglaubt hätte. Niemand hatte ihr etwas gesagt. Und niemand hatte ihr geraten, sich einen Anwalt zu nehmen.

Wie es in solchen Fällen oft geschieht, übernahmen einige der Polizisten die Rolle »der Bösen« und andere die Rolle »der Guten«, womit man den Befragten abwechselnd beruhigt und bedroht, um ihn so richtig weichzukochen. Mit der jungen Amerikanerin hatten sie noch leichteres Spiel, denn Amanda befand sich erst seit wenigen Wochen in Perugia, und ihr bisschen Italienisch war miserabel.

Anstatt einfach ihre Arbeit zu tun, verwandelte sich die Dolmetscherin Anna Donnino in eine Art Medium, das versuchte, Amandas Gemüt auszuforschen: »Wenn du dich nicht erinnerst, kannst du sagen, dass du ein Trauma erlitten hast. Ich helfe dir, dich zu erinnern. Ich helfe dir, zu verstehen, was du erlebt hast.« Der Amerikanerin wurde suggeriert, sie solle sich in so etwas wie einen Wachschlaf versetzen und die Bilder, die ihr dabei durch den Kopf gingen, beschreiben. Amanda jedoch bestand darauf, sich an nichts zu erinnern. Daraufhin, so berichtete sie, hagelte es Ohrfeigen und Beschimpfungen.

Als sie später von jener Nacht erzählte – zu diesem Zeitpunkt befand sie sich noch in Italien –, tat sie das aus Vorsicht heraus eher beschönigend. Zumindest schien es so, wenn man sich die Erinnerungen von Raffaele vergegenwärtigte, der gleichzeitig im Nachbarzimmer verhört wurde. Der junge Mann sagte, er habe gehört, wie die Polizisten Amanda angeschrien hätten, wie die junge Frau weinte und schluchzte und mehrmals auf Italienisch »Hilfe! Hilfe!« schrie.

»Du musst dich erinnern!«, brüllten die Beamten sie an. »Sag uns, wer bei dir war!«

Später meinten die Polizisten selbst, Amanda und Raffaele seien wahrscheinlich schon etwas verwirrt ins Präsidium gekommen, da sie wohl einen Joint zu viel geraucht hätten. Für den Rest Verwirrung, so möchte man hinzufügen, hat dann die Polizei gesorgt.

Wenige Tage später schrieb Amanda in ihr Tagebuch: »Ich war in meiner Zelle. Ich dachte nach und dachte nach und dachte nach, immer in der Hoffnung, mich zu erinnern, in der Hoffnung, das Richtige getan zu haben. Besorgt fragte ich mich, ob die Polizei vielleicht recht hatte. Vielleicht hatte ich den Mord an Meredith tatsächlich gesehen, und vielleicht war ich zu verwirrt, um mir etwas derart Tragisches in Erinnerung zu rufen. Und dann, wie eine Überschwemmung, fiel mir alles wieder ein, ein Detail nach dem anderen, bis zu dem Moment, in dem mein Kopf in der Nacht, in der Meredith umgebracht wurde, aufs Kissen gesunken ist und ich eingeschlafen bin. Ich habe geweint, ich war so glücklich. Ich habe alles aufgeschrieben, woran ich mich erinnern konnte, und auch erklärt, weshalb ich zunächst so verwirrt war. Das ist es, was passiert ist, seit ich hier bin. Sie haben gelogen, als sie sagten, sie wüssten, dass ich zu Hause war, denn das kann nicht sein. ICH WAR NICHT ZU HAUSE, und deshalb können sie es auch nicht beweisen.«

Auf denselben Seiten beschreibt die junge Frau, wie die Ermittler, die sie befragten, an ihre »Beichte« kamen: »In Wirklichkeit waren sie es, die mich verwirrt haben. Sie haben mich belogen, mich angeschrien. Sie haben mich die ganze Nacht wach gehalten, mich eine dumme Lügnerin genannt und mich geschlagen. Seltsamerweise bin ich noch nicht mal wütend. Der einzige Grund, warum ich eine Falschaussage gemacht habe, ist der, dass mich die Polizei unter Stress, unter Druck gesetzt und mir eine Gehirnwäsche verpasst hat.«

Im Nebenzimmer lief es für Raffaele nicht wesentlich anders: »Wenn du versuchst, aufzustehen, prügle ich dich blutig, und dann bringe ich dich um. Ich lasse dich in deinem eigenen Blut liegen!«, schrie ein Polizist. Dann ließen sie ihn ein Protokoll unterschreiben, das sich so las, als hätte er gesagt, Amanda sei zur Tatnacht aus seiner Wohnung gegangen, um in die Via della Pergola zurückzukehren. In Wirklichkeit hatte Raffaele erklärt, er habe geschlafen und könne deshalb nicht wissen, was die junge Frau in dieser Zeit getan habe. Doch er wisse genau, dass sie das Haus nicht verlassen haben könne, denn da sie keinen Schlüssel zu seiner Wohnung gehabt habe, hätte sie klingeln müssen, um wieder zu ihm zurückzukommen. Doch dies wurde im Protokoll unterschlagen.

In Raffaeles Beichte ging es nicht so sehr um ihn selbst als vielmehr um Amanda. Er war das Alibi der jungen Frau. Und genau das wollte die Polizei um jeden Preis demontieren.

»Amanda ist eine Lügnerin. Vier Tage lang hat sie nie aufgehört zu lügen. Und vielleicht wird sie es auch weiterhin tun, das werden die kommenden Stunden zeigen.« So hieß es in einer Tageszeitung. Am nächsten Tag pflichtete ihr eine andere bei: »Raffaele Sollecito verhält sich genauso. Er ist ein Lügner, genau wie Amanda. Und genau wie Amanda gibt er zu, anfangs gelogen zu haben. (›Ich habe die Nacht mit ihr in meiner Wohnung verbracht.‹)«

Für alle, die bei der Befragung nicht dabei waren oder nicht wenigstens die Gelegenheit hatten, Genaueres darüber zu erfahren, blieb lange unverständlich, weshalb die Amerikanerin eine derart schwerwiegende Beschuldigung gegen Patrick Lumumba erhoben hatte. Eine Beschuldigung, die ganz offensichtlich nicht der Wahrheit entsprach, wie zwei Wochen später eindeutig nachgewiesen werden konnte.

Doch schon zuvor stand für die Polizei und Staatsanwalt Mignini fest, dass Amanda bis zum bitteren Ende in das Verbrechen verwickelt war.

Am Tatort bedurfte es jedoch auch eines Mannes, eines zweiten Schuldigen, denn es war beinahe unmöglich, dass eine Frau, noch dazu eine so kleine, zierliche Person wie Amanda, Meredith Kercher festhalten und ihr gleichzeitig derart brutal die Kehle durchschneiden konnte. Für so etwas war ein Mann vonnöten, vor allem, da ja anscheinend ein Versuch sexueller Gewalt vorlag. Dies belegten die Kleider, die dem halbnackten Opfer vom Leib gerissen worden waren: Der Büstenhalter war zerrissen, der Verschluss lag abgetrennt auf dem Boden und war voller Blut.

Da gab es also Raffaele, Amandas Freund, den sie knapp neun Tage zuvor kennengelernt hatte. Doch der junge Mann hatte weder die *physique du rôle* noch die entsprechende Persönlichkeit, dass man ihn als brutalen Killer hinstellen konnte, auch wenn sich die emsigen Medien in Perugia alle Mühe gaben. So war es ihnen beispielsweise gelungen, ein Foto vom vergangenen Karneval auszugraben, auf dem Raffaele, als verrückter Arzt verkleidet, ein blutiges Hackebeil in der Hand hält. Tagelang wurde das Foto immer und immer wieder gezeigt. Dennoch schien Raffaele zu höflich, zu gut erzogen und zu verliebt. Er konnte höchstens als Handlanger durchgehen, quasi als verlängerter Arm Amandas, der es gelungen war, ihn zu verhexen und ihn auf einen Komparsen zu reduzieren, der sich ebenfalls am Tatort aufgehalten hatte. In jedem Fall brauchte man ihn am Tatort – und sei es nur als Statisten –, denn er war Amandas Alibi, und nur er konnte es zum Einsturz bringen. Also war auch er ein Lügner, der bewusst nicht die Wahrheit sagte, um seine Schuld und die der jungen Frau zu vertuschen. Zumindest so lange, bis er sich, vom Gefängnis zermürbt, hoffentlich entschließen würde, seine Freundin zu belasten.

Nein, der wirkliche Mörder, der echte Komplize der diabolischen jungen Frau aus Seattle musste wie ein Brutalo daherkommen, ja besser noch, die italienische Kultur und das Milieu Perugias sollten ihm fremd sein. Auf Amandas Handy fand sich noch der Nachweis eines »verdächtigen« Telefonats, das sie wenige Stunden vor dem Mord mit Patrick Lumumba geführt hatte. Und der war Ausländer und schwarz.

Am Nachmittag des 1. November hatte Lumumba Amanda eine

SMS geschickt, um ihr mitzuteilen, dass sie abends im *Le Chic* nicht gebraucht würde. Die amerikanische Studentin hatte ihm mit einem »See you later. Have a good night« geantwortet.
Überall auf der Welt hätte man diesen Satz mit einem einfachen »Ciao« oder »Auf Wiedersehen« übersetzt, auf das ein »schönen Abend« folgte. Doch nicht so in Perugia.
»See you later« wurde wörtlich übersetzt: »Wir sehen uns später.« Und das »Have a good night« wurde als Wunschäußerung angesehen, dass diese spezielle Nacht noch sehr, sehr lustig werden sollte. Laut den Ermittlern in Perugia hatten sich Amanda und Lumumba also für den Abend verabredet.
Ein »schwarzer Mann«, der Kinderschreck aus dem Märchen, passte hervorragend in die Szenerie dieses Mordes. Ein Immigrant, jemand, der nicht aus Perugia stammte, jemand, der wirklich ganz anders war. Einer der Polizeibeamten begann herumzuerzählen, dass in dem Zimmer, in dem Mez' Leiche gelegen hatte, ja eigentlich sogar direkt in ihren Händen, eine »afrikanische Kappe« gefunden worden sei.
In keinem veröffentlichten Dokument und nirgends unter den beschlagnahmten Gegenständen tauchte diese berühmte Kappe je auf. Sie – oder vielmehr die Legende um sie – diente nur als Vorwand, um den Mörder unter afrikanischen Einwanderern zu suchen. Nicht durch Zufall hatte die Polizei vor der Verhaftung Lumumbas – also auch bevor Amanda seinen Namen ins Spiel brachte – einen gewissen Shaky ausführlich im Präsidium verhört, einen Marokkaner, der ein Geschäft in Perugia besaß. Sein Name war in einem abgehörten Gespräch zwischen der Studentin aus Seattle und Raffaele gefallen.
Aller Wahrscheinlichkeit nach hat die »afrikanische Kappe« nie existiert. Vielmehr war die von den Ermittlern angewandte Methodik – wenn man es denn so nennen kann – dieselbe wie die, die sie dazu bewog, sich auf Amanda zu konzentrieren und sie als

Organisatorin »einer Orgie aus Blut und Sex« einzustufen, wie es in der englischen Presse hieß.

Niemand anders als Kommissar Fabio Giobbi vom *Servizio Centrale Operativo* der italienischen Polizei (SCO) enthüllte dem amerikanischen Fernsehsender CBS, was diese Methodik beinhaltete: Amanda Knox und Raffaele Sollecito seien, sagte er, Gegenstand einer »kognitiv-komportamentalen Untersuchung«, was auch immer das heißen mochte. Abgesehen davon, dass der Kommissar keine klare Vorstellung von dieser Art Untersuchung zu haben schien, muss noch hinzugefügt werden, dass keine Psychologen oder sonstige Experten hinzugezogen wurden, sondern nur schlichte Polizisten.

Giobbi im Wortlaut: »Es gab eine, sagen wir … nun, ich nenne es eine kognitiv-komportamentale Untersuchung, also eine Untersuchung, die sich auf die Beobachtung aller Beteiligten stützt sowie auf die psychosomatischen Reaktionen, die diese Personen während der fortschreitenden Ermittlungen gezeigt haben könnten. Bis zum selben Abend wurde mir von einer ganzen Reihe Verhaltensweisen berichtet, die … ich glaube, sie heißen Mezzetti und Romanelli (Merediths und Amandas italienische Mitbewohnerinnen, Anm. d. Verf.) an den Tag gelegt haben. Es war ein sehr viel moderateres Verhalten als bei Sollecito und Amanda im Polizeipräsidium, die beide etwas weniger von dem Vorfall betroffen zu sein schienen. Aber ich wiederhole: Ich ging davon aus, dass dies unter anderem sehr vom jeweiligen Charakter abhing.«

Auch andere Polizisten hatten offenbar einen Hang zur »kognitiv-komportamentalen Untersuchung« oder, anders gesagt, zu wilden Spekulationen, so etwa der Chef des Mobilen Einsatzkommandos von Perugia, Giacinto Domenico Profazio, den seine Intuition ebenfalls sofort auf Amandas und Raffaeles Spur brachte: »An dem Abend, an dem all die jungen Leute im Präsidium verhört wurden, habe ich gesehen, dass sich eine von ihnen im Wartezimmer auf die Knie der anderen gesetzt hat. Ich habe ihr gesagt, sie solle dies doch bitte unterlassen.«

Lorena Zugarini wiederum, die stellvertretende Chefin des Mobilen Einsatzkommandos, konzentrierte ihre Aufmerksamkeit ganz auf Amanda. Sie stellte fest: »Ich war schon ziemlich bestürzt, als sie irgendwann im Gang plötzlich einen Spagat gemacht hat. Einen Spagat, und dann hat sie noch ein Rad geschlagen.«

Niemand machte sich die Mühe zu präzisieren, dass Amanda sich bemüßigt gefühlt hatte, ihre Gelenkigkeit zu demonstrieren, weil eine andere Polizistin sie gefragt hatte, ob sie Sport treibe.

Die wachsenden Verdachtsmomente gegen Amanda erhärteten sich erheblich, als man die junge Amerikanerin zu der kleinen Villa zurückbrachte, in der das Verbrechen stattgefunden hatte. Wieder war es der Kommissar der SCO, Fabio Giobbi, der erklärte: »Wir sind mit Amanda Knox für eine Art Tatortbegehung zu der Villa zurückgefahren … Ich weiß noch, dass ich ihr Plastikgamaschen, so nenne ich sie immer, gegeben und sie mir dann selbst übergestreift habe. Als ich mich nach der Knox umgeschaut habe, um zu sehen, ob sie die Gamaschen auch wirklich angezogen hatte, sah sie mich an und machte diese berühmte Bewegung: Sie ließ die Hüften kreisen, sagte ›voilà‹ und lachte. Da war ich schon kurz perplex … Ich bin kein Psychologe, ich kenne mich auf diesem Gebiet nicht aus, aber ich habe trotzdem Erfahrung, und dieser Vorfall hat sich mir eingebrannt. Als Amanda mich ansah und die Bewegung machte, das berühmte Hüftkreisen, war das für mich wichtig. Ich glaube, dass man anhand eines solchen Verhaltens schon sehen kann, dass ich eine detektivische Intuition habe.«

Für seine formidable »detektivische Intuition« gab es noch einen weiteren Beweis, den Giobbi als endgültige Bestätigung ansah und auf den er sehr stolz war. So stolz, dass er Paul Ciolino, dem

berühmten Ermittler aus Chicago, nicht ohne eine gewisse Eitelkeit davon berichtete. Durch seine Untersuchungen war es Ciolino mehrfach gelungen, amerikanische Häftlinge vor dem sicheren Tod zu bewahren. Der Fernsehsender CBS zog ihn oft als Berater hinzu. Ende des Jahres 2007 wurde Ciolino mit einem Team der beliebten TV-Serie *48 Hours* nach Perugia geschickt, wo er eine lange Unterhaltung mit Edgardo Giobbi führte. Im Anschluss war Ciolino buchstäblich wie vom Donner gerührt: »Wir sind in der Lage«, so hatte der Kommissar gesagt, »anhand einer kognitiv-komportamentalen Untersuchung exakt festzustellen, inwieweit die Verdächtigen als schuldig zu betrachten sind. Wir haben es nicht nötig, uns in alle möglichen Arten von Untersuchungen zu verstricken, da uns diese Methode gestattet, die Schuldigen innerhalb kürzester Zeit dingfest zu machen.«
Unnötig zu sagen, dass die Erklärungen Giobbis mitsamt ihren voreiligen Schlüssen den amerikanischen Ermittler schockierten, zumal sie schon feststanden, ehe die Ergebnisse der Spurensicherung ausgewertet worden waren. »Leute«, rief Paul Ciolino, »ihr habt Amanda ohne einen einzigen Beweis, ohne einen einzigen Zeugen festgenommen? Ihr habt noch nicht mal die Tatwaffe …! Was hattet ihr vorzuweisen? Sagen Sie es mir … Erklären Sie mir, warum dieses Mädchen schuldig sein soll.«
Die Antwort hätte Ciolino fast vom Stuhl gerissen: »Ich sage Ihnen, warum: Sie hat eine Pizza gegessen …!«
Giobbi berichtete, er habe Amanda in den ersten Tagen nach dem Verbrechen gesucht. Er habe Raffaele auf dessen Handy erreicht – die Nummer hatte ihm bereits vorgelegen – und ihm gesagt, er wolle sie beide sehen. Der Student habe mit »okay« geantwortet, worauf sich der Polizist nach dem momentanen Aufenthaltsort der beiden erkundigt hatte.
»Wir sind beim Pizzaessen«, hatte Raffaele geantwortet. »Ganz in der Nähe der Uni.«

»In genau diesem Moment«, erklärte Giobbi dem CBS-Mitarbeiter stolz, »wusste ich, dass Amanda die Schuldige ist.«
Weiter berichtete er dem sichtlich sprachlosen Ciolino: »Ich wusste, dass sie die Schuldige ist, denn an ihrer Stelle hätte ich mich heulend im Bett verkrochen und keine Ruhe gefunden, weil doch eine meiner Freundinnen umgebracht worden war.«
Der Ermittler aus Chicago hatte kaum noch die Kraft zu antworten: »Seit dem Verbrechen waren schon ein paar Tage vergangen … Glauben Sie nicht, dass sie etwas essen musste …? Sie wollen sagen, sie hätte weinend im Bett bleiben müssen …?«
»Aber ja«, erwiderte der Kommissar der SCO mit Nachdruck. »Genau das will ich sagen. Als das passiert ist, wusste ich, dass sie die Schuldige ist!«
Erschüttert beendete Paul Ciolino seinen Beitrag für die CBS-Sendung *48 Hours* mit dem Resümee: »Dies ist ein Feldzug gegen Amanda Knox!«
Wenn schon einer Pizza eine so gravierende Bedeutung beigemessen wurde, als es darum ging, Amanda Knox als die Schuldige in einem Verbrechen mit sexuellem Hintergrund zu entlarven, dann kann man sich leicht vorstellen, welche Relevanz die Aussage von Carlo Maria Scotto di Rinaldi für die Ermittler hatte. Scotto ist der Besitzer des Kleidergeschäfts, in dem Amanda und Raffaele am 3. November, einen Tag nach dem Verbrechen, ein Unterhemd und ein paar Slips kauften. Der Mann berichtete, er habe gesehen, wie sich Raffaele mit einem Lächeln an die junge Amerikanerin gewandt und auf Englisch gesagt habe: »Nachher zu Hause ziehst du dir das an, und dann haben wir wilden Sex.«
Nicht einmal die Tatsache, dass die kleine Villa, in der Amanda lebte, ja immer noch beschlagnahmt war und sie deshalb keine Möglichkeit hatte, hineinzugelangen und ihre Kleider zu holen, wurde als mildernder Umstand in Erwägung gezogen.
Lumumba, »der schwarze Mann«, die zu freizügige Amerikane-

rin und ihr »Handlanger« Raffaele, dem die nicht klar definierte Rolle des Helfers zukam, waren das perfekte Trio. Mignini etablierte es kurzerhand am Tatort und postulierte einen rituell-satanischen Hintergrund. Während der ersten Sitzung im Ermittlungsverfahren scheute der Staatsanwalt nicht davor zurück, von einem Mord zu sprechen, der »eigentlich ein Ritual hätte sein sollen, das man traditionell in der Nacht von Halloween abhält. Ein Sex- und Opferritus also, der schon 24 Stunden zuvor in dem Landhaus in der Via della Pergola hätte stattfinden sollen, dann aber aufgrund eines unvorhergesehenen Zwischenfalls, den die beiden italienischen Mitbewohnerinnen verursacht haben, verschoben wurde.«

Dies nun war die erträumte Revanche gegen all jene, die ihn verleumdet hatten, vor allem aber gegen die Staatsanwaltschaft Florenz, die ihn auf die Anklagebank gebracht und seine satanischen Theorien zum Monster von Florenz als »Makulatur« behandelt hatte. In gerade mal vier Tagen hatte er einen überaus gravierenden Mordfall gelöst und zudem noch beweisen können, dass es Ritualdelikte eben doch gab.

Aufgrund der heftigen Kritik, der sich Mignini daraufhin ausgesetzt sah, dementierte er später, die Theorie eines rituell-satanischen Motivs in der ersten Vernehmung vertreten zu haben. Die Vernehmung hatte hinter verschlossenen Türen und daher in Abwesenheit von Journalisten stattgefunden. Ein Dementi, auf das nun wieder ein weiteres, sehr glaubwürdiges und auch sarkastisches Dementi des Richters im Zwischenverfahren folgte. In der Darstellung der Gründe, die ihn bewogen hatten, lediglich den übrigen Anträgen der Staatsanwaltschaft stattzugeben, bezeichnete er Migninis Theorie als »gelinde gesagt, phantasievoll«.

Am Morgen des 6. November, vier Tage nachdem das Verbrechen aufgedeckt worden war, rief der Polizeipräsident eine triumphale Pressekonferenz ein. Dazu autorisiert hatte ihn Staatsanwalt Mignini. Mit all den Daten im Rücken, die der Polizei als hieb- und stichfest galten, war man stolz auf das kognitiv-komportamentale Untersuchungsverfahren. Vor allem aber war man stolz auf Amandas Aussagen während des Verhörs, das die ganze Nacht gedauert und in dem sie sich selbst und Patrick Lumumba belastet hatte – ein Verhör, von dem jede Tonbandaufzeichnung fehlt.

Am nächsten Tag gaben sämtliche italienische Tageszeitungen die Erklärungen des Polizeipräsidenten enthusiastisch wieder. »In den Ermittlungen zum Mord an Meredith Kercher, der englischen Studentin, die in der Nacht vom 1. auf den 2. November umgebracht worden ist, zeichnet sich eine Wende ab. Heute Morgen bei Tagesanbruch wurden drei Personen ins Polizeipräsidium gebracht und verhaftet. Es handelt sich um die amerikanische Mitbewohnerin des Opfers, eine zwanzigjährige Studentin namens Amanda Knox, ihren Freund aus Bari, Raffaele Sollecito, 24 Jahre alt, und den kongolesischen Staatsbürger Patrick Diya Lumumba, 37 Jahre alt. Knox sei es gewesen, die in das Haus eindrang und den Ermittlern Hinweise zum Tathergang in jener Nacht gab. Sie sei außerdem für die Änderung des Tatorts verantwortlich. Für alle drei lautet die Anklage auf Beihilfe zu vorsätzlicher Tötung und Beihilfe zu sexueller Gewalt.«

»Wahrscheinlich gibt es ein sexuelles Motiv«, fügte der Polizeifunktionär Profazio hinzu und vergaß nicht zu erwähnen, dass »wir im Moment nicht mehr sagen können, als dass alle drei an der Tat beteiligt sind und gemeinsam die Verantwortung dafür übernehmen müssen. Die junge Meredith war moralisch unbescholten. Spuren von Drogen oder Alkohol sind bei ihr nicht gefunden worden. Sie war ein Opfer und fertig.«

Die unbescholtene Mez – und es gibt keinen Grund, an ihrer Unbescholtenheit zu zweifeln –, das Opfer also, steht einer Amanda gegenüber, die Alkohol trinkt, Joints raucht, »wilden Sex« hat und darüber hinaus noch Räder schlägt sowie Spagate und unangebrachte »Bewegungen« macht. Vier Tage Ermittlungsarbeit haben die detektivische Intuition der ersten Stunde bestätigt, als die Polizei davon ausging, das Fenster sei nur zur Täuschung eingeschlagen worden, und die Verletzung, an der die Engländerin gestorben war, sei »genau die Art Schnitt am Hals, der einen irgendwie gleich an den Islam denken lässt«.

Amanda, immer wieder Amanda und nur Amanda. Amanda und Mez, das Böse und das Gute, das Laster und die Tugend, die Hexe und das unbescholtene Mädchen. Eingerahmt von diabolischen Riten, unschuldigem Blut, das dem Teufel dargebracht wurde, und dem orgiastischen Sex eines Hexensabbats.

Am Tatort selbst wies nichts auf eine solche Rekonstruktion hin. Stattdessen konnte man dort deutlich erkennen, was sich wirklich zugetragen hatte und wie der Name des Schuldigen lautete.

Kapitel 4

Als würde sie von einer Kamera in den Händen eines Altmeisters des Horrorfilms gefilmt, näherte sich die junge, ahnungslose Protagonistin Amanda Knox am Morgen des 2. November, am Tag der Toten, dem Ort des Verbrechens, ohne zu ahnen, welches Grauen sie erwartete. Sie kehrte von Raffaeles Wohnung am Corso Garibaldi, wo sie die Nacht verbracht hatte, zu dem abgelegenen Landhaus in der Via della Pergola zurück, weil sie sich lieber dort duschen wollte. Außerdem befanden sich all ihre Kleider dort. Um ungefähr 10.30 Uhr traf sie ein. Wie es die allwissende, unsichtbare Regie vorsah, deuteten sofort erste Anzeichen auf einen ungewöhnlichen Vorfall hin: Die Tür des Hauses stand sperrangelweit offen. Doch Amanda beunruhigte das nicht weiter. »Vielleicht«, dachte sie, »ist eine von meinen Mitbewohnerinnen kurz rausgegangen.«

Dennoch schloss sie lieber die Tür. Nun befand sie sich also im Haus, nur eine wenige Zentimeter dicke Holztür trennte sie von dem schrecklichen Mord.

Schon im Flur hinter der Eingangstür konnte sie Meredith Kerchers Zimmer auf der gegenüberliegenden Seite sehen. Amanda rief nach der Freundin, bekam jedoch keine Antwort. Die Tür war abgeschlossen. »Vielleicht schläft sie noch«, dachte die Amerikanerin.

Amandas Zimmer befand sich weiter links, neben dem von Mez. Rechts davon, ganz am Ende des Korridors, gab es ein kleines Bad. Wäre sie gleich nach links gegangen, hätte die Studentin aus Seattle das Wohnzimmer betreten, das die jungen Frauen gemeinsam benutzten. Auf der gegenüberliegenden Seite befanden sich ihr eigenes Zimmer, das von Mez, das Zimmer von Filomena Ro-

manelli und, direkt gegenüber, das von Laura Mezzetti. Auf der gleichen Seite lag schließlich noch das größere Bad.
Die italienischen Mitbewohnerinnen, selbst keine Studentinnen, hatten wenig mit den beiden anderen zu tun. Sie hatten die Nacht nicht hier im Haus verbracht. Filomena war zu ihrem Freund Marco gefahren und Laura nach Rom gereist. Meredith musste demnach die ganze Nacht allein gewesen sein.
Wenn man das Haus in der Via della Pergola betrat, bekam man leicht den Eindruck, die Wohnung müsse ebenerdig liegen, doch in Wirklichkeit handelte es sich um den ersten Stock. Da das Haus seitlich zu einer kleinen Anhöhe gebaut worden war, gab es darunter noch ein Appartement mit separatem Eingang. Im Untergeschoss wohnten drei junge Männer, allesamt italienische Studenten, die an diesem Tag ebenfalls außer Haus waren. Sie hatten die Feiertage genutzt, um ihre Familien zu besuchen.
Amanda nahm eine rasche Dusche. Als sie sich die Füße abtrocknete, bemerkte sie ein paar Blutflecke am Rand des Waschbeckens. Die alarmierenden Auffälligkeiten häuften sich, und dennoch konnten sie den Beatles-Song, den die Amerikanerin vor sich hin trällerte, nur kurz unterbrechen. Für einen Moment dachte sie, das Blut sei ihr von den Ohren getropft, die sie sich gerade erst hatte piercen lassen. Doch die Tropfen waren zu groß und außerdem bereits getrocknet. Als sie weitere Blutflecke auf dem Wasserhahn bemerkte, kam ihr dies nun doch seltsam vor, denn sowohl sie selbst als auch ihre Freundin waren reinlich und hätten diese Art Verschmutzung nicht geduldet. Amanda überlegte sogar kurz, ob Meredith vielleicht ihre Tage hatte.
Als sie sich nach einem Handtuch umblickte, bemerkte sie, dass seltsamerweise keines da war. Sie fühlte sich unwohl und fror. Wegen der Kälte legte sie sich den kleinen Badezimmerteppich um die Schultern und lief in ihr Zimmer. Dort war alles noch an seinem Platz, auch ihr Laptop. Amanda schaltete ihn ein, um ein

wenig Musik zu hören, zog sich an und trocknete sich die Haare. Zurück im großen Bad, machte sie eine ziemlich unangenehme Entdeckung: In der Toilette waren Fäkalien zurückgeblieben. So unachtsam wäre keine der Bewohnerinnen des Hauses gewesen. Etwas wie Angst begann in der jungen Frau aufzusteigen. Sie zog es vor, das Haus zu verlassen und die Tür hinter sich abzusperren. Mit schnellen Schritten eilte sie zu Raffaeles Wohnung zurück.

In wenigen, angstvollen Worten beschrieb ihm Amanda, was sie zu Hause gesehen hatte und was sie daran so beunruhigte: die offene Tür, die Blutflecke, das schmutzige WC, Merediths versperrtes Zimmer und die Freundin selbst, die womöglich nicht zu Hause war, jedenfalls nicht antwortete.

»Versuch, sie anzurufen«, sagte Raffaele. Amanda tippte die Nummer der Freundin in ihr Handy ein.

Auf Merediths leuchtendem Display erschienen die Uhrzeit 12.07 Uhr und der Name »Amanda«. Doch das Handy befand sich nicht in den Händen der Engländerin, sondern im Gras eines großen Parks, der zu der schönen Anlage der Familie Biscarini gehörte. Die Mutter Elisabetta und deren Kinder Alessandro und Fiammetta hatten sich an jenem Morgen so gesorgt, dass sie die Polizei gerufen hatten.

Nach dem Frühstück um neun Uhr hatte Alessandro bei einem kurzen Spaziergang durch den Park ein Motorola-Handy auf der Erde gefunden. Seltsam. Der Fund ließ darauf schließen, dass jemand in das Grundstück eingedrungen war. Einbrecher vielleicht, die den Besitz schon mehrmals ins Visier genommen hatten. Und dieser Jemand hatte sein Handy verloren.

Alessandro verständigte die Polizei, die versprach, dass sie gleich kommen würde. Als sie um 12.07 Uhr noch immer nicht eingetroffen war, geschah etwas, was die Besorgnis der Biscarinis noch verstärkte. In der Küche hörten Fiammetta und eine Bedienstete den Klingelton eines Handys, der aus einem Busch im

Park zu kommen schien. Die beiden Frauen folgten der Melodie und fanden unter ein paar Blättern ein zweites Handy, ein Sony Ericsson. Fiammetta hob es auf, trug es ins Haus und übergab es ihrem Bruder Alessandro, damit er es sich genauer ansehen konnte. Genau in diesem Moment klingelte das Handy. Auf dem Bildschirm erschien der Name »Amanda«. Alessandro nahm den Anruf nicht an.

»Meredith geht nicht ran«, sagte Amanda in wachsender Panik zu Raffaele. Nun rief sie Filomena an, ihre italienische Mitbewohnerin, die in Perugia geblieben war. Sie erreichte sie in Pian di Massiano, einem nahe gelegenen kleinen Ort, wo die Italienerin zusammen mit ein paar Freunden die *Fiera dei Morti* besuchte, die »Totenmesse«, zugleich Markt und eine Art Vergnügungspark. Amanda teilte ihr mit, dass sie gerade bei Raffaele sei. Als sie jedoch kurz zuvor nach Hause gegangen sei, habe die Tür offen gestanden und es hätten sich Spuren von Blut im Badezimmer befunden. Darüber sei sie sehr erschrocken.

Filomena antwortete, dass sie so schnell wie möglich kommen würde, doch zuvor müsse sie noch eine andere Freundin, Paola, mit dem Auto abholen. Auch sie war sehr besorgt und konnte nicht einfach untätig bleiben, ohne mehr in Erfahrung zu bringen. Filomena versuchte, Meredith auf ihren beiden Handys zu erreichen, auf dem englischen und auf dem italienischen, doch sie erhielt keine Antwort.

In der Zwischenzeit versuchte auch Amanda, die Engländerin ans Telefon zu bekommen, doch ohne Erfolg. An diesem Punkt beschlossen sie und Raffaele, in die Via della Pergola zurückzugehen.

Sofort zeigte sie dem jungen Mann aus Apulien das Bad mit den Fäkalien in der Toilette. Die Tür zu Merediths Zimmer war nach wie vor versperrt. Die beiden beschlossen, einen Blick in Filomenas Zimmer zu werfen. Kaum hatten sie die Tür geöffnet, sahen sie ihre schlimmsten Befürchtungen bestätigt: Jemand war gewaltsam in das Haus eingedrungen und hatte das Zimmer der Italienerin verwüstet. Auf dem Boden lagen jede Menge Kleidungsstücke verstreut, das typische Szenario eben, wenn ein Haus von Einbrechern heimgesucht wird. Amanda und Raffaele entdeckten einen großen Stein auf dem Boden, mit dem das Fenster eingeschlagen worden war. Die kalte Luft des Totengedenktags drang herein.

Ein Haus, in das Einbrecher eingedrungen sind, das von fremden Händen durchwühlt wurde, dessen Intimsphäre verletzt und von fremden Blicken geschändet worden ist: All das hinterlässt eine tiefe Wunde. Mehr noch als die Gegenstände, die eventuell gestohlen wurden, ist es die gewaltsame Entweihung, die das eigene Leben erlitten zu haben scheint. Doch in einigen Fällen sitzt die Verletzung noch tiefer, dann nämlich, wenn die Einbrecher das Haus verwüstet haben und der Besitzer merkt, dass nichts mitgenommen wurde. Dann gesellt sich die Unbegreiflichkeit hinzu, das Irrationale, das völlig Fremde, diese eine Frage, auf die es keine Antwort gibt: Warum? Kurz gesagt, es kommt Angst hinzu. Filomenas Computer stand auf dem Schreibtisch, wo er immer gestanden hatte. Das Zimmer der anderen Italienerin, das Amanda und Raffaele nun sofort kontrollierten, war in tadellosem Zustand, als wäre nichts angefasst worden. Auch im Zimmer der Amerikanerin fehlte nichts.

Die Antwort auf das »Warum?« musste sich in Merediths Zimmer befinden, dem einzigen, in dem sie noch nicht nachgesehen hatten. Amanda hämmerte immer heftiger gegen die Tür, aber es rührte sich nichts. Raffaele beschloss, die Tür gewaltsam zu öffnen. Er machte einen Versuch, doch die Tür gab nicht nach. Die Angst der beiden jungen Leute wuchs.

Obwohl es bei ihr daheim in Seattle, auf der anderen Seite des Ozeans auf einem anderen Kontinent, erst 4.45 Uhr war, rief

Amanda ihre Mutter an. »Es geht mir gut, ich bin okay. Ich rufe dich vom Haus aus an, weil ich glaube, dass jemand hier eingebrochen ist.« Sie berichtete Edda von der offenen Tür, dem WC, das nicht gespült worden war, und vor allem davon, dass sie Meredith nicht finden konnte.

Edda befahl ihr, sofort aufzulegen und die Polizei zu rufen. Amanda gab dies an Raffaele weiter. Der junge Mann nickte und erklärte, seine Schwester Vanessa sei Offizierin bei den Carabinieri in Rom und es sei das Beste, sie um Rat zu fragen. Natürlich wies auch Vanessa ihren Bruder an, sofort die 112 zu wählen, was Raffaele umgehend tat.

»Hallo? Hören Sie, äh … Jemand hat unser Fenster eingeschlagen und ist bei uns eingebrochen. Er hat eine riesige Verwüstung angerichtet … Eine Tür ist abgeschlossen …«

»Das heißt also, es sind Leute eingedrungen und haben eine Scheibe kaputt gemacht? Aber woher wollen Sie denn wissen, dass sie überhaupt ins Haus gekommen sind?«, antwortete der Carabiniere.

»Das sieht man an den Spuren. Und im Bad sind Blutflecke. Sie haben nichts mitgenommen. Aber das Problem ist, dass die Tür abgeschlossen ist. Und dass da Blutflecke sind.«

»Eine Tür ist abgeschlossen? Welche denn?«

»Die einer Mitbewohnerin. Sie ist nicht da, und wir wissen nicht, wo sie sich aufhält. Ja, ja, wir haben versucht, sie anzurufen, aber sie antwortet nicht.«

»Okay, in Ordnung, wir schicken Ihnen eine Streife und überprüfen die Lage.«

Man könnte dies für die Abschrift einer normalen Unterhaltung zwischen einem Bürger und einem Telefonisten der Carabinieri halten – so normal solche tragischen Telefonate eben sein können. Doch in dieser Geschichte durfte nichts so sein, wie es wirklich war, und so wurde aus dem besorgten Hilferuf zweier verängstigter, ratloser junger Leute ein gravierendes Verdachtsmoment.

Nichts, was von oder mit Amanda getan worden war, konnte unschuldig sein.

Wenige Minuten nachdem Raffaele die 112 angerufen hatte, trafen zwei Polizeibeamte in Zivil bei dem Häuschen ein. Dabei handelte es sich nicht etwa um die Streife der Carabinieri, dafür waren die Beamten viel zu schnell vor Ort, sondern um zwei Männer von der Polizia Postale, alarmiert von den Biscarinis, nachdem diese die zwei Handys in ihrem Park gefunden hatten. In kurzer Zeit war es den Männern gelungen, herauszufinden, dass eins der beiden Handys einer gewissen Meredith Kercher gehörte und für deren Gespräche mit England benutzt wurde. Das andere gehörte Filomena Romanelli, wurde jedoch ebenfalls von der Engländerin für ihre Anrufe innerhalb Italiens genutzt. Ab da hatte die Polizei nicht mehr lange gebraucht, um herauszufinden, dass die italienische Handybesitzerin in der Via della Pergola Nummer sieben ansässig war. Dort trafen die beiden Beamten Amanda und Raffaele an, die wartend vor dem Häuschen standen.

»Verdächtige«, dachten die Polizisten sofort – warum, weiß keiner. Vielleicht, so erklärten sie später, habe die Tatsache, dass die jungen Leute flüsterten, ihre Aufmerksamkeit erregt. Raffaele begriff schließlich, dass dies nicht die Carabinieri waren, auf die er und Amanda gewartet hatten, und erklärte, sie hätten gerade die 112 gewählt und demnächst würde eine Streife eintreffen. Daraufhin vermuteten die Beamten, der Anruf sei nach ihrer Ankunft getätigt worden, um den beiden ein Alibi zu verschaffen und so ihre Anwesenheit zu rechtfertigen. Das zumindest behaupteten die Polizisten, nachdem sich herausstellte, dass in dem Häuschen ein Mord begangen worden war. Wenn Amanda also mit ihrem Freund vor dem Haus stand, dann nicht, weil sie dort wohnte,

sondern weil – man weiß es ja – der Mörder immer wieder an den Tatort zurückkehrt.
Er kehrt zurück, weil er befürchtet, Spuren hinterlassen zu haben, die er schnellstmöglich beseitigen will, bevor die Polizei eintrifft.
Deswegen also stand dieses »diabolische Paar« dort herum.
Beweise? Keine. Und kein Polizist oder Carabiniere konnte je bezeugen, gesehen zu haben, wie einer der beiden nach dem Eintreffen der Polizei, also um 12.45 Uhr, einen Anruf getätigt hatte. Die Telefonermittlung der Carabinieri hatte Raffaeles Anruf um 12.40 Uhr registriert, also fünf Minuten vorher, was die Version der Studenten bestätigte. Doch auch das war kein Problem: Als es sehr viel später an der Zeit für eine Zeugenaussage war, zogen die Beamten einfach zehn Minuten von ihrer eigentlichen Ankunftszeit ab.
Diese an und für sich nebensächliche Einzelheit wurde während des Prozesses zu einem vieldiskutierten Punkt. Aus Sicht der Anklage hatte er seine Funktion hinsichtlich der öffentlichen Meinung erfüllt, und zwar schon seit einiger Zeit und in äußerst effektiver Weise. Die Nachricht der neuen »Lüge« von Amanda und Raffaele wurde sofort an die Zeitungen von Perugia weitergegeben und – wie alles, was die Ermittlungen zum Mordfall Mez betraf – auch an nationale und ausländische Zeitungen. Am Anfang entsandte keine dieser Zeitungen einen Korrespondenten für längere Zeit nach Perugia. Auch die Informationen der bedeutendsten amerikanischen Zeitungen stammten in Wirklichkeit von Lokalreportern aus Perugia, von Migninis sogenannten »Freunden«. Die Artikel wurden von den Korrespondenten in Rom oder direkt von den Redaktionen in London, New York, Seattle übersetzt und bei Bedarf noch geringfügig verbessert.
Die Polizeibeamten wollen also sicher gewesen sein, die Täter ausfindig gemacht zu haben – und das, noch bevor sie den Tatort überhaupt betreten hatten, noch bevor sie auf ein Verbrechen hat-

ten schließen können. Sie waren schon im Bilde, bevor Amanda das Rad geschlagen, den Spagat und andere seltsame »Bewegungen« vollführt hatte. Sie wussten Bescheid, bevor Amanda und Raffaele ihre Pizzen gegessen hatten und bevor Kommissar Giobbi das ganze Arsenal detektivischer Intuition und »kognitiv-komportamentaler« Untersuchungen aufgefahren hatte.

Dass es sich um einen Mord handelte, erkannten die Beamten an jenem 2. November gegen 13.00 Uhr, als Filomena mit ihrer Freundin Paola und wenig später Filomenas Freund Luca Altieri mit seinem Kumpel Marco Zaroli in der Via della Pergola eintrafen. Da nichts entwendet worden war – weder Geld noch der Laptop oder Schmuck –, begriffen auch Filomena und ihre Freunde, dass die Erklärung für diesen seltsam rätselhaften Übergriff und die beunruhigenden Blutflecke in Merediths abgesperrtem Zimmer zu finden sein müsse.

Dieses seltsame Gefühl, sich in einem Haus zu befinden, das ins Visier eines Einbrechers geraten war, in dem aber nichts gestohlen worden war, regte die jungen Leute noch mehr auf. Und in genau diesem Moment machte Inspektor Battistelli einen Witz, den wohl unglücklichsten der Geschichte: »Beruhigt euch … Schließlich haben wir noch keine Leiche unter dem Sofa gefunden.«

Für ihn lag des Rätsels Lösung in dem kaputten Fenster. Battistelli, der sich für gewöhnlich nur mit telematischen Untersuchungen befasste, würde später sagen, ihm sei vom ersten Moment an klar gewesen, dass es sich um eine Inszenierung handelte, mit der die Ermittler in die Irre geführt werden sollten. Nicht alle Glasscherben befanden sich im Inneren des Zimmers, sondern einige auch draußen im Freien. Eigentlich ganz normal, wenn ein Fenster zerbricht, doch nicht für diesen Beamten. Noch am gleichen Tag verbreiteten die lokalen TV- und Radiosender die Nachricht, die Ermittler hätten große Zweifel, dass das Fenster tatsächlich mit einem Stein eingeschlagen worden sei.

Die Carabinieri und die Polizeibeamten durften die Tür nicht ohne Erlaubnis eines Staatsanwalts aufbrechen. Also war es am Ende Luca Altieri, der sie mit einem kräftigen Schulterstoß öffnete. Drinnen war es relativ dunkel, doch der junge Mann konnte genug erkennen, um voller Grauen aufzuschreien: Alles war voller Blut, der Boden, die Wände, die Möbel. Unter einer beigen Daunendecke, die jemand auf den Boden geworfen hatte, ragte ein nackter Fuß hervor.
Marco, dem es gelungen war, einen Blick in das Zimmer zu werfen, drehte sich um und schrie: »Blut! Blut!« Mit erstickter Stimme wiederholte Luca: »Ein Fuß, ein Fuß …«
Als Inspektor Battistelli die Situation erfasst hatte, befahl er den jungen Leuten, das Haus zu verlassen. Er war der Erste, der Merediths Zimmer betrat, neben der Daunendecke niederkniete und sie auf einer Seite leicht anhob, um zum ersten Mal das Gesicht des ermordeten Mädchens zu sehen, schlimmer noch: die Maske aus geronnenem Blut.
Schon der erste Blick ließ vieles erkennen: Die Kehle war durchgeschnitten worden, der Körper, der auf dem Rücken lag, war, bis auf ein über die Brust gerolltes T-Shirt, nackt. Der schwarze Slip lag nicht weit von den Füßen der jungen Frau entfernt, ebenso der zerrissene, blutgetränkte BH. Es handelte sich offenkundig um sexuelle Gewalt oder eher um den Versuch, da sich Meredith heftig gewehrt hatte. Schließlich hatte der Angreifer sie mit einer scharfen Messerklinge für immer zum Schweigen gebracht. Meredith war von ihrem Mörder eingeholt worden, als sie versucht hatte, ihm auf allen vieren zu entkommen. Sie wurde von hinten am Kopf gepackt. Dann der schreckliche Moment, als er das Messer durch ihre Kehle zog.
Eine Blutlache auf dem Boden, überall an den Wänden Spritzer und rote Striche, die von blutigen Händen stammten, Fußspuren auf den Fliesen und dem kleinen Badezimmerteppich, ein Sper-

mafleck auf dem Kissen – reichlich DNA-Spuren, sollte man meinen. Dann sogar noch die nicht hinuntergespülten Fäkalien in der Toilette, die mit Sicherheit von dem Mörder stammten, einem Mörder, der angesichts der Gewaltanwendung und des offensichtlichen Motivs nur männlich sein konnte. Kurzum, der Täter hatte so viele Spuren am Tatort hinterlassen, dass man daraus ein Porträt hätte erstellen können, das nicht präziser hätte sein können, wenn er seinen Personalausweis dagelassen hätte.

Um 14.00 Uhr trafen vier Videografen und Fotografen der Spurensicherung aus Perugia ein. Um den Tatort nicht zu kontaminieren, waren sie von Kopf bis Fuß in weiße Schutzanzüge gekleidet. In Anwesenheit von Staatsanwalt Mignini, dem Chef des Amts für kriminalpolizeiliche Ermittlungen, Giacinto Profazio, und Kommissar Edgardo Giobbi vom SCO, begannen sie mit ihrer Arbeit. Weitere Polizeibeamte, die von der Kriminalbiologin Dottoressa Patrizia Stefanoni koordiniert wurden, ergänzten das Expertenteam. Hinzu gesellten sich noch einige Gerichtsmediziner unter der Leitung von Luca Lalli, einem Professor der Universität Perugia.

Die Spurensicherung in Merediths Zimmer wurde mit Hilfe mehrerer Speziallampen und einer Kamera vorgenommen, die alles aufzeichnete. Die Arbeit begann nach Mitternacht und dauerte viele Stunden.

Hätte Mignini, der als Staatsanwalt nach dem Gesetz die Ermittlungen zu leiten hatte, die vielen präzisen Antworten abgewartet, die sich aus den Laboruntersuchungen des reichlich vorhandenen Genmaterials ergaben – er hätte die Lösung des Mordfalls in Händen gehabt. Er hätte den Namen des Mörders in Händen gehabt, die Gewissheit, wer sich am Tatort aufgehalten hatte und, noch wichtiger, wer nicht dort war. Er hätte einen minutiösen Bericht in Händen gehabt, mit allem, was sich in der Nacht vom 1. auf den 2. November in dem kleinen Häuschen in der Via della

Pergola abgespielt hatte. Und er hätte harte Beweise in Händen gehabt, die kein noch so guter Anwalt während des Prozesses je hätte widerlegen können.
Mignini hingegen hielt es für überflüssig, die Laborergebnisse abzuwarten. Er hatte sich seine eigene Wahrheit zurechtgebastelt, die seiner Ansicht nach natürlich auf einer höheren Ebene fußte. So sicher war er sich seiner Sache, dass er felsenfest glaubte, die Analysen müssten seine Erwartungen bestätigen.
Diese seine »Wahrheit« von dem Ritus in der Halloween-Nacht, satanischen Sekten und Opferkulten machte er wenige Tage später publik und präsentierte dann dem Richter des Zwischenverfahrens die Ergebnisse seiner Ermittlungen. Kein außenstehender Beobachter hat je verstanden, woher er seine Gewissheit nahm. Von der Untersuchung des Tatorts jedenfalls nicht, so viel ist sicher.
In diesen Tagen schrieb die »erleuchtete« Gabriella Carlizzi, Migninis Zeugin mit der direkten Verbindung zum Himmel, in ihrem Blog, »ihr Giuliano« könne auf keinen Fall den tatsächlichen Hintergrund seiner Ermittlungen enthüllen, denn man würde ihm nicht glauben, und dann wäre die gesamte Ermittlung in Gefahr.
»Gebt acht«, fügte sie noch hinzu, »ihr könntet euch hinsichtlich des Motivs für den Mord an der Kercher täuschen und feststellen, dass das dargebotene Menschenopfer in enger Verbindung mit dem Fall Narducci und dem Monster von Florenz steht …«
Doch kein Schwefelgeruch hing über dem Tatort oder über der großen Blutlache neben Merediths Leiche, es fanden sich keine seltsamen Spuren okkulter Symbole, keine Gegenstände, die an irgendeinen satanischen Kult erinnert hätten, und auch keine Hufabdrücke, sondern nur die von Männersportschuhen der Marke Nike mit konzentrischen Kreisen auf der Sohle.
Selbst wenn sich in dem Appartement DNA-Spuren von Amanda

befunden hätten, hätte dies für die Anklage keine Rolle spielen dürfen, denn die junge Frau wohnte schließlich dort. Um sie zweckdienlich auf den Tatort zu zerren, bedurfte es eines eindeutigen Beweises dafür, dass ihr Freund Raffaele Sollecito vor Ort gewesen war, als der Mord begangen wurde. Da es nun keinerlei DNA-Spuren gab, musste unter allen Umständen bewiesen werden, dass der blutige Schuhabdruck nur von ihm stammen konnte. Also wurde ein Paar Schuhe, das man im Haus des Studenten entdeckt hatte, für kompatibel erklärt.

»Kompatibel« ist ein Ausdruck, der aus den Gutachten, die doch so wissenschaftlich daherkommen wollen, verbannt werden sollte, denn er bedeutet einfach nur »kann sein, kann aber auch nicht sein«. Im Endeffekt heißt »kompatibel« nichts anderes als »nach Gutdünken der Anklage«.

Als die Gutachter abwägen sollten, ob es sich bei dem Küchenmesser, das Inspektor Armando Finzi in Sollecitos Wohnung gefunden hatte, um die Tatwaffe handelte, gelang es den Gutachtern, einen noch vageren, noch weniger wissenschaftlichen Ausdruck zu benutzen: »nicht inkompatibel«.

Es war das erste Messer, das der Inspektor in die Hand genommen hatte. »Ein Glückstreffer«, kommentierte Staatsanwalt Mignini.

Die Anklage plazierte das »diabolische Paar« Amanda und Raffaele also auf der Bühne des Verbrechens – und dies nur aufgrund des Nike-Abdrucks in Merediths Blut, der auf den ersten Blick mit Raffaeles Schuhen »kompatibel« zu sein schien, technisch jedoch nie abgeglichen worden war.

Und dann war da natürlich noch »das Geständnis« am Ende einer Befragung, die ohne Anwalt und ohne Dolmetscher durchgeführt worden war und von der keine Aufzeichnung existierte. In dieser Befragung hatte die junge Frau aus Seattle den Kongolesen Lumumba in den blutigen, satanischen Ritus verwickelt, nachdem

sie ihn am Nachmittag zuvor via SMS mit einem »See you later«, einem »Auf Wiedersehen«, gegrüßt hatte, das die Polizei aus Perugia als ein »Wir sehen uns später« interpretiert hatte.
Mignini hielt diese Elemente für ausreichend, um der Öffentlichkeit nun also seine Wahrheit zu präsentieren. Am 6. November, gerade mal vier Tage nach dem Mord, ließ er seine Schuldigen – Amanda Knox, deren Freund Raffaele Sollecito und den Musiker Patrick Lumumba, den eigentlichen Urheber des Verbrechens – an den Kamera- und Foto-Objektiven vorbeidefilieren.
Sofort schrieb Carlo Bonini in *La Repubblica:* »Was also ist in der Nacht vom 1. auf den 2. November zwischen zwölf und drei Uhr geschehen? Amanda Marie Knox schildert den Tod Meredith Kerchers folgendermaßen: ›Wir wollten uns an jenem Abend ein bisschen amüsieren.‹ ›Wir‹, das wären sie selbst, ihr Freund Raffaele Sollecito und der Kongolese Patrick Diya Lumumba. ›Wir hatten sie auch dazu eingeladen.‹ ›Diya wollte sie.‹ ›Ich bin mit Raffaele in ein anderes Zimmer gegangen. Dann habe ich Schreie gehört …‹ Indem Amanda Marie Knox in der Montagnacht zugegeben hat, sich am Tatort befunden zu haben, und indem sie Lumumba als den eigentlichen Urheber des Verbrechens beschuldigte, lieferte sie ihren Zuhörern eine Reihe von Tatsachen, die es ihnen – egal, ob sie nun wahr sind oder nicht –, zusammen mit dem engmaschigen Indiziengefüge, gestatteten, die drei Namen mit einem Verbrechen in Zusammenhang zu bringen, das eine Freiheitsstrafe nach sich zieht. Doch soweit man die Lage im Moment nachvollziehen kann, lässt das Geständnis die Rekonstruktion von Merediths letzten Stunden ebenso wenig zu wie die Frage, inwiefern Amanda an dem Tod der jungen Frau Mitschuld hat.«
Dieser ausgezeichnete Journalist konnte nichts weiter tun, als das wiederzugeben, was der Polizeipräsident auf der Pressekonferenz hatte verlautbaren lassen, doch die Rekonstruktion der Ereignisse

wirkte so exzentrisch, dass er pflichtschuldigst ein paar Zweifel anklingen ließ.
Nicht alle hatten solche Skrupel. Die mit Mignini »befreundeten« Journalisten verbreiteten dessen Wahrheit als unumstößliche Tatsache, und als solche wurde sie von der Mehrzahl der ausländischen Journalisten aufgegriffen, vor allem von den englischen. Ein Beispiel: »How angelic student orchestrated satanic murder«. Abgesehen von der dringlichsten Frage, ob ein Mord mit sexuellem Hintergrund von einer Frau organisiert worden sein konnte, mussten sich auch deswegen Zweifel regen, weil sämtliche forensischen Gutachten noch zu erstellen waren und daher kein einziges Ergebnis präsentiert worden war. Fragwürdig musste auch das lange, zu lange Verhör der gerade mal zwanzigjährigen Amanda erscheinen, einer jungen Frau, die erst vor einem Monat nach Perugia gekommen war und deshalb noch nicht gut Italienisch sprach.
Doch die größten Zweifel hätten den Ermittlern aus Perugia kommen müssen, denjenigen, die von der ersten Stunde an behauptet hatten, das kaputte Fenster in der Via della Pergola sei eine Inszenierung, eine Irreführung, für die ausschließlich jemand mit freiem Zutritt zum Haus verantwortlich sein konnte. Amanda, immer wieder Amanda und nur Amanda – die Einzige, die nach Ansicht der Beamten in jener Nacht mit Meredith zusammen gewesen war.
Und doch sind in Perugia zwischen September und Oktober zwei weitere Fenster mit Steinen eingeschlagen worden. Und zum Zeitpunkt von Merediths Ermordung wussten die Ermittler auch, wer diese Steine geworfen hatte.

Kapitel 5

In der Nacht des 27. September wurde Cristian Tramantano von Gepolter und dem Geräusch von zersplitterndem Glas geweckt. Er war Barkeeper im *Merlin,* jenem Lokal, in dem Meredith Kercher fünf Wochen später in der Halloween-Nacht zum letzten Mal in ihrem Vampir-Umhang fotografiert werden sollte. Cristian wohnte auf dem Corso Bersaglieri in einem kleinen Appartement im Erdgeschoss. Um Platz zu gewinnen, war dort eine Galerie eingezogen worden, auf der sich nun sein Bett befand. Hätte ein Dieb einen Blick durchs Fenster geworfen, er hätte glauben müssen, dass niemand zu Hause war. Und wenn er außerdem den Bewohner gekannt hätte, hätte er vermutet, dass Cristian sich noch länger an seinem Arbeitsplatz aufhalten würde. Doch an jenem Abend war der junge Mann nicht ins *Merlin* gegangen.
Cristian begriff sofort, dass ein Dieb ins Haus eingedrungen war. Er schaltete das Licht ein und sprang von der Galerie herunter, entschlossen, sich dem Einbrecher entgegenzustellen. Vor ihm stand ein junger dunkelhäutiger Mann, auch er völlig überrascht und wahrscheinlich erschrocken, was ihn wohl noch gefährlicher machte. In seiner rechten Hand blitzte ein Klappmesser mit einer langen Klinge auf. An seinem irren Blick konnte man ablesen, dass er bekifft, vielleicht auch betrunken war. Klar war auch, dass er ohne Zögern von seiner Waffe Gebrauch machen würde, um nicht geschnappt zu werden. Cristian packte einen Stuhl, um ihn als Schild und gleichzeitig als Waffe zu benutzen. Er richtete die vier Beine auf den Unbekannten, hielt ihn so auf Distanz und versuchte ihn zu verscheuchen.
Der Farbige ergriff nicht sofort die Flucht. Für einen Augenblick schien er bereit zu kämpfen. Doch Cristian musste zu entschlos-

sen gewirkt haben, und vielleicht begriff der Eindringling auch, dass dies eine sehr dumme Entscheidung gewesen wäre. Also wich er zur Tür zurück, lief auf die Straße hinaus und rannte davon.

Cristian hatte den jungen Afrikaner noch nie gesehen, wusste also nicht, wer er war. Dennoch ging er am darauffolgenden Tag ins Polizeipräsidium, um Anzeige zu erstatten. Man ließ ihn so lange warten, bis er schließlich dachte, dass sich eine Anzeige im Grunde doch nicht lohne. Immerhin hatte der Einbrecher nichts gestohlen. Und abgesehen von dessen Hautfarbe hätte Cristian auch keine weiteren Angaben machen können. Also ging er wieder.

Dann, als der Fall Kercher bekannt wurde und neben Patrick Lumumba auch das Foto eines anderen Farbigen in den Zeitungen auftauchte, der von der Polizei und den Journalisten als »der vierte Mann« bei dem Verbrechen in der Via della Pergola bezeichnet wurde, erkannte ihn Cristian Tramantano wieder. Es war der Einbrecher, der in sein Mini-Appartement eingedrungen war, nachdem er zuvor das Fenster mit einem Stein eingeschlagen hatte. Wieder ging er ins Polizeipräsidium, berichtete von den Vorkommnissen und wusste endlich, wer bei ihm eingebrochen hatte: Rudy Hermann Guedé, 22 Jahre alt, an der Elfenbeinküste geboren und seit seinem fünften Lebensjahr in Perugia. Momentan lebte er in einem Haus in der Via del Canerino.

Es hätte sich problemlos nachweisen lassen, dass er der Einzige war, der sich in Merediths Zimmer aufgehalten hatte, als sie erstochen wurde – wenn, ja wenn Mignini und die Polizeibeamten die Ergebnisse der forensischen Gutachten abgewartet hätten, statt Amanda, Raffaele und dann auch noch Lumumba zu verhaften. Auf der Basis einer kognitiv-komportamentalen Untersuchung und nicht nachweisbarer »Geständnisse«.

Nur Rudy kam als Mörder in Frage, denn die wissenschaftlichen Analysen ergaben, dass er es war, der seine blutbesudelten Hände an der weißen Wand in Merediths Zimmer abgewischt hatte. Er und nicht Raffaele war in Merediths Blut herumgetrampelt, so dass dort wie ein Stempel das Profil seiner Nike-Sohlen zurückgeblieben war. Er war es, der auf dem kleinen Teppich in Merediths und Amandas Badezimmer den Abdruck seines nackten, blutigen Fußes hinterlassen hatte. Er war es, der seine Fäkalien nicht hinuntergespült hatte. Kurzum, er war es, der im ganzen Haus seinen genetischen Fingerabdruck hinterlassen hatte. Rudys DNA – und zwar nur seine – war in dem Zimmer gefunden worden, in dem der Mord geschehen war. Und Rudy konnte nicht nachweisen, dass er nicht im Haus war, als Meredith die Kehle durchgeschnitten wurde – in jener Nacht, in der das Fenster zu ihrem Haus mit einem Stein eingeschlagen worden war, genau wie das Fenster von Cristian, dem Barkeeper des *Merlin.*

Als man ihn nach einem Fluchtversuch in Deutschland geschnappt hatte, wurde er zum x-ten Mal verhört. Wieder fragte man ihn, was sich in der Nacht des Verbrechens in Merediths Haus zugetragen habe. Rudy leugnete weiterhin hartnäckig, der Mörder zu sein, und führte dabei ausgerechnet jene Episode ins Feld, die sich bei Cristian Tramantano abgespielt hatte. Allerdings erfand er eine völlig neue Version, in der er selbst nur als Zeuge auftrat.

Seine Geschichte lautete folgendermaßen: Er sei an diesem Abend bei Meredith eingeladen gewesen. Während er im Bad einem unaufschiebbaren körperlichen Bedürfnis nachgegeben habe, habe er die Engländerin furchtbar schreien hören. Mit noch heruntergelassenen Hosen sei er zu ihr gerannt, um zu sehen, was los sei. Er habe dem Mörder gegenübergestanden, der sich gerade anschickte, Hals über Kopf aus dem Haus zu flüchten. Er, Rudy, habe sich ihm in den Weg gestellt. Um seine Geschichte glaubhafter zu machen, beschrieb er die Szene, die sich bei Cristian Tramantano abgespielt hatte, allerdings mit vertauschten Rollen.

In seiner Version war er es, der den Stuhl packte und den Unbekannten zu attackieren versuchte, der ein Messer in der Hand hielt. Diese Vermischung von Wahrheit und Lüge deutete auf einen notorischen Lügner hin, und auch Rudys Adoptivvater sah sich genötigt, ihn als solchen zu beschreiben.

Nach dem versuchten Einbruch bei Cristian Tramantano waren erst zwei Wochen vergangen, als in Perugia am 13. Oktober erneut ein Fenster mit einem Stein eingeschlagen wurde. Das Fenster der beiden Anwälte Paolo Brocchi und Luigi Palazzoli in der Via del Lupo. Diese ist eine schmale, mittelalterliche Seitengasse der Via del Roscetto, in die nie ein Sonnenstrahl dringt und die nur ein paar Meter von Rudy Guedés Wohnung entfernt liegt. Der Einbrecher ließ einen Laptop und ein Handy mitgehen. Der Diebstahl wurde erst am darauffolgenden Morgen entdeckt.

Zum damaligen Zeitpunkt konnten Polizei und Staatsanwaltschaft in Perugia natürlich nicht wissen, dass der junge Mann von der Elfenbeinküste hinter den Einbrüchen steckte. Doch schon wenig später, am Samstag, dem 27. Oktober, nur fünf Tage vor dem Mord an Meredith, setzte sich die Staatsanwaltschaft Mailand mit ihnen in Verbindung. Die Chefanklägerin der lombardischen Hauptstadt, Maria Vulpio, teilte ihnen mit, vor einigen Tagen sei ein junger Farbiger, wohnhaft in Perugia, schlafend in einem englischen Kindergarten gefunden worden, wo er 2000 Euro und einen Fotoapparat entwendet habe. In seinem Rucksack habe man außerdem einen Laptop und ein Handy – wahrscheinlich beides gestohlen – sowie ein langes Küchenmesser gefunden. Da Rudy Guedé nicht vorbestraft war, wollte die Mailänder Staatsanwältin wissen, ob sie den Mann festnehmen oder zurück nach Perugia in die Obhut der Staatsanwaltschaft schicken solle. Der letzte Teil dieses Vorgangs erscheint geradezu unwahrscheinlich, denn welcher Staatsanwalt würde schon so handeln?

Was genau passiert ist, weiß man nicht. In der glaubwürdigsten Version heißt es, irgendein Beamter aus Perugia, ein Staatsanwalt oder ein Polizist, habe ein Fax nach Mailand geschickt und darum ersucht, den Ivorer nach Perugia zu schicken. Doch von diesem Fax fehlt jede Spur. Sicher ist jedoch, dass Guedé von einigen Beamten an den Mailänder Hauptbahnhof gebracht, in einen Zug gesetzt und nach Hause geschickt wurde. Als freier Mann.

Auch als er in Perugia ankam, ließ man ihn in Frieden, obwohl feststand, dass sowohl der Laptop als auch das Handy in seinem Rucksack von den Anwälten Brocchi und Palazzoli stammten. Doch nicht nur, dass er nicht festgenommen wurde, er wurde auch nicht strafrechtlich verfolgt. Das war überaus ungewöhnlich, denn wer in Italien zwei Einbrüche begeht und mit einem langen Messer durch die Gegend läuft, landet unweigerlich hinter Gittern, wenn auch nicht für lange Zeit.

Wem also verdankte Rudy Guedé diese großzügige Behandlung, ohne die Meredith ihr schreckliches Schicksal nicht hätte erleiden müssen und ohne die es das vier Jahre andauernde Drama um Amanda Knox und Raffaele Sollecito nicht gegeben hätte?

Wer also war Rudy Guedé?

Ganz gewiss ein vom Schicksal benachteiligter junger Mann, der einiges durchlitten haben musste. Die Mutter verließ ihn direkt nach der Geburt. Als er fünf Jahre alt war, zog der Vater, Roger, mit ihm von der Elfenbeinküste weg. Er wollte nach Italien, um dort ein besseres Leben zu führen. Eine Schwester von ihm lebte in Lecco bei Mailand. Aus irgendeinem Grund, der mit seiner Arbeitssuche zu tun hatte, verschlug es ihn und seinen kleinen Sohn schließlich nach Perugia. Vom Vater, der einfach kein Glück hatte, so gut wie verlassen, wuchs der Junge unter denkbar ungünstigen Umständen auf. Die Einzigen, die sich um ihn kümmerten, waren die Lehrerinnen der Schule, die ihn ab und an mit zu sich nach Hause nahmen.

Rudy wuchs praktisch auf der Straße auf und hatte, als er sechzehn wurde, keine Arbeit oder Ausbildung vorzuweisen. Da beschloss der Vater, ohne ihn nach Abidjan zurückzukehren. Zum zweiten Mal wurde der Junge brutal verlassen. Doch da geschah etwas, das wie ein Märchen anmuten würde, wenn nur das Leben die Zerstörung vergessen machen könnte, die manche Eltern in der Seele ihrer Kinder anrichten: Paolo Caporali, einer der reichsten Männer Perugias, selbst Vater zweier Kinder und obendrein äußerst großherzig, beschloss, den benachteiligten Jungen in seine Obhut zu nehmen. Ihm gehörte die Firma, die in allen Krankenhäusern Italiens Getränkeautomaten aufstellte. Er hatte Rudy in einer von ihm gesponserten Amateurmannschaft Basketball spielen sehen und fand ihn sehr talentiert. Caporali versuchte, ihn zum Lernen zu bewegen, und als das alles nichts fruchtete, besorgte er ihm eine Arbeit. Doch seine Bemühungen waren zum Scheitern verurteilt.

Aus Rudy wurde ein orientierungsloser junger Mann, der am liebsten mit gleichaltrigen Ausländern verkehrte, jenen Studenten, die sich seiner Ansicht nach sehr viel öfter vergnügten, als über ihren Büchern zu schwitzen. Er wollte in ihre Discos und auf ihre Partys, er wollte Mädchen umwerben, am liebsten die aus dem Norden. Um überleben zu können, behalf er sich mit kleineren Einbrüchen, dealte ein bisschen, und hin und wieder nahm er einen Job an. Er verbrachte viel Zeit auf dem Basketballfeld der Piazza Grimana, zwischen der Università per Stranieri und der ein wenig unterhalb gelegenen Via della Pergola, wo sich Amandas und Merediths Haus befand.

Er war bekannt unter den jungen Leuten, die ihn »Baron« nannten und damit den Namen des Basketballspielers Byron Scott verballhornten, den Rudy verehrte. Auch er kannte sie irgendwie alle, kannte ihre Gewohnheiten, wusste, wer »rauchte« und von wem derjenige seinen Stoff kaufte.

Alles in allem war Rudy also niemand, den die Polizei oder Justiz bevorzugt behandelt hätte – es sei denn, seine Kontakte zu den ausländischen Studenten wären der Polizei oder der Staatsanwaltschaft wertvoll erschienen. Es sei denn, er hätte eingewilligt, als Informant zu agieren, eine Wahl, die ihm Schutz garantiert hätte.

Natürlich würde dies kein Amtsträger je zugeben. Doch man kann sich die Wahrheit, oder etwas, was ihr sehr nahekommt, zusammenreimen. Die Polizei und Staatsanwalt Mignini beispielsweise verhielten sich äußerst merkwürdig, als Rudy Guedés Name in Zusammenhang mit dem Mord an Meredith Kercher fiel und sich die gewitzte *Mediaset*-Journalistin Anna Boiardi auf die Suche nach einem Foto des Ivorers machte. Denn seltsamerweise hatte die Polizei den Journalisten kein Bild zur Verfügung gestellt, wie sie es sonst tut, wenn es sich um einen Gesuchten handelt. Da man in Italien bei der Nutzung eines Internetcafés eine Kopie seines Personalausweises hinterlegen muss, suchte die Boiardi das Café auf, in dem Guedé für gewöhnlich verkehrte. So kam sie an das Foto und veröffentlichte es. Interessanterweise erfuhr die Journalistin, dass auch die Polizei in dem Café gewesen war, dort das Foto gesehen, aber nicht mitgenommen hatte – und das, obwohl es das einzige war, das von dem gesuchten Guedé existierte. Als *Mediaset* das Foto schließlich sendete, erregte sich die Polizei maßlos über die Journalistin. Mignini schickte seine Leute sogar nach Mailand, um Boiardis Haus zu durchsuchen – wonach, weiß man nicht. Anschließend ließ er wegen »versuchter Behinderung des öffentlichen Dienstes« gegen sie ermitteln, ein Vergehen, das er unbequemen Journalisten schon einige Male angelastet hatte.

Der Verdacht, Rudy Guedé sei ein Informant, vielleicht sogar ein Informant der Staatsanwaltschaft, kursierte beharrlich unter den ausländischen Journalisten, die Monate nach dem Verbrechen

endlich nach Perugia kamen. Sie hatten beschlossen, künftig die Artikel der Lokalzeitungen zu ignorieren, da diese dem Diktat des Anklägers unterworfen schienen.
Bob Graham, einer der Abgeklärtesten unter ihnen, Vollblut-Ire mit der Statur eines Ex-Rugbyspielers, interviewte Mignini für die *Sun,* nachdem er ihn mit einer Flasche vorzüglichen Whiskys aus seiner Heimat für sich eingenommen hatte.
Höflich und scheinbar ohne Hintergedanken fragte Graham den Staatsanwalt schließlich, ob es sich bei Guedé seines Wissens um einen Informanten handle.
Mignini antwortete: »Ich kann nicht sagen, ob Guedé ein Informant der Polizei gewesen ist, aber für einen Mann mit seiner Vergangenheit wäre es nicht ungewöhnlich. Wie dem auch sei«, fügte er noch hinzu, »es ist hier nicht von Bedeutung.«
Doch genau wie andere italienische Beamte, die interviewt worden waren, hatte Mignini laut Grahams Artikel zugegeben, dass Guedé zum Zeitpunkt des Mordes an Meredith im Gefängnis hätte sitzen müssen.
Der Journalist versuchte nun zu klären, was genau in Mailand passiert war und weshalb man Guedé freigelassen und zurück nach Perugia geschickt hatte. Ein Sekretär der Staatsanwältin Maria Vulpio, der sich um den Fall gekümmert hatte, gab zu: »Wir haben eine Anweisung der Polizei aus Perugia erhalten, ihn in einen Zug zu setzen und zurückfahren zu lassen, ohne ihm etwas anzulasten.«
Graham fragte den Sekretär, ob dem Ivorer wohl eine solche Vorzugsbehandlung zuteilgeworden sei, weil es sich bei ihm um einen Informanten handelte.
»Das weiß ich nicht … Aber das ist das, was normalerweise in solchen Fällen passiert …«
In einem anderen Interview versuchte Mignini, jeden Verdacht von sich zu weisen: »Wenn ich in Mailand Staatsanwalt gewesen

wäre, hätte ich ihn verhaftet. Das war ein Fehler der Mailänder Staatsanwältin, es ist ihre Schuld, dass er damals immer noch frei herumlief.« Dann fügte er noch hinzu: »Als sein Name im Zusammenhang mit dem Mordfall an der Kercher fiel, erkundigte ich mich, wer er sei. Die Polizei erklärte mir, er habe mehrere kleine Vergehen begangen, die nie vor einem Gericht verhandelt worden seien. Daher würde es mich nicht überraschen, wenn er möglicherweise ein Informant gewesen ist.«
Als man Mignini die »wissenschaftlichen« Analysen des biologischen Materials und der Gegenstände, die am Tatort beschlagnahmt worden waren, aushändigte, saßen Amanda Knox, Raffaele Sollecito und auch Patrick Lumumba schon seit Wochen im Gefängnis. In den Analysen hingegen tauchten sie gar nicht mehr auf, ja sogar der Schuhabdruck in Merediths Blut, der angeblich mit dem des Italieners »kompatibel« war, stammte jetzt »mit Sicherheit« von Rudy Guedés Schuh. Nichts wies mehr darauf hin, dass sich Amanda am Tatort aufgehalten hatte. Alles, auch das Fenster und der Stein, mit dem sich der Täter Zutritt ins Haus in der Via della Pergola verschafft hatte, deutete auf nur einen Mörder hin: Rudy Hermann Guedé.
Die Erklärung, an der Rudy weiterhin festhielt, war jedoch nicht nur kindisch und unglaubwürdig. Sie wird seit jeher von Kriminellen ins Feld geführt, weshalb das FBI sie mit einem Akronym klassifiziert hat: S. O. D. D. I., oder auch: Some other dude did it. Ein anderer war's. Rudy beharrte darauf, ins Bad gegangen zu sein und sich aufs Klo gesetzt zu haben, die Stöpsel seines iPod in den Ohren. Zu spät habe er Merediths Schrei gehört. Er behauptete, den Angreifer nur von hinten gesehen zu haben. Noch dazu habe dieser eine Kapuze aufgehabt. Allerdings korrigierte er sein »Geständnis« mehrere Male, und zwar so lange, bis es mit der Anklage übereinstimmte und er Amanda und Raffaele am Tatort erkannt haben wollte.

Doch woher sollte dieser Mörder so schnell gekommen sein? Wie soll er hineingekommen sein? Und vor allem, weshalb hätte er Meredith umbringen sollen? Was für eine Art Mord hätte das sein sollen? Wie sollte man eine solche Geschichte glauben?
Mit ziemlicher Wahrscheinlichkeit hatte im kleinen Perugia noch nie jemand den Ausdruck S. O. D. D. I. gehört, doch das war auch nicht nötig, um Rudys Geschichte fast schon als eine Beleidigung der Intelligenz derer erscheinen zu lassen, denen sie aufgetischt werden sollte. Sie – also die Staatsanwaltschaft und die Polizei – glaubten sie jedoch oder taten zumindest so. Nach den diversen Korrekturen, die der Ivorer an seiner Aussage vorgenommen hatte, konnten sie die Beweislage der forensischen Untersuchungen ignorieren, die Amanda und Raffaele entlastete. Statt die Beschuldigten auf freien Fuß zu setzen – und dies am besten unter vielen Entschuldigungen –, ließ man sie im Gefängnis.
Wie schon zu Zeiten der Hexenverbrennungen, wo es natürlich genauso unmöglich war, die Beziehung der Beschuldigten zum Teufel nachzuweisen, gab es nur einen Weg, dieses Problem aus der Welt zu schaffen: indem man ein Geständnis bekam. Und zwar um jeden Preis. Entweder von der Hexe selbst oder von jemand anderem, der behauptete, an einem Hexensabbat oder sonst einer Teufelei teilgenommen zu haben. Ein Zeuge, den man mit Geld oder einer anderen Vergünstigung bestochen hatte.
Man ging nicht besonders zartfühlend vor, um ans Ziel zu kommen, im Gegenteil: Folter war – sowohl in ihrer brutalsten als auch in ihrer subtilsten Form – an der Tagesordnung. Und wenn die arme Frau, der man so zusetzte, eingeräumt hatte, was die Inquisitoren von ihr hören wollten (und manchmal noch mehr), vergaßen sie genauso wie alle anderen, auf welche Weise das Geständnis zustande gekommen war. Niemand bezweifelte die absurden Geständnisse, in denen von Fleischeslust mit Dämonen die Rede war, von nächtlichen Flügen der Frauen zu einer Verab-

redung mit Satan persönlich, Hexereien mit seltsamen Mischwesen, Orgien mit Geschöpfen, die halb Mann und halb Ziege waren.

Es war, als sei die Existenz der Hexen eine ganz und gar naturnotwendige Tatsache, die gar nicht erst bewiesen werden musste. Ihnen konnte die Obrigkeit die Schuld für eine schlechte Ernte, für eine Krankheit, die das Vieh befallen hatte, oder für die Geburt eines deformierten Kindes geben. Indem sie die Frauen entlarvten, bestraften, ja noch besser, sie mit einem reinigenden Feuer beseitigten, konnten die Machthaber zeigen, dass sie in der Lage waren, das Böse zu besiegen und die natürliche Ordnung der Dinge wiederherzustellen. Damit legitimierten sie einmal mehr ihre Macht. Die Vorstellung, das Böse könne zufällig und vielleicht auch ungerecht zuschlagen, die Guten könnten leiden und die Bösen ungeschoren davonkommen, wurde vollkommen ausgelöscht. Stattdessen wurden alle Unerklärlichkeiten des Lebens den Frauen angelastet. Sie waren die Sünderinnen, auf die man alles Übel abwälzte.

Da die Existenz von Hexen also als Notwendigkeit erschien, sah man sie als gegeben an. Wer hier Zweifel äußerte, wurde als Ketzer geschmäht, der den gottgefälligen Werken der Obrigkeit Hindernisse in den Weg zu legen versuchte, weil er in geheimem Einverständnis mit diesen Frauen stand. Hätte man das Vergehen damals schon gekannt, hätte man solche unvorsichtigen Personen vermutlich ebenfalls wegen »versuchter Behinderung des öffentlichen Dienstes« angezeigt. Und vermutlich hätte man auch ihr Haus durchsucht, um zu belegen, dass sie Kontakt zu Hexen gepflegt hatten.

Um eine Frau der Hexerei zu bezichtigen, musste man vor allem einen Bericht vorliegen haben, der von einem Zeugen bestätigt wurde. Das war nicht nur eine Formsache. Die Machthaber wollten sich gerecht zeigen, als eine Obrigkeit, die die Regeln respek-

tierte und die Legitimation besaß, die strengsten Strafen zu verhängen. Außerdem machten sie das Volk glauben, sie empfingen ihre Weisungen von oben – ein bewährtes Rezept.
Die Macht der Obrigkeit gründete sich also auf öffentliche Hexenverbrennungen und das Schafott.
Ein paar Jahrhunderte später, im Jahr 2007, belegte die Untersuchung der Gegenstände, die die Spurensicherung in Merediths Zimmer eingesammelt hatte, dass keine Beweise gegen Amanda und Raffaele existierten. Und genauso wenig gab es welche gegen Patrick Lumumba. Er war durch die Aussage eines Schweizer Professors vollständig entlastet worden. Dieser hatte gegenüber Mignini am 11. November erklärt, dass er am Abend des Verbrechens im Lokal des jungen Afrikaners gewesen sei und sich mit Lumumba bis zu später Stunde unterhalten habe. Dennoch dauerte es noch neun weitere Tage, bis sich der Staatsanwalt von Perugia entschloss, dessen Freilassung anzuordnen.
Migninis Frustration rührte nicht nur daher, dass er nun gezwungen war, auf einen Angeklagten zu verzichten, der sich sehr viel besser als Schuldiger geeignet hätte als der schüchterne Raffaele Sollecito. Hinzu kam noch die unweigerliche Schlussfolgerung, dass Amandas an und für sich schon seltsames Geständnis, von dem es keine Aufzeichnung gab, falsch sein musste.
Die Fakten helfen dabei, zu verstehen, was in jenen Tagen in der Staatsanwaltschaft geschah. Am 11. November wurde dank der Zeugenaussage des Schweizer Dozenten Lumumbas Unschuld bewiesen, was in den Augen der Staatsanwaltschaft eine peinliche Lücke am Tatort hinterließ. Zwischen dem 18. und 19. November stellte sich heraus, dass sämtliche forensischen Untersuchungen allein auf Rudy Guedé hindeuteten, der zum Zeitpunkt des Mordes in Merediths Zimmer gewesen war. Der Ivorer war ein hervorragender Ersatz für den Kongolesen, und dies nicht nur, weil er dieselbe Hautfarbe hatte. Und so ließ Mignini Lu-

mumba also am 20. November nach Hause gehen, nachdem er mit Guedé das letzte Puzzleteil gefunden hatte.
An diesem Punkt war Amandas Geständnis jedoch nicht nur fehlerhaft, sondern völlig unbrauchbar, ganz besonders der Teil, in dem sie sich selbst bezichtigte, während des Mordes zugegen gewesen zu sein. Da von dem Geständnis jede Aufzeichnung fehlte, konnte es auch nicht vor Gericht verwendet werden.
Nachdem sich das Geständnis der »Hexe« in nichts aufgelöst hatte, blieb Mignini immer noch ein möglicher Augenzeuge: der Mörder Rudy Guedé. Klar, der »Baron« hatte bislang noch nicht einmal andeutungsweise durchblicken lassen, Amanda oder Raffaele in jener Nacht gesehen zu haben, sondern nur einen Unbekannten mit einer Kapuze, und den auch noch von hinten. Aber vielleicht konnte er sich ja, gewissermaßen, ein bisschen genauer erinnern. Und um seinem Gedächtnis auf die Sprünge zu helfen, war es notwendig, ihn adäquat zu befragen.
Wenn nur Rudy am Tatort gewesen war, wie es die Beweise unmissverständlich darlegten, hatte das jedoch noch ganz andere, gewichtige Folgen. Es war der Beweis, dass der Mord an Meredith Kercher, so grausam und brutal er auch gewesen sein mochte, nur ein banales Verbrechen war. Die Behauptung von Gabriella Carlizzi, es handle sich um ein weiteres blutiges Vergehen, das die Köpfe der obskuren und übermächtigen Sekte zu verantworten hatten, die auch die Morde des Monsters von Florenz angeordnet hatten, um Mignini zu treffen – diese »himmlischen Enthüllungen« lösten sich mit einem Schlag in nichts auf.
Ohne satanische Riten, die mit Halloween in Verbindung standen, ohne diabolische Orgien und finstere Machenschaften im Hintergrund wurde es sehr viel schwieriger zu behaupten, auch hinter den Verbrechen des Monsters und dem Mord an dem Arzt Narducci würden sich esoterische Motive sowie das Ziel verbergen,

die Gunst des Bösen durch die Opferung jungen, weiblichen Bluts zu gewinnen.
Ohne Amanda und nur mit Rudy Guedé als Mörder war es ausgeschlossen, sich an den Florentiner Staatsanwälten zu rächen, die die sieben Jahre alten Ermittlungen in Perugia als »heiße Luft« bezeichnet hatten.
Wenn nur Rudy Guedé am Tatort gewesen war, hieß das schließlich auch, dass der Staatsanwalt Giuliano Mignini einen üblen Fehler begangen hatte, als er drei Unschuldige ins Gefängnis steckte.
Nun hätte Mignini natürlich sagen können, dass er Lumumba nur aufgrund von Amandas Lüge verhaften ließ. Was Raffaele betraf, blieben ihm zwei Möglichkeiten: Er konnte behaupten, dieser sei direkt in das Verbrechen involviert gewesen, oder ihn beschuldigen, Amanda ein falsches Alibi verschafft zu haben. In beiden Fällen hätte ihn niemand dafür kritisiert, Raffaele hinter Gitter gebracht zu haben.
Doch nein, von Amanda konnte er nicht ablassen. Das wäre seine Kapitulation gewesen, das öffentliche Eingeständnis, dass er wieder gescheitert war. Und von Florenz wehte erneut ein rauher, stürmischer Wind, der Dottore Mignini schlechte Nachrichten brachte. Er und Kommissar Giuttari waren angezeigt worden. Beide würden bald auf der Anklagebank sitzen. Bei dem Prozess gegen den Apotheker Calamandrei, den man beschuldigte, ein Auftraggeber des Monsters zu sein, sagten maßgebliche Stimmen einen Freispruch voraus. Und dieser wurde in seiner vollständigen Form am 21. Mai 2008 auch tatsächlich erwirkt.
Nein, er hätte nicht nur keine Gelegenheit mehr für eine Rache an den Florentiner Staatsanwälten und allen anderen Kritikern gehabt, es wäre vielmehr sein Untergang gewesen.
Also war es unabdingbar, dass Amanda mit der Anschuldigung, eine Mörderin zu sein, im Gefängnis blieb. Um jeden Preis.

In Ermangelung von Beweisen brauchte ein Mächtiger aus Perugia im Jahr 2007 einen Zeugen. Genau wie früher bei den Hexenprozessen. Rasch, von Verhör zu Verhör, wandelte sich Rudy Guedés Rolle. Er wurde zu jemandem, der etwas gesehen hatte. Er wurde zum Belastungszeugen, ohne seine Rolle als beschuldigter Mordkomplize los zu sein. Das hatte für beide Seiten Vorteile. Für ihn und für die Anklage.

Kapitel 6

Guedé hatte nicht nur alle erdenklichen Spuren am Tatort hinterlassen, die auf ihn hinwiesen, sondern er hatte auch noch das klassische Verhalten eines Mörders an den Tag gelegt – die Flucht.

Das entdeckten die Ermittler jedoch erst am 16. November, als ihnen die Spurensicherung mitteilte, ein blutiger Händeabdruck auf einem Kissen neben Merediths Leiche stamme von dem Ivorer. Dies ist unter anderem ein Beleg dafür, dass Guedé, wie jeder Vorbestrafte, in den Archiven der Polizei in Perugia registriert war. Der Mailänder Staatsanwältin, die wegen des Einbruchs im Kindergarten ermittelte, hatte man dagegen mitgeteilt, dass bislang nichts gegen Guedé vorliege.

Nach dem Verbrechen war Guedé noch mindestens zwei Tage in Perugia geblieben. Zeugen hatten gesehen, wie er an jenem Abend noch sehr spät in zwei Diskotheken, dem *Domus delirii* und dem *Velvet,* getanzt hatte. Sie sagten, er habe leicht irre ausgesehen und gestunken. Sie hätten sich alle von ihm ferngehalten. Als er verhaftet wurde, erklärte Guedé, in die beiden Lokale gegangen zu sein, um ein wenig Spannung abzubauen, nachdem er Merediths Tod mit angesehen und gefürchtet habe, für den Mörder gehalten zu werden.

Doch vielleicht hatte ihn ja jemand in der Nacht des Verbrechens zur ungefähren Tatzeit in der Via della Pergola gesehen? Am frühen Nachmittag des 12. November, als noch niemand wusste, dass Guedé in den Mord verwickelt war, ging Alessandra Formica, eine junge Frau aus Perugia, zur Polizei, um einen Vorfall zu melden, der, wie sie glaubte, bei den Ermittlungen von Nutzen sein könne.

Alessandra sagte: »Am Abend des 1. November habe ich mit

meinem Freund Lucio Minciotto im Restaurant *Il settimo sigillo* in der Via Ulisse Rocchi zu Abend gegessen. Wir waren um 20.00 Uhr dort, doch das Lokal war voll, also sind wir auf dem Corso Vannucci herumgeschlendert und anschließend in das genannte Lokal gegangen. Als Vorspeise hatten wir gegrilltes Gemüse und dann zwei erste Gänge mit Gnocchi. Außerdem noch ein Schokoladentörtchen.«

Die Uhrzeiten sind besonders wichtig: Das Paar dürfte das Lokal *Il settimo sigillo* schätzungsweise gegen 22.30 oder 23.00 Uhr verlassen haben.

»Sobald wir fertiggegessen hatten«, heißt es weiter in Alessandras Bericht, »sind wir aufgebrochen, weil es ziemlich kalt war. Wir sind die Stufen hinuntergegangen, die von der Piazza Grimana zum Parkplatz S. Antonio führen, wo wir unser Auto abgestellt hatten.«

Auch die Örtlichkeit ist wichtig: Der Parkplatz S. Antonio liegt genau gegenüber von dem kleinen Landhaus, in dem sich das Verbrechen abgespielt hatte.

»Während ich die Treppen hinunterstieg«, fuhr die Zeugin fort, »wurde mein Freund von einem Farbigen rüde angerempelt, der auf die Via Pinturicchio zurannte. Das hat«, so schließt sie, »unseren Verdacht erregt.«

Um 23.00 Uhr, zur anzunehmenden Tatzeit, wenige Meter von Merediths Haus entfernt, flüchtete also ein junger Farbiger, ohne darauf zu achten, wem er dabei begegnete. Ein einzelner junger Mann. Ein Farbiger.

Am darauffolgenden Abend wurde Rudy Guedé ein weiteres Mal im *Domus delirii* gesehen. Als der DJ um eine Gedenkminute für ihre Altersgenossin Meredith Kercher bat, so schilderten es ein paar andere Zeugen, habe Rudy einfach weitergetanzt, ganz allein, worauf ihn alle böse angeschaut hätten. Nach diesem Vorfall beschloss er, aus der Stadt zu fliehen.

Als man ihn schnappte, bestritt er das natürlich. Er sagte, er habe lediglich seine Tante in Lecco besuchen wollen, um ihr sein Herz auszuschütten und sich von der unglaublichen Last zu befreien, die er mit sich herumtrug. Leider habe er, fügte er improvisierend an, den falschen Zug erwischt. Als er seinen Fehler bemerkt habe, sei er nicht ausgestiegen, sondern habe seine Reise einfach fortgesetzt. So sei er dann nach Koblenz gelangt. Er habe keinen Cent in der Tasche gehabt, doch ein paar ausländische Jugendliche in der Bahnhofsgegend hätten ihm irgendwie aushelfen können.

Am 16. November erließ die Staatsanwaltschaft Perugia einen internationalen Haftbefehl gegen Rudy Guedé, in dem sie ihn zusammen mit Amanda, Raffaele und Lumumba der »Beihilfe« zum Mord beschuldigte.

Am 19. November wurde die Nachricht, dass man Guedé suchte, endlich veröffentlicht. So erfuhren auch seine Freunde davon, die schon in Sorge waren, weil sie ihn seit Tagen nicht gesehen hatten. Und genau an jenem Tag bemerkte Giacomo Benedetti, der in Perugia in einer Band spielte, eine Aktivität im Instant-Messenger-Account von Rudy Guedé. Als er zur Polizei ging, wurde ihm aufgetragen, sich von einem der Büros aus mit seinem ivorischen Freund in Verbindung zu setzen. Da ihm Chatten jedoch zu langwierig erschien, schlug er Rudy vor, ihn über Skype zu kontaktieren. Er würde alle anfallenden Kosten übernehmen. Wenig später folgte von einem Internet-Point aus der Anruf. Drei Stunden lang sprach Rudy mit Giacomo, ohne zu wissen, dass die Polizei seinen Anruf mithörte und aufzeichnete. Zunächst gab er an, er wisse, was in Perugia passiert sei.

»Aber das ist ein Fehler. Ich bin kein Baron. So nennen sie mich nur wegen Byron Scott, dem berühmten Basketballspieler!«

Giacomo erinnerte ihn daran, dass dies ja wohl nicht das Problem sei, sondern dass es um etwas sehr viel Schwerwiegenderes gehe.

»Hör zu«, antwortete Guedé. »Du weißt, dass ich die Mädchen

gekannt habe. Ich kannte sie beide, Meredith und Amanda, aber mehr nicht, das weißt du. Ich war zweimal bei ihnen zu Hause, das letzte Mal zwei Tage vor diesem ganzen Schlamassel, aber ich habe nichts gemacht. Ich war an dem Abend nicht bei ihnen. Wenn sie Fingerabdrücke von mir haben, dann stammen die von den vorigen Malen.«

Mit der Behauptung, dass er die Mädchen kenne und schon einmal bei ihnen zu Hause gewesen sei, versuchte er, eventuelle Fingerabdrücke zu erklären. Wahrscheinlich erinnerte sich Guedé nicht, dass er noch mehr, sehr viel mehr, hinterlassen hatte.

»Aber hier hängt überall dein Foto!«, sagte Giacomo.

»Das habe ich gesehen. Aber es war falsch von der Polizei, mein Foto auf diese Art zu verbreiten. Ich bin nicht, wie sie mich beschreiben. Ich habe nichts mit dieser Nacht zu tun.«

»Wenn du nichts damit zu tun hast, warum kommst du dann nicht zurück? Ich helfe dir, einen guten Anwalt zu finden, der alles aufklären wird«, versuchte es Giacomo, wahrscheinlich auf Anraten der Polizei.

Am 19. November glaubte Rudy noch, alles leugnen zu können, auch die Tatsache, dass er sich am Abend des Verbrechens im Haus von Meredith und Amanda aufgehalten hatte. Doch sein Freund Giacomo erklärte ihm, wie die Dinge wirklich standen. Also ging der Ivorer zu einer zweiten Version über, die er sich wahrscheinlich bereits zurechtgelegt hatte: Er sei auf die Toilette gegangen und habe Merediths Schrei zu spät gehört. Schon damals gab er an, den Mörder kurz gesehen zu haben. An diesem Punkt ist es wichtig, seine erste Beschreibung mit der Version zu vergleichen, die er in den darauffolgenden Verhören lieferte:

»Ich konnte ihn nicht aufhalten, er ist abgehauen«, sagte er zu dem Freund. »Ich konnte ihn nicht genau erkennen. Er hatte dunkelbraunes oder kastanienbraunes Haar. Ich weiß, dass er Italiener war, denn wir haben einander beschimpft. Ich habe versucht,

Meredith zu helfen und ihr ein Handtuch auf die Wunde zu legen. Ich weiß nicht, warum ich keinen Krankenwagen gerufen habe.« Zwei Dinge scheinen dabei von besonderer Bedeutung: Am 19. November behauptete Guedé noch, den Täter nicht erkannt zu haben. Der mysteriöse Unbekannte war seiner Beschreibung nach allein, und es gab keinerlei Hinweise auf die Anwesenheit einer jungen Frau.
Eine weitere Absurdität: Guedé sagte, er habe an jenem Abend kein eingeschlagenes Fenster bemerkt, denn er musste natürlich glaubhaft machen, dass er auf Einladung von Meredith durch die Tür hereingekommen sei. Außerdem erklärte er noch, als er das Haus verlassen habe, sei die nun bereits tote Engländerin angezogen gewesen. Aber wer hätte sie nach ihrem Tod ausziehen sollen? Warum hatte sie Spuren männlicher DNA in der Vagina und blaue Flecke um den Mund, so als hätte man ihn ihr gewaltsam zugehalten? Blaue Flecke bekommen nur Menschen, die noch leben, nicht aber Leichen.

»20. November 2007
NACHRICHTEN
Merediths mutmaßlicher Mörder in einem Zug in Mainz gefasst … getäuscht von einem langen Telefonat mit einem Freund, der mit der Polizei in Kontakt stand …
Perugia: Guedé in Deutschland gefasst …
Lumumba aus Mangel an Beweisen auf freiem Fuß …
Der Musiker aus dem Kongo ist frei: ›Ich danke Gott. Ich bin glücklich, nach Hause zu können.‹
Im Haus des Ivorers hat man einen Fußabdruck gefunden, ähnlich dem neben Merediths Leiche.«

Nachdem man Rudy Guedé ausfindig gemacht hatte, wurde er sofort in einem Zug auf der Strecke Mainz–Koblenz festgenom-

men. Die Presse – und nicht nur die italienische – brachte mit großem Tamtam die Meldung.
Aufschlussreich sind in diesem Zusammenhang einige Auszüge aus einem Artikel, der an jenem Tag veröffentlicht wurde: »Von Guedé stammen die blutigen Fußabdrücke auf dem Laken, das um Merediths Körper gehüllt war, und auch die ›warzenartigen Klümpchen‹, die auf dem Klopapier im WC des Hauses des Opfers gefunden wurden. Doch nicht nur das: In seinem Haus in Perugia, das noch am selben Tag durchsucht wurde, fand man auch den Abdruck eines Schuhs, der dem blutigen Abdruck neben Merediths Leiche ähnelte. Bislang schien es, dass die Spur Raffaele Sollecito, der ein ähnliches Paar Schuhe besitzt, eventuell zugeordnet werden könnte (es im Endeffekt aber nicht konnte). Jetzt ändert sich die Situation, und die Verdachtsmomente gegen den jungen Mann aus Apulien sollten endgültig ausgeräumt werden.«
Weiter heißt es: »Aus den Ermittlungen geht hervor, dass Rudy Hermann fünf Tage vor dem Mord an Meredith schlafend in einem Mailänder Kindergarten überrascht wurde. Es war ein Samstag, und die Räume waren verlassen. Der Hausmeisterin sagte er, er sei in den Kindergarten eingedrungen, um hier die Nacht zu verbringen. Er hatte einen Laptop bei sich, auf dessen Desktop sich ein Bild befand, das ihn zusammen mit dem Modeschöpfer Giorgio Armani zeigte, und ein Messer, das er aus der Küche des Kindergartens gestohlen hatte. Er wurde angezeigt, blieb jedoch auf freiem Fuß. Zwei Tage später wurde Rudy erneut in Mailand aufgehalten, weil er sich im Besitz einer geringen Menge Drogen befand.«
Paolo Caporali, Rudys Pflegevater, sagt Folgendes: »Ich habe ihn wie einen Sohn aufgenommen, ich habe ihm geholfen, ihm Arbeit gegeben, doch er hat mich enttäuscht: Er war ein ganz großer Lügner. Er hat den Unterricht geschwänzt und die Tage lieber vor

dem Fernseher oder mit Videospielen verbracht. Er hatte wenig Lust zu lernen und noch weniger Lust zu arbeiten. Als ich das begriff, habe ich ihn aus meiner Familie verbannt.«

Anschließend bestätigte Rudy, in der Nacht des Mordes in Merediths Haus gewesen zu sein: »Ich bin mit ihr gegangen, und wir betraten zusammen das Haus. Sobald ich einen Fuß hineingesetzt hatte, bekam ich plötzlich fürchterliche Bauchschmerzen, und während ich auf dem Klo saß, habe ich Schreie gehört. Da stand ein junger Italiener, den ich nicht kannte.« Dann fügte er noch hinzu: »Er hat das Mädchen angegriffen, hat es erstochen und ist dann abgehauen.«

Hätte die präzise Zeugenaussage des Schweizer Professors nicht schon ausgereicht, um Patrick Lumumba zu entlasten, er wäre spätestens nach Rudys Auftritt am Tatort aus dem Rampenlicht der Öffentlichkeit entschwunden. Doch nicht nur das: Mit seiner Anwesenheit war bewiesen, dass das einzige vermeintliche Indiz gegen Raffaele Sollecito – der Abdruck des Nike-Schuhs in Merediths Blut – mit absoluter Sicherheit von dem Ivorer stammte. Und in der Tat preschten die Journalisten mit der Vermutung vor, Raffaele müsse ja nun bald aus dem Gefängnis entlassen werden.

Höchstwahrscheinlich hatten sie nicht bedacht, dass es ohne den schüchternen jungen Mann schwierig gewesen wäre, weiterhin an Amanda Knox' Anwesenheit am Tatort festzuhalten.

Und so kam es, dass sich die Beamten der Spurensicherung in Perugia zum x-ten Mal ihre weißen Schutzanzüge überstreiften und zum Tatort zurückkehrten. Dabei war ihnen wohl entfallen, dass dort mittlerweile alles komplett auf den Kopf gestellt worden war, ja, das Durcheinander ging so weit, dass an der Außenmauer neben dem Eingang eine Matratze lehnte.

In dem Bericht der Spurensicherung nach der ersten Tatortuntersuchung am 2. November hatte es geheißen: »Auf dem Fußboden sehen wir einen weißen Büstenhalter, der vor allem am rechten Träger und im oberen, äußeren Teil des Körbchens von einer blutigen Substanz durchtränkt ist. Das Gleiche zeigt sich auf dem nicht elastischen Stück des linken Trägers, der aus seiner ringförmigen Plastikhalterung gerissen wurde. Das hintere Stoffband mit den Verschlusshäkchen wurde entfernt (auf den Fotos mit ›7-D‹ gekennzeichnet).«

Etwas einfacher ausgedrückt, fehlten bei dem BH also sein Plastikverschluss und das stützende Stück Stoff. Zwei Seiten weiter, es ging immer noch um die Nacht des 2. November, schrieb die Polizei, sie habe den Verschluss auf dem Kissen unter Merediths linkem Oberschenkel gefunden. In der Akte, die alle Fotos enthält, die am Tatort gemacht wurden, hat der Verschluss die Nummer 140. Im Zwischentext heißt es: »Teil des Stoffbands des Büstenhalters mit Verschlusshaken, das unter der Daunendecke gefunden wurde.«

Dieses Beweisstück, das man ausfindig gemacht und fotografiert hatte, wurde dann jedoch nicht mitgenommen und daher auch nicht analysiert. Eine Erklärung dafür fehlt.

Erst nachdem Rudy verhaftet und Lumumba entlastet und freigelassen worden war und erst nachdem Raffaele davon träumen konnte, aus dem Gefängnis freizukommen – erst am 18. Dezember also, 46 Tage nach dem Verbrechen und unzähligen weiteren Bestandsaufnahmen –, nahmen die weißgekleideten Leute von der »Spurensicherung« den BH-Verschluss mit, um ihn analysieren zu lassen. Doch zu diesem Zeitpunkt befand sich das Beweisstück, wie sie es selbst schriftlich niedergelegt und dokumentiert hatten, nicht länger dort, wo es beim ersten Mal entdeckt worden war. Stattdessen lag es unter einem kleinen Teppich, fast zwei Meter weiter weg.

Wie konnte man auf die Idee verfallen, am Tatort fänden sich 46 Tage nach dem Mord noch nicht kontaminierte Beweisstücke?

Wie konnte man eine der elementarsten Analyseregeln der Spurensicherung so demonstrativ ignorieren, eine jener Grundregeln, die in einem vom US-Justizministerium herausgegebenen Buch, dem *Handbook of Forensic Services,* aufgelistet sind und nicht nur vom FBI, sondern von allen Polizeien weltweit beachtet werden?
Und doch war es dieser Verschluss, der Raffaeles Hoffnungen zunichtemachte und bewirkte, dass er weitere vier Jahre in seiner Zelle bleiben musste – der BH-Verschluss und all das, was Dottoressa Patrizia Stefanoni, eine Biologin der Spurensicherung in Rom, anschließend entdeckt zu haben meinte. Das Stückchen Stoff, auf dem »keine mikroskopischen Spuren nachweisbar sind, die auf blutiges Material zurückzuführen wären« – so hatte es die Stefanoni selbst formuliert –, wurde nun doch zu einem Beweisstück mit DNA, die angeblich von dem Studenten aus Apulien stammte.
2011, vier Jahre später, stellte sich während eines Berufungsverfahrens heraus, dass die Biologin Stefanoni alles falsch gemacht hatte und ihre Befunde einer neuerlichen Untersuchung nicht standhielten – und zwar einer unvoreingenommenen Untersuchung von Experten ganz anderen Kalibers, die von der Anklagevertretung beharrlich vermieden und in erster Instanz abgelehnt worden war. Fast schon sarkastisch erklärte eine der neu hinzugezogenen Expertinnen, Professoressa Carla Vecchiotti, im Gerichtssaal: »Wir haben Spuren gefunden, die in dem Fachbericht der Polizei nicht auftauchen … Diese Art Spuren unterliegen Interpretationen, die davon abhängen, wie man sie liest … Auf dem Verschluss findet sich auch meine DNA.«
Doch im Jahr 2007 wurde die Untersuchung der Biologin Stefanoni als wissenschaftlicher Beweis betrachtet. Mit dem Verschluss als neuem Beweisstück war es weiterhin möglich, sich den jungen Mann aus Apulien an den Tatort zu denken. Und mit ihm auch Amanda.

Es wäre falsch, allein Staatsanwalt Mignini das unbedingte Bestreben zuzuschreiben, die junge Frau aus Seattle auf der Anklagebank zu sehen. Dem Chefankläger allein wäre es nicht gelungen, sein Ziel zu erreichen. Die Polizei, die Experten der Spurensicherung, die übrigen Staatsanwälte, die zu dem Schluss gekommen waren, dass man Anklage gegen Amanda erheben müsse, der Richter, der die Verhaftung angeordnet hatte, die Richter der Haftprüfungskammer, die sie bestätigt hatten, und die erste Instanz des Geschworenengerichts, darunter auch sechs Schöffen, die den Schuldspruch unter dem Beifall eines Großteils der Stadt und dem Jubel der lokalen Presse verkündeten – all diese Leute müssen genauso gedacht haben. Und es wäre sicher auch falsch anzunehmen, all diese Personen seien Teil eines Komplotts, in dem jeder Einzelne böswillig agiert, gelogen, betrogen und Beweise manipuliert hätte. Es ist viel wahrscheinlicher, dass der Großteil von ihnen für eine Kultur steht, die schon seit Jahrhunderten zumindest in unserer Welt verschwunden schien und dennoch hier und da unversehens einzelne soziale Bereiche durchdringt. Dies geschieht in Regionen wie der um Perugia, die von jeher isoliert und abgeschieden im Zentrum der Halbinsel liegt und wo Kontakte mit der sich entwickelnden Welt beschränkter und schwieriger sind als anderswo. Und dennoch, oder vielleicht gerade deswegen, halten sich die Bewohner solcher Orte für die Hüter von Werten, an denen sie andere messen. Migninis Vorgehen im Prozess gegen Amanda Knox und Raffaele Sollecito spielte sich in einem relativ großflächigen Kontext ab, in dem Einmütigkeit herrschte. Es spielte sich innerhalb eines Gerichts ab, wo es darauf ankam, dass man zusammenhielt, sich unterstützte, nicht gegeneinander arbeitete – kurz: sich nach außen monolithisch präsentierte. Die Beziehungen zum Fernsehen und zur Lokalpresse, die sich als eine Art Kooperation, wenn nicht gar Komplizenschaft gestalteten oder schlicht auf Einschüchterung basierten, die man sich durch die Drohung mit Anzeigen zu verschaffen wusste – diese Beziehungen nun hatten der Staatsanwaltschaft auch die Unterstützung des weniger gebildeten Teils der Stadt gesichert. Und dieser Teil war geneigt, auch die unwahrscheinlichsten Theorien zu glauben – sogar solche, die das Verbrechen auf Satans direkten Einfluss zurückführten.

Auch im Jahr 2007 gab es in Perugia Leute, die »anders« waren, Leute, die misstrauisch beäugt wurden, da sie anders lebten. Und wie in alten Zeiten waren sie Opfer des volkstümlichen Aberglaubens und der Repressionen, die von den Mächtigen ausgingen. Vor allem Frauen gehörten dazu, besonders die unverheirateten. In einer Welt wie dieser ist eine Frau, die aus der Reihe tanzt und sich nicht in ihre von der Gesellschaft auferlegte Rolle fügt, von vornherein eine Bedrohung. Sie muss eliminiert werden.

Schon im 5. Jahrhundert hatte der byzantinische Bischof Johannes Chrysostomos begonnen, weibliches Hexenwerk mit Sexualität in Verbindung zu bringen. Er behauptete: »Jede Hexerei rührt von fleischlicher Wollust her, und in Frauen ist sie unstillbar.«

Mignini hatte dieselben Worte gebraucht, um Amanda Knox zu beschreiben: Sie sei eine »dämonische, satanische Teufelin«, die »Alkohol, Drogen und ungezügelten Sex liebt«.

Um den Hexenprozess durchführen und die Ergebnisse der wissenschaftlichen Analysen – also die Realität – ignorieren zu können, fehlte zu diesem Zeitpunkt nur noch der Zeuge, der mit Schuldzuweisungen um sich warf. Und Mignini hatte ihn schon parat: Rudy Guedé.

Der Ivorer wurde nicht so sehr als Angeklagter, sondern immer als ein Zeuge vernommen. Und er wusste sehr genau, was man von ihm wollte. Er passte sich mit Leichtigkeit an und spielte seine Rolle gut. Dann, als sein Auftritt beendet war, wurde sein Verfahren von dem der anderen beiden Angeklagten, Amanda und Raffaele, abgetrennt und separat weitergeführt. Gemessen an der Schwere des Verbrechens bezahlte also der Mann, der als Einziger für Merediths Tod verantwortlich war, am Ende einen lächerlich geringen Preis.

Das Verhör, das mehr als alle anderen deutlich machte, welche Rolle Guedé zugedacht war, fand am 26. März 2008 im Carcere di Capanne statt.

Kapitel 7

Das Verhör begann um 10.35 Uhr. Es wurde aufgezeichnet und dann auf 115 Seiten transkribiert. Außer Rudy Guedé, dem die Anwälte Nicodemo Gentile und Walter Biscotti vom Gerichtshof Perugia Rechtsbeistand leisteten, waren noch Staatsanwalt Giuliano Mignini, Giacinto Profazio, der Chef des Mobilen Einsatzkommandos, seine Stellvertreterin Lorena Zugarini und die Kriminalkommissarin Monica Napoleoni zugegen. Napoleoni, eine Vertraute des Staatsanwalts, ist die Tochter von Inspektor Luigi Napoleoni, der sich in Perugia während seiner Ermittlungen zum Fall Narducci mit dem »doppelten Leichnam« im Trasimener See einen Namen gemacht hatte – jenem Fall, der aus Sicht der Staatsanwaltschaft in enger Verbindung mit den Verbrechen des Monsters von Florenz stand. Napoleoni, in den Mignini großes Vertrauen setzte, war 1985, auf Geheiß von wem auch immer, nach Florenz gereist, um die Wohnung ausfindig zu machen, in der Narducci wohnte und angeblich Körperteile ermordeter Mädchen im Kühlschrank verwahrte. Napoleoni fand weder das eine noch das andere. Guedés Verhör endete um 14.00 Uhr und wurde nur einmal für knapp zehn Minuten unterbrochen. Für die seltsame Unterbrechung wurde im Protokoll keine Begründung genannt, sie lässt sich jedoch aus den aufgezeichneten Fragen und Antworten ableiten.

Guedé hatte bereits erklärt, sich im Bad aufgehalten zu haben, als er Merediths Schrei gehört habe. Dann fügte er noch etwas hinzu, was für die Anklage sehr wichtig war: Als er ins Bad gegangen sei, habe er trotz seines eingeschalteten iPod die Türklingel gehört und mitbekommen, wie eine Frau und Meredith auf Englisch scherzten.

Das klingt nun doch eher unwahrscheinlich, denn das Bad hatte einen Vorraum, und man würde eigentlich davon ausgehen, dass der junge Ivorer die Tür hinter sich geschlossen hatte. Es scheint also fraglich, dass er von der Toilette aus etwas gehört haben könnte. Und damit wurde die Zeugenaussage, die Amanda festnageln sollte, letztlich sehr leicht angreifbar.
Dieser Makel wurde mit einer Reihe Fragen korrigiert. Fragen, die sich eher wie Empfehlungen anhörten.
Hier ihre wortgetreue Übertragung:
»Mignini: Du warst also im Bad, als es an der Tür geläutet hat …
Guedé: Ja, ich hörte, wie es klingelte.
M.: Aber du warst doch im Bad?
G.: Ich war gerade dabei, es zu betreten.
M.: Es hat einen Vorraum … Warst du in dem Vorraum?
G.: Ja.
M.: Und die Tür war offen?
G.: Sie war noch offen.
M.: Ich verstehe, du gingst also gerade ins Bad, und die Tür war noch offen, als du gehört hast, wie es klingelte.
G.: Ja.«
Dieser Dialog ist ein hervorragendes Beispiel für das gesamte Verhör: Mignini formuliert die Antworten, die sich die Anklage erhofft, als Fragen. Ab und an zögert Guedé, scheint sich nicht sicher, ob er die Frage richtig verstanden hat, und versucht, Zeit zu gewinnen. Man greift ihm mit einer weiteren Frage unter die Arme, und dies so lange, bis sich der Befrager praktisch selbst die Antwort gibt. Es folgt der überaus heikle Moment, in dem Rudy Guedé aussagen soll, ob die weibliche Stimme der Person, die da an der Tür geklingelt hatte, Amanda gehörte oder nicht.
»M.: Und die weibliche Stimme …
G.: Es scheint mir die von Amanda Knox gewesen zu sein …
M.: Nun, ich hätte gerne … So wie du ›mir scheint‹ sagst, scheint

es dir nicht nur so, sondern du bist dir fast sicher, denn du sagst es auf eine Art, wie nur jemand ›mir scheint‹ sagt, der … Es ist eine Bestätigung, nicht wahr? Es kommt mir wie eine recht eindeutige Bestätigung vor, die du uns da gibst, und du nickst … ja oder nein, Rudy? Hast du den Eindruck, dass es wirklich sie war?
G.: Ja.«
So also wurde Amanda am Tatort plaziert. »… So wie du ›mir scheint‹ sagst, kommt mir das wie eine Bestätigung vor.«
Doch eine mündliche Identifizierung genügte der Anklage nicht, sie wollte einen hieb- und stichfesten Augenzeugenbericht. Guedé hatte ausgesagt, dem Mörder durch das Fenster mit der eingeschlagenen Scheibe nachgeschaut zu haben, doch im Dunkeln habe er nur eine verschwommene Gestalt erkannt.
Der Staatsanwalt versuchte, seinen Blick zu schärfen:
»M.: Diese weibliche Gestalt, wer war das?
G.: Ich glaube, es war Amanda Knox.
M.: Amanda Knox …
G.: Glaube ich …
M.: Stimmte die Größe …
G.: So ungefähr … Ja.
M.: Wie war sie angezogen?
G.: Schauen Sie, das ist mein Problem. Es wäre leichter gewesen, wenn ich sie aus der Nähe gesehen hätte, so wie ich Sie jetzt sehe … Das Licht war nicht besonders gut …
M.: Hast du wenigstens erkannt, ob sie hell oder dunkel war?
G.: Ähm … grau … grau …
M.: Grau … Und wie waren die Haare? Was hatte sie für eine Frisur?
G.: Sie trug die Haare offen.
M.: Offen … Und etwas länger?
G.: Ja, sie waren ungefähr …
M.: Wunderbar, das reicht!«

Die Kriminalkommissarin Monica Napoleoni unterbrach das Gespräch genau in dem Moment, als Guedé zu zögern schien, Amandas Namen zu nennen: »Nun sag schon, dass es das Mädchen war!«

Und Guedé antwortete: »Amanda Knox.«

Sofort intervenierte Mignini, damit Rudy auch wirklich keinen Zweifel an dem Kontext ließ, in dem er Amanda erkannt haben wollte. »Und rannte sie? Floh sie?«

Guedé blieb keine Wahl: »Ja!«

Zu diesem Zeitpunkt hatte Mignini noch nicht gefragt, ob jemand bei dem Mädchen war. Das setzte er einfach voraus: »Und jemand war bei ihr …«

Guedé: »Jemand rannte nach unten.«

Jetzt ging es lediglich darum, diesem Jemand einen Namen zu geben, und dieser Name musste natürlich Raffaele Sollecito sein. Da gab es nur noch das kleine Problem, dass Guedé erklärt hatte, ihn nie kennengelernt zu haben. »Nie gesehen.«

Diese Schwierigkeit wurde von einem unverhüllten Vorschlag der Kommissarin Monica Napoleoni weggewischt: »Aber du hast ihn doch auf Fotos gesehen?«

Was hätte Guedé antworten sollen? »Seit ich wieder hier bin, natürlich schon … die Zeitungen.«

Und als würde das nicht reichen, fügte Kommissarin Napoleoni hinzu: »… das Fernsehen …«

Sofort griff Guedé das soufflierte Stichwort auf: »Ja, ich hatte die Möglichkeit, diese Person zu sehen.«

Von »nie gesehen« zu »gesehen« – ein erster, wichtiger Schritt war getan. Im zweiten ging es darum, herauszufinden, ob die Person aus den Zeitungen und vielleicht auch aus dem Fernsehen dieselbe war wie die, die Guedé in Merediths Wohnung kurz nach dem Verbrechen gesehen hatte. Und die er, wie er selbst sagte, nicht hatte erkennen können.

Und wieder half Monica Napoleoni Guedés Erinnerung mit einer Frage auf die Sprünge, die eigentlich eine Antwort war: »Ist es dir nach Merediths Tod möglich, die Person, die du in dem Haus gesehen hast, mit der aus dem Fernsehen in Verbindung zu bringen? Mit den Fotos aus den Zeitungen?«
»Guedé: Wie ich der Dame schon sagte: Da ich ja nach Italien zurückkam und einen Fernseher hatte und auch die Zeitungen gelesen habe, habe ich so einige Fotos gesehen, auch das von Sollecito.
Mignini: Von Raffaele Sollecito.
G.: Jemand, von dem ich nicht mal wusste, dass er existierte …
M.: Ja, ja.
G.: Von jenem Abend hat sich mir ein Bild eingebrannt. Aber wenn ich mir jetzt Fotos anschauen und die Person identifizieren soll … oder irgendwelche Ähnlichkeiten ausmachen soll … Das bringt mich ganz durcheinander …
M.: Kam es von der Statur her ungefähr hin?
G.: Ich könnte nicht sagen, wie groß er war …
M.: Die Körpergröße … sie ähnelte der von Sollecito.
G.: Ich habe ihn nicht gesehen, ich müsste ihn vor mir haben.
M.: Aber hast du den Kerl denn nicht vor dir gehabt?«
Später, nach der zehnminütigen Unterbrechung, wandte sich der Staatsanwalt mit einer überraschenden Frage an Guedé, der sich bislang immer noch nicht dazu hatte durchringen können, zu erklären, dass er Sollecito erkannt habe. Mignini schien Guedés Antwort schon vorwegzunehmen.
»Mignini: Hör zu, als du Sollecito also gesehen hast …
Guedé: Ja.«
Ich denke, es ist nicht voreilig, in den letzten Sätzen die Erklärung für die sonst so unerklärliche Unterbrechung zu sehen.
Als mit dem 16. September 2008 der Zeitpunkt für das erste Verfahren gekommen war, als also die drei jungen Leute, Amanda,

Raffaele und Rudy, vor den Richter des Zwischenverfahrens traten, der entscheiden musste, ob es zu einem Prozess kommen würde, trennte sich der Weg des Ivorers auf einmal von dem der beiden anderen. Seine Anwälte Nicodemo Gentile und Walter Biscotti hatten beantragt, dass man ihren Klienten in einem abgekürzten Verfahren verurteilte. Das Urteil sollte also noch während der Sitzung ohne weitere Zeugen und nur auf Basis dessen verkündet werden, was die Anklage zusammengestellt hatte.
Diese sehr spezielle Art Prozess – auf den jeder Angeklagte Anspruch hat, wenn er will – wird vor allem dann gewählt, wenn kein Zweifel an der Schuld besteht und man daher direkt zur Verurteilung übergeht. Der Vorteil liegt in einer Reduzierung des Strafmaßes auf ein Drittel. Im Falle einer lebenslangen Gefängnisstrafe wird diese also in dreißig Jahre Haft umgewandelt.
Doch Guedé hatte nicht nur seine Verantwortung abgestritten, er hatte sich auch als unschuldig bezeichnet. Daher muss seine Wahl erst einmal seltsam erscheinen. Denn entgegen den Behauptungen seiner beiden Verteidiger war es offensichtlich, dass er nicht auf einen Freispruch hoffen konnte. Angesichts der Schwere seines Verbrechens gab es keine Alternative zur lebenslangen Gefängnisstrafe. Doch mit Hilfe des abgekürzten Verfahrens konnte Guedé auf dreißig Jahre hoffen, sofern er zusätzlich zum Mord keines weiteren Verbrechens für schuldig befunden würde. Nun beschuldigte man ihn aber auch, die fehlenden 300 Euro aus Merediths Schublade gestohlen zu haben. Er wiederum behauptete, Amanda habe sie genommen. Wäre er des Diebstahls – oder auch nur der Beihilfe zum Diebstahl – für schuldig befunden worden, er hätte kein Recht auf ein abgekürztes Verfahren gehabt.
Am nächsten Tag berichtete *La Nazione* vom Ausgang der Verhandlung des Zwischenverfahrens: »Perugia – Verurteilung zu dreißig Jahren Gefängnis für Rudy Guedé und der Eröffnungsbeschluss gegen Amanda Knox und Raffaele Sollecito. So lauten

die Entscheidungen des Richters Paolo Micheli nach mehr als elf Stunden in nichtöffentlicher Verhandlung.
Guedé, der ein abgekürztes Verfahren erhielt, wurde des Mordes an der englischen Studentin Meredith Kercher für schuldig erklärt, der sich am 2. November letzten Jahres in dem kleinen Haus in der Via della Pergola ereignet hatte. Der Tatbestand sexueller Gewalt kam erschwerend hinzu.«
Der 4. Dezember war der erste Verhandlungstag im Hauptverfahren gegen Raffaele Sollecito und Amanda Knox. Der Richter des Zwischenverfahrens behielt sich die Entscheidung zum Antrag der Anwälte auf Hausarrest vor. Raffaele Sollecito und Amanda Knox würden sich nicht nur wegen Mordes und sexueller Gewalt an Meredith Kercher verantworten müssen, sondern auch wegen Diebstahls von 300 Euro und zweier Kreditkarten, die der getöteten Engländerin gehört hatten.
Rudy Guedé hingegen wurde nicht wegen Diebstahls verurteilt. Der Diebstahl wurde allein den beiden anderen Angeklagten zur Last gelegt.
»Gerechtigkeit ist geschehen.« Das waren die Worte von Merediths Eltern unmittelbar nach der Urteilsverkündung. Sie waren einige Minuten vor Verlesung des Urteils im Gerichtssaal erschienen und hatten den Urteilsspruch des Richters gefasst angehört.
An diesem Tag verbrachten Amanda und Raffaele elf Stunden in einem vergitterten Raum unter der Treppe des Gerichts, von Ängsten verfolgt und mit nur einer Hoffnung im Herzen: »Heute Abend kommen wir hier raus.« Hier wieder der Bericht der Tageszeitung *La Nazione:* »Für Amanda, Rudy und Raffaele bedeutete das Warten auf das Urteil des Richters den längsten und auch schwierigsten Tag, seit Meredith Kercher vor einem Jahr ermordet wurde und man die drei beschuldigte, für die absurde Tat verantwortlich zu sein. Elf Stunden haben sie mit ihren Ängsten und ihren Hoffnungen allein ausgeharrt, und vielleicht haben sie seit

Beginn des Ganzen zum ersten Mal wirklich begriffen, dass ihr Leben nie wieder so sein wird wie vor dem 2. November.«

In den vorangegangenen Tagen hatten die drei jungen Leute aktiv an der Verhandlung teilgenommen. Immer wieder hatten sie ihre Anwälte um Erklärungen gebeten und jedem Einwurf aufmerksam zugehört.

Heute jedoch war es anders: Auf ihren Gesichtern hatte die Angst die Oberhand gewonnen. Und als sich der Richter ins Beratungszimmer zurückzog, beschlich sie Angst. Allein in ihren Zellen, weggesperrt und isoliert von der Außenwelt, suchten sie bei denen Trost, die sie als Einzige noch aufsuchen durften: bei ihren Anwälten und den Beamten der Gefängnispolizei.

»Ich hoffe nur, hier rauszukommen, es ist mir egal, wo sie mich hinschicken, das einzig Wichtige ist, dem Gefängnis zu entfliehen«, gestand Raffaele Sollecito und offenbarte damit all seine Furcht. Sorge und Angst zeichneten sich auch auf Amanda Knox' Zügen ab. »Heute Abend komme ich hier raus«, sagte sie immer wieder, den ganzen Tag lang, doch mehr, um sich selbst Mut zuzusprechen als aus Überzeugung. Sie sang die vertrauten Beatles-Songs vor sich hin, die sie während der schwierigsten Momente der Untersuchungen begleitet hatten.

Auch Rudy Guedé, von allen dreien der am meisten Kompromittierte, musste allein mit seinen Ängsten fertig werden. Wie die anderen hatte auch er die Zeitung gelesen, hatte etwas gegessen und auf den Richterspruch gewartet, der sein Schicksal für immer verändern würde.

Gewiss, der Richter hatte Guedé wegen »Beihilfe« zum Mord verurteilt. Doch dann wurde Guedé vom Vorwurf des Diebstahls freigesprochen – ein Detail, das damals wenig beachtet wurde, das jedoch deutlich offenbart, welchen Vorteil ihm die Zusammenarbeit mit der Staatsgewalt und die Belastung von Amanda und Raffaele verschafft hatten.

La Nazione schrieb: »Der Freispruch vom Delikt des Diebstahls, der stattdessen Amanda und Raffaele angelastet wurde, hat dem Ivorer die von der Staatsanwaltschaft geforderte lebenslängliche Freiheitsstrafe erspart. Hätte der Richter es Rudy zur Last gelegt, hätte daraus eine lebenslängliche Freiheitsstrafe mit Einzelhaft resultiert.«

Nachdem Rudy den ersten Nachlass bekommen hatte, bereitete er sich darauf vor, in Berufung zu gehen. Dank des Freispruchs vom Diebstahl hoffte er auf eine neuerliche Reduktion der zu verbüßenden Gefängnisstrafe.

Er musste nur ein Jahr warten. Am 18. November 2009, während der erste Prozess gegen Amanda und Raffaele in vollem Gang war, trat Rudy vor die Richter des Berufungsgerichts, um erneut einen Strafnachlass zu erreichen, und diesmal einen sehr viel substanzielleren. Wieder war es, als sei ein Regisseur am Werk, der die handelnden Personen wie Schauspieler nach seinen Anweisungen agieren ließ: Erst nachdem Guedé seine Anschuldigungen gegen Amanda und Raffaele bezeugt und bestätigt hatte, die im Gerichtssaal gerade in erster Instanz verurteilt wurden, erhielt er sein neues Urteil. Es war vollkommen klar, dass Guedé nicht zögern würde, seinen Beitrag zu leisten, um die beiden zu 25 und 26 Jahren Gefängnis verurteilen zu lassen. Wenige Tage später erhielt er das Urteil der Berufungsrichter: vierzehn Jahre Gefängnis erlassen. Einfach ausradiert. Lediglich sechzehn Jahre für den Mord an Mez.

Die Anwälte der Familie Kercher, Francesco Maresca und Serena Perna, brachten die Überraschung und die Bitterkeit ihrer Klienten zum Ausdruck: »Zum neuen Strafmaß eine Überlegung: Das Leben einer jungen Frau wäre also mit sechzehn Jahren vergolten?«

Es ist unklar, ob die Kerchers über die Folgen im Bilde waren, die ein so leichtes Strafmaß mit sich brachte und die von *La Nazione* anschaulich verdeutlicht wurden: »Jetzt, da die Strafe um die Hälfte reduziert wurde, wird Guedé dank des Gozzini-Gesetzes (eine Bestimmung, die bei guter Führung des Inhaftierten weitere Strafnachlässe vorsieht; Anm. d. Verf.), dank vorzeitiger Haftentlassung und dank der Möglichkeit, Arbeit außerhalb des Gefängnisses anzunehmen, nach vier bis fünf Jahren auf freiem Fuß sein.«

Nach der tröstlichen Verurteilung zu nur sechzehn Jahren wegen Mordes verließ der Ivorer die Vorbühne wie ein Schauspieler, der seine Rolle zu Ende gespielt hat. Er zog sich hinter die Kulissen zurück, bis er fast ganz aus dem öffentlichen Bewusstsein verschwand.

Er ließ Amanda und Raffaele allein auf der Bühne dieser schrecklichen Komödie zurück. Im Scheinwerferlicht blieb Amanda, als wäre die ganze Bühne nur für sie da.

Amanda, immer wieder Amanda und nur Amanda.

Kapitel 8

Die Strafkammer des Gerichts von Perugia, die sich im Beratungszimmer zusammengefunden hat … hält fest: Perugia ist eine Stadt, die sich ihrer langen, gefestigten kulturellen Tradition, ihrer intakten Gesellschaft und ihrer Gastfreundschaft rühmt. Ihre Plätze, ihre Straßen und Lokale hallen wider vom fröhlichen, multikulturellen Lärm einer Vielzahl von Studenten jeden Alters und jeder Herkunft, welche die beiden berühmten Universitäten besuchen. Doch eine derartige Freiheit setzt auch Verantwortung voraus und diese ihrerseits ein gereiftes Bewusstsein.
Fehlt diese Voraussetzung, können gefährliche Situationen entstehen, vor allem dann, wenn Triebe nicht von gewissen Idealen gesteuert werden.«
Diese Überlegung, die ein idyllisch anmutendes Bild von den Verhältnissen in der Stadt Perugia zeichnet, mag juristisch wenig relevant anmuten. Doch so lautete die Vorbemerkung von Massimo Ricciarelli, dem Vorsitzenden des Haftprüfungsgerichts, zu jenem Urteil, mit dem er am 30. November 2007 bestätigte, dass Amanda Knox und Raffaele Sollecito weiter im Gefängnis auf ihren Prozess warten mussten.
Abgesehen davon, dass in diesem idyllischen Bild von Perugia keine Drogendealer und -konsumenten vorkommen, obwohl es ja um die Stadt mit den meisten Drogentoten geht (wobei diese Drogentoten nicht etwa unter den ausländischen Studenten, sondern unter den Bewohnern Perugias zu finden sind) – abgesehen von diesen Tatsachen also ist es erstaunlich, dass ein Urteilsspruch nicht auf Fakten, sondern auf einer moralistischen Überzeugung gründet. Und diese basiert auf dem Vorurteil, die beiden Ange-

klagten ließen sich von Trieben beherrschen, die nicht »von gewissen Idealen gesteuert werden«.

Auf der anderen Seite behauptete das Urteil im selben Ton und ohne den Hauch eines Zweifels: »Amanda Knox stellt sich uns als eine recht unstete Person dar, die häufig wechselnden und spontan eingegangenen ›Verhältnissen‹ nicht abgeneigt war …« Als könnten diese Aussagen, selbst wenn sie wahr gewesen wären, auf eine Verwicklung in den Mord an Meredith Kercher hindeuten.

Ricciarelli verschonte auch Raffaele nicht, als er auf dessen Gefährlichkeit hinwies: »Raffaeles Persönlichkeit ist komplex und in gewissem Sinn beunruhigend.« Um seine Behauptung zu belegen, führte der Richter ein Beispiel an, das er für konkret hielt: »(Raffaele) hat sich nicht gescheut, sich in einer erschreckenden Pose fotografieren zu lassen, während er eine Art Hackebeil zückte.« Daraus folgert der Richter: »Gewalt übt auf Raffaele also eine echte Attraktivität aus.« Somit offenbarte sich die Gefährlichkeit des jungen Mannes auf einem Karnevalsfoto, das der Öffentlichkeit zur Meinungsbildung mehrere Male in Zeitungen und im Fernsehen präsentiert wurde.

Natürlich mussten in allen Urteilen und sämtlichen Gerichtsakten nicht nur Amanda, sondern auch die anderen Angeklagten auftauchen, also auch Raffaele und – zumindest während der ersten zwei Wochen – Patrick Lumumba. Dennoch stand von Anfang an fest, dass dies Amandas Geschichte werden würde, Amandas Verbrechen.

So sahen es auch Raffaeles Anwälte, die den kommenden Prozess als »Amandacentrico« bezeichneten, als auf Amanda fokussiert: »Raffaele Sollecito bleibt immer einen Schritt zurück, an der Leine, er ist höchstens ein Anhängsel.«

Schwer zu sagen, weshalb die zierliche, junge Frau aus Seattle – die ganz bestimmt attraktiv und nicht ohne Ausstrahlung ist, aber dennoch Lichtjahre entfernt vom Bild einer *dark lady* –, weshalb diese junge Frau ein solch morbides Interesse an dem Fall erregen und derart düstere Phantasien über perversen Sex hervorrufen konnte. Schwer zu sagen auch, wie es möglich war, dass man in ihr den weiblichen Archetypus sah, der Männer in den Untergang treibt, eine Frau, die zu einem Verbrechen anstiftete, zu dem jedes Motiv fehlte – kurz: wie es möglich war, in ihr die Summe aller üblen Gemeinplätze zu erblicken, die sich gegen Frauen richten.

Die Fakten, die im Mittelpunkt des Medieninteresses standen – eines gewissermaßen virtuellen, parallel geführten Prozesses in Zeitungen, Fernsehen und Internet –, diese Fakten fanden im eigentlichen Gerichtssaal starken Widerhall. Und das, obwohl sie bei dieser Sache eigentlich ziemlich irrelevant wirkten. Dennoch waren es die einzig gesicherten Fakten, die da lauteten: Amanda war jung, sie war schön, und sie war Amerikanerin.

Es schien fast, als würden die Argumente, auf welche sich die Anklage stützte und die Amanda quasi übergestülpt wurden, die Leute, aber auch die Informationsprofis kaum interessieren. Und diese Argumente wirkten ja auch vage, fragwürdig und alles andere als fundiert. Allein auf ihrer Basis konnte die Angeklagte nicht für schuldig befunden werden. Aber das war auch nicht nötig, denn sie war Amanda Knox. Deshalb war sie schuldig.

Die Zeitungen, Fernsehsender und Blogs lieferten sich einen Wettstreit, wenn es darum ging, das Bild einer »eiskalten, von Sex besessenen Teufelin« zu zeichnen. Aus den sogenannten offiziellen Quellen ließ man Indiskretionen durchsickern, die der Treibstoff für Verleumdungen waren. Und alle diese Indiskretionen waren verzerrt, wenn nicht gar schlicht erfunden.

In den ersten zwei Monaten stellte sich auch die amerikanische Presse, die es sich bis auf einige Ausnahmen nicht gestattete, all das anzuzweifeln, was in Italien veröffentlicht wurde, gegen die junge Frau. Insbesondere die britischen Medien zeigten sich bereit, die Amerikanerin zu verurteilen, die eine Engländerin so grausam ermordet hatte.

Der Ton änderte sich nach der schockierenden Sendung von CBS, in der sich der Ermittler Paul Ciolino zu Wort meldete. Doch da war der Schaden schon angerichtet. Selbst heute, nach dem Freispruch von Amanda und Raffaele, sind nicht wenige Amerikaner weiterhin von der Schuld der beiden jungen Leute überzeugt.

Wer sich all die Schlagzeilen, Artikel und einschlägigen Publikationen aus jener Zeit vornimmt, von Amandas Festnahme bis zum Nachspiel im Jahr 2011, sieht sich mit einem Lehrstück konfrontiert, das zeigt, wie jemand als Hexe verteufelt wird.

Am ersten Tag des Prozesses, als die Journalisten die beiden Angeklagten zum ersten Mal zu Gesicht bekamen, titelte ein Blatt: »Amanda-Raf, zwei Turteltauben, Blicke und Lächeln, eine Show in der Aula. Sie unverfroren, er verängstigt.«

Die Reporter ließen sich zu romanhafter Prosa hinreißen, die immer auf sie, auf Amanda, abzielte: »Früher hätte man gesagt, ihre Schönheit sei medusenhaft: Das Grauen der mörderischen Tat an Meredith und das Entzücken an ihrem unschuldigen Gesicht verschmelzen zu einem einzigen Bild. Aus Motiven, die eigentlich Abscheu erregen müssten – der Tod der Freundin, das vergossene Blut am Tatort –, erwächst das Bild einer befleckten und verunreinigten Schönheit, ein ganz neues Grauen.«

Ein anderer Journalist schrieb: »Ihr Tagebuch ist im Gegensatz zu dem von Laura Palmer aus *Twin Peaks* ein Bekenntnis ihrer Unbedarftheit: die letzte Maske einer diabolischen Frau oder verzweifelte Wollust eines unschuldigen Vamps?«

Von einer Fernsehserie zur nächsten: »Aus der Nähe wirkt Amanda wie Marissa Cooper aus *The O. C.* – ein Mädchen, das aufgrund von Alkoholmissbrauch und vielen anderen Schwierigkeiten, die auf ihre Kindheit und das gestörte Verhältnis zur Mutter zurückgehen, Probleme hat.«

Und natürlich wurde auch das Kino bemüht: »Die gleiche teuflische Naivität, das gleiche kalte Feuer, derselbe Typ Frau wie in vielen Filmen von Hitchcock, ein Vulkan mit einem verschneiten Gipfel.«

Sie musste die Rolle einer *dark lady* einnehmen: »Alles dreht sich um sie. Für den Staatsanwalt hat sogar der andere ›Mörder‹ von Meredith Kercher aus Liebe zu der Amerikanerin getötet, versklavt von so großer Schönheit.«

Und wieder diese Besessenheit von der Schönheit, fast so, als wäre sie ein Beweis: »Sie hat diese nicht wegzudenkende Schönheit, Amanda Engelsgesicht Knox: An jedem Verhandlungstag drängen sich die Fotografen zusammen, um ihr einen Ausdruck abzuluchsen, eine Grimasse, eine Pose, geeignet, von ihr zu erzählen.«

Die bekannte Journalistin Fiorenza Sarzanini stellte mit einem Buch sämtliche Kollegen in den Schatten: *Amanda und die anderen verlorenen Leben rund um das Verbrechen von Perugia.* Schon im Titel eine Verurteilung, lange bevor irgendein Urteil gesprochen worden war. In ihrem Buch wendet sich die Journalistin direkt an Amanda, als wäre sie eine gute Bekannte. Das Porträt, das sie von ihr zeichnet, fällt dementsprechend aus und strotzt nicht gerade vor Sympathie: »Als sie dich verhafteten, fanden sie drei Schreibblöcke in deiner Tasche. Sie sind dein Tagebuch. Niemand hat es je gelesen. Es enthält deine geheimsten Gedanken, deine Reflexionen, deine Phantasien.«

»Ein hellgrünes Heft«, wird im Polizeibericht präzisiert, der sämtliche beschlagnahmten Schriftstücke auflistet. »Es beginnt am 6. August 2007, noch vor deiner Ankunft in Perugia, noch vor jenen zwei Monaten, die, will man sie zurückverfolgen, intensiver als ein ganzes Leben anmuten. Es sind Seiten voller Notizen, die dazu dienen, deine komplexe Persönlichkeit zu beleuchten, deine Wünsche, deine Laster. Alkohol, Sex ...«

Und natürlich musste sich auch die Visionärin Gabriella Carlizzi zu Wort melden. Sie, die Zeugin Migninis, verstieg sich in ihrem Blog zu der Behauptung, Amanda, Raffaele und Lumumba würden dem Orden der Rosa Rossa angehören, dem Orden, der angeblich hinter dem Monster von Florenz stand. Und dessen überaus einflussreiche Mitglieder hätten auch die Universitäten von Leeds und Seattle infiltriert, die Universitäten von Meredith und Amanda. »Beide Frauen«, schrieb sie, »wurden nach Perugia geschickt, um einen Ritus abzuhalten, ohne zu wissen, wer von ihnen das Opfer und wer der Henker sein würde.«
Direkt nach der Haftprüfung, als Amanda von ihrem Recht Gebrauch machte, nicht auf die Fragen des Richters zu antworten, schrieb die Carlizzi: »VERBRECHEN MEREDITH: ALLE SIND UNSCHULDIG, NIEMAND WILL DORT GEWESEN SEIN … AMANDA ANTWORTET NICHT … DER RICHTER BEHÄLT SICH EINE ENTSCHEIDUNG BIS MORGEN FRÜH VOR. EIN VERHALTEN, AUS DEM SICH KLAR ABLEITEN LÄSST, DASS JEMAND SEHR VIEL HÖHERGESTELLTES DAHINTERSTECKT. DER ANFÜHRER DER SEKTE … WENN SIE REDEN WÜRDEN, WÜRDE MAN SIE VERMUTLICH UMBRINGEN … WENN SIE NICHT REDEN ODER SICH FÜR UNSCHULDIG ERKLÄREN, MACHT VIELLEICHT JEMAND EINEN FALSCHEN SCHACHZUG … DIE SEKTE IST INTERNATIONAL, UND DIE SEITEN, ÜBER DIE SIE IHRE ANHÄNGER MITEINANDER IN KONTAKT TRETEN LÄSST, SIND MIT SCHLÜSSELWÖRTERN KODIERT … SCHLÜSSELWÖRTER, DIE WIR DECHIFFRIERT HABEN UND DIE WIR DEM STAATSANWALT, DOTTORE MIGNINI, NOCH HEUTE ABEND ÜBERMITTELN.«
Neben diesen Wahnvorstellungen schwirren alle möglichen Wörter durch das Web, Klischees aus schlechten Noir-Romanen, Adjektive, die dem Feuilleton aus dem 19. Jahrhundert oder irgend-

einem Blockbuster entliehen scheinen: Sex, Lügen, Drogen. Die *dark lady* aus Seattle, Engel und Dämon. Hure oder Madonna. Mörderin oder Heilige. Der schwarze Engel. Hunderte von Männern, ihr Hunger im Bett ist nicht zu stillen, eine sexsüchtige Teufelin. Eisige Augen.

Es ging sogar so weit, dass die unwahrscheinlichsten psychoanalytisch angehauchten Diagnosen aufgestellt wurden: »Amanda hat mit ihrer Mutter um die Aufmerksamkeit von Männern konkurriert.« Um Amanda Knox' Persönlichkeit zu ergründen, wühlte die englische Presse im Privatleben ihrer Mutter Edda Mellas. Laut der *Mail on Sunday* war Amanda zutiefst erschüttert von deren Hochzeit mit Christopher Mellas, einem Mann, »der ihr eigener Bruder hätte sein können«. Von jenem Moment an habe sie begonnen, um die Aufmerksamkeit von Männern zu buhlen und sich Frauen gegenüber aggressiv zu verhalten. Dabei hatte die Zeitung übersehen, dass sich die Mutter von Amandas Vater scheiden ließ, als diese gerade mal ein Jahr alt war.

Dann entdeckte jemand, dass Amanda im Juni vor ihrer Ankunft in Italien ein Profil auf Myspace erstellt hatte, in dem sie sich den Spitznamen »Foxy Knoxy« gegeben hatte – natürlich wurde auch ihm wieder die sexuelle Konnotation angeheftet. Foxy Knoxy, ein sehr effizienter Spitzname, wenn es darum ging, Amanda als die böse junge Frau im Mordfall Meredith dastehen zu lassen, grassierte in amerikanischen, englischen und italienischen Zeitungen.

Amanda Knox bemühte sich vergeblich, die Sache aufzuklären: »Die Übersetzung ist falsch, das ist ein Spitzname, den ich als kleines Mädchen hatte, als ich noch Fußball gespielt habe. Er bedeutet ›die Füchsin Knoxy‹, er reimt sich, und das war's. Aber der Staatsanwalt hat ihn benutzt, um zu behaupten, ich sei verrückt und böse.«

Doch es half nichts: Sie war abgestempelt, der giftige Spitzname »Füchsin« war ihr wie ein scharlachroter Buchstabe auf die Haut tätowiert. Der Studentin aus Seattle erging es ebenso wie Hester Prynne, der Protagonistin des Romans von Nathaniel Hawthorne. Wenige Tage nachdem sie in das einige Kilometer außerhalb Perugias gelegene Gefängnis Capanne gebracht worden war, ließ irgendjemand eine Information durchsickern, die sich später als vollkommen falsch herausstellen sollte: Amanda habe sich mit Aids angesteckt, natürlich aufgrund ihrer vielen wahllosen Techtelmechtel mit Männern. Die schreckliche Nachricht – manche glaubten, man habe sie erfunden, um Amanda psychisch zu brechen – wurde auch ihr überbracht. Die Wirkung kann man sich vorstellen. Amanda selbst beschreibt sie in ihrem Tagebuch, das sie in der Zelle bei sich hat. Es war der 22. November, der fünfzehnte Tag ihrer Haft, wie sie mit einem Fragezeichen vermerkt. Schon jetzt war sie sich der Zeit nicht mehr sicher, da jeder Tag so gleichförmig dahinging. »Gestern Nacht, kurz vor dem Zubettgehen, haben sie mich herunterkommen lassen, um mir einen weiteren Arzt vorzustellen, den ich bislang noch nicht gesehen hatte. Er hatte die Ergebnisse eines Tests, den sie mich hatten machen lassen und demzufolge ich HIV-positiv bin … Von da an ging in meinem Kopf alles durcheinander, zumindest letzte Nacht. Ich hatte entsetzliche Kopfschmerzen. Dies ist mit Abstand die schlimmste Erfahrung meines Lebens. Ich sitze für ein Verbrechen im Gefängnis, das ich nicht begangen habe, und ich könnte HIV-positiv sein. Ich will nicht sterben. Ich will heiraten und Kinder kriegen. Ich will alt werden. Ich will meine Zeit. Ich will mein Leben. Warum? Warum? Warum?…«

Da sie nicht verstand, wie sie sich infiziert haben sollte, zählte Amanda die jungen Männer auf, mit denen sie im Laufe der Jahre zusammen gewesen war. Es waren sieben Namen. Den Journalisten wurde hingegen mitgeteilt, Amanda habe seit ihrer Ankunft in Perugia – seit nicht mal zwei Monaten also – mit sieben Männern verkehrt.

Die Presse geriet außer Rand und Band: »Amandas Tagebuch: ›Ich habe Dutzende Verehrer.‹ Es folgt die Auflistung der jungen Männer, mit denen sie in Italien Sex hatte.«
Oder: »Die Liste der Jungs, mit denen ich Sex hatte, umfasst sieben Namen. Am Rand finden sich die Details der Beziehungen« – und das, obwohl diese Details im Tagebuch nirgendwo stehen.
Doch vermutlich war Amanda noch enttäuschter von Freunden und Bekannten, die sie als Mörderin verdächtigten und deren Urteile die Presse mit Vergnügen aufblies.
Merediths Freund Giacomo Silenzi, einer der drei jungen Männer, die im unteren Stockwerk der kleinen Villa in der Via della Pergola wohnten, erklärte gegenüber der englischen Boulevardpresse und dem Mailänder *Il Giornale:* »Wir saßen im Wartezimmer des Polizeipräsidiums, Merediths Freunde aus England waren am Boden zerstört. Ich war ebenfalls erschüttert, aber Amanda verhielt sich, als sei nichts geschehen, in ihren Augen lag keine Emotion.«
Filomena Romanelli, eine ihrer Mitbewohnerinnen, berichtete der *Daily Mail:* »Kaum war ich aus dem Zug gestiegen, kam die Polizei auf mich zu und brachte mich aufs Präsidium. Auch Amanda war dort. Sie umarmte mich und sagte, wie leid ihr der Vorfall tue. Dann stellte sie mir ihren Freund vor. Ihre Augen zeigten keine Anzeichen von Traurigkeit, und ich erinnere mich, dass ich mich fragte, ob sie etwas mit dem Mord zu tun haben könnte.« Filomena schreckte nicht davor zurück, noch hinzuzufügen: »Ich wusste, dass sich die beiden nicht verstanden, aber ich hätte nie gedacht, dass es so enden könnte.«
Alles, was Amanda sagte oder tat, wurde auf die gleiche Weise interpretiert. Denn sie war Foxy Knoxy.
Am Morgen des 13. Februar 2009 beispielsweise, als Amanda den Saal des Schwurgerichts betrat, trug sie eine Botschaft am Körper, die sich vermutlich an Mignini, die Richter, die Journa-

listen und an all jene richtete, die auf Teufel komm raus eine Hexe in ihr sehen wollten: »All you need is love.«
Der Titel ihres geliebten Beatles-Songs war in großen roten Buchstaben auf ihr T-Shirt gedruckt. Wie ein kleines Mädchen, das weiß, dass es eine große Dummheit gemacht hat, ging sie mit verlegenem Lächeln und gesenktem Blick zu ihrer Bank. Hin und wieder schaute sie sich um, um zu sehen, welche Wirkung ihr Einfall erzielt hatte.
Es war die naive Geste einer sehr jungen Amerikanerin, deren Wurzeln in einer Pop-Kultur liegen, wo ein Satz von John Lennon die gleiche Autorität hat wie einer von Immanuel Kant. Es war leichtfertig, aber dennoch war es eine Forderung nach Liebe, nach Verständnis und Empathie. Es war die Aufforderung, einen Moment innezuhalten und nachzudenken, zu begreifen, weshalb sie nicht die sein konnte, die viele auf so irrationale Weise in ihr sehen wollten.
Doch sie erreichte genau das Gegenteil: Wenn Amanda von Liebe sprach – und sei es nur durch ein T-Shirt und einen Rock-Song –, dann konnte es sich nur um profane Liebe handeln, um Sex, um eine sehr konkrete, um nicht zu sagen »schmutzige« Angelegenheit. Ihre Botschaft wurde als Provokation gedeutet, als das unkontrollierbare Bedürfnis einer eingefleischten Narzisstin, die, nur um im Scheinwerferlicht zu stehen, bereit war zu ignorieren, dass der tragische Tod einer jungen Frau der schreckliche Grund für das Medieninteresse an ihr war. Kurzum, sie scherzte, zog eine Riesenshow ab und verhöhnte die tote Mez.
Am nächsten Tag schrieb eine Zeitung: »Amanda Knox macht wieder einmal von sich reden. Dieses Mal war es der Look, den sie gewählt hat, um an einem wichtigen Hauptverhandlungstermin den Saal zu betreten, in dem sie zusammen mit ihrem Freund Raffaele Sollecito als Angeklagte für den Mord an ihrer Mitbewohnerin Meredith Kercher betrachtet wird. Amanda Knox trug

ein T-Shirt mit der Aufschrift ›All you need is love‹. Ein Hemd, das sich sicher für die jetzigen Tage eignet, in denen wir den Valentinstag feiern, doch ganz gewiss nicht, um einen Gerichtssaal zu betreten, in dem man sich gegen eine Mordanklage verteidigen muss.«

In einer anderen Zeitung hieß es: »Auf ihr weißes T-Shirt, das ihr der im Gerichtssaal anwesende Vater geschenkt hatte, war ein Song von den Beatles gedruckt. Es gab Anlass zu vielen Diskussionen wie überhaupt bei allem in diesem Fall, der die Angeklagten, mehr noch als das Opfer, zu Protagonisten macht.«

Doch in Großbritannien gab es Leute wie die Psychoanalytikerin Coline Covington, die noch sehr viel weiter ging. In der Online-Zeitung *The First Post* veröffentlichte sie einen Artikel über das Verhalten der jungen Frau aus Seattle, den viele andere Blogs und Zeitungen aufgriffen. Darin hieß es: »Das narzisstische Vergnügen der Knox, die Aufmerksamkeit der Medien auf sich zu ziehen, und ihre offenkundige Unbekümmertheit während eines Großteils der Verhandlungen weisen auf eine psychopathische Persönlichkeit hin.« Dann versteigt sich die Autorin zu der Behauptung: »Ihr Benehmen lässt unvermeidlich an die Arroganz von Eichmann im Jahr 1961 oder, etwas aktueller, an Karadžićs Selbstdarstellung vor dem Internationalen Strafgerichtshof in Den Haag denken.«

Die Autorin dieser erstaunlichen Mini-Analyse behauptete, Amanda Knox würde der Kategorie der »psychopathischen Verführer« angehören. Diese seien Blender »par excellence«. »Der Spitzname, den man ihr als kleines Mädchen gegeben hat, als sie noch Fußball spielte, erhält eine neue Bedeutung. Ihr erschreckendes Auftreten ist ein Indiz gegen sie.«

Ein weiterer, unausgesprochener und womöglich sogar noch verheerenderer Grund für die schockierende Wirkung des T-Shirts auf ganz Perugia war die Nähe der Stadt zum asketischen Assisi, der Wiege des Mystizismus der Franziskaner – die Nähe zu einem der bedeutendsten Orte des Christentums. Der Liedtitel der Beatles reflektierte, wenn auch sehr locker, ein grundlegendes Prinzip der Botschaft Christi: die Liebe. Und diese Botschaft hatte sich Foxy Knoxy zu eigen gemacht, ausgerechnet diese junge Frau, die in den wenigen Wochen ihrer Anwesenheit immer wieder andere Männer bei sich empfing und Joints rauchte. Das war nicht nur inakzeptabel, es war blasphemisch. An ihrem Körper wurde das christliche Gebot der Liebe zur Gotteslästerung. Was brauchte es noch, um ihre Schuld zu beweisen?

Zwei amerikanische Journalistinnen beschlossen, einen »Schnellschuss« über den Fall zu fabrizieren, das erste Buch zu dem Thema, das in Amerika erscheinen sollte. Eine von ihnen war Barbie Latza Nadeau, Korrespondentin in Rom und vollkommen ahnungslos, was journalistische Gerichtsberichterstattung betrifft. Ursprünglich hatte sie sich auf bunte Themen wie Brauchtum, Gesellschaft und Mode spezialisiert. Nun schlug sie also ihre Zelte in Perugia auf. Um an ergiebige und gleichzeitig von keiner Autorität anfechtbare Informationen zu gelangen, wählte sie den einfachsten Weg und wandte sich direkt an Mignini, »in dessen Büro ich mich«, so schrieb sie, »an einem warmen Sommertag niederließ«. Der Staatsanwalt zögerte keine Sekunde, seine Deutung der Dinge bis nach Amerika zu verbreiten, wo sich langsam die ersten kritischen Stimmen vernehmen ließen.

Das Ergebnis war das Buch *Angel Face,* das bei Beast Books erschien, dem Verlag der berühmten Tina Brown, die die Onlinezeitschrift *The Daily Beast* herausgibt. Auch dies natürlich eine neue Anklageschrift gegen Amanda.

Im Werbetext für das Buch heißt es: »Nur wenige Amerikaner hatten Gelegenheit, von der erdrückenden Beweislast zu erfahren, die das Schwurgericht davon überzeugte, dass es sich bei Amanda Knox um eine der drei Personen handelte, die Meredith

Kercher sexuell attackierten, ihren Körper schändeten und ihr die Kehle durchschnitten. In *Angel Face* beschreibt Barbie Nadeau, die persönliche Beziehungen zu wichtigen Schlüsselfiguren unterhielt, wie die Familie Knox alles Menschenmögliche versucht hat, um die Medien zu kontrollieren, die Tatsachen zu verzerren, die Gemüter der Amerikaner zu erregen und ein beleidigendes und falsches Bild des italienischen Justizsystems zu verbreiten.«
Ein Werbetext, der Migninis Meinung exakt wiedergibt, wonach – in Nadeaus Worten – »die italienische Justiz mit Hilfe gut organisierter journalistischer und politischer Operationen Gegenstand einer systematischen Verunglimpfung wurde«.
»Ein Komplott«, folgert die amerikanische Journalistin, womit sie ein weiteres Mal den Staatsanwalt aus Perugia zitiert.
Bald darauf beschlossen viele ausländische Zeitungen und einige italienische Blätter, sich die Sache aus der Nähe und vor allem mit eigenen Augen anzusehen, um zu verstehen, was sich wirklich in Perugia abspielte. Rasch begriffen sie, wie wenig Bestand die sogenannten Beschuldigungen gegen Amanda und Raffaele hatten. Sie entlarvten das angebliche Tatmotiv – blutiger Halloween-Ritus oder sadistische Sexspiele – als, gelinde gesagt, phantastische und aus der Luft gegriffene Behauptungen, die jeder sachlichen Grundlage entbehrten. Nach und nach erschienen erste Artikel, die Partei für die beiden jungen Leute ergriffen und damit unweigerlich Polizei und Staatsanwaltschaft in Perugia in ein kritisches Licht rückten.
Und nicht nur das: Die angelsächsischen Medien, für die Pressefreiheit heiliger ist als südlich der Alpen, waren entsetzt, als sie mitbekamen, wie viele gelenkte und vertrauliche Informationen an die Presse weitergegeben wurden, die nur dazu dienten, ein negatives Bild von den Angeklagten zu zeichnen.
»Eigentlich kann ihr gleich die Boulevardpresse den Prozess machen«, schreibt Stephan Faris polemisch in der *Times,* »denn die

Richter und die Geschworenen müssen inzwischen sehr viel mehr abwägen als nur die Frage nach Unschuld oder Schuld. Ist die Knox eine Heilige oder eine Sünderin? Eine Madonna oder eine Hure? Welcher Spitzname haftet ihr am meisten an: Engelsgesicht oder Foxy Knoxy?« Im *Magazine USA* heißt es dazu: »Das Urteil über die Knox wird gemäß jener Betitelung ausfallen, die bei den Entscheidungsträgern die größte Resonanz findet.«
Die ausländischen Journalisten hatten Mühe zu begreifen, weshalb bei diesem Fall die neuesten Ergebnisse plötzlich das exakte Gegenteil der vorangegangenen waren, weshalb sich die Schuldigen von gestern am nächsten Tag auf einmal als unschuldig erwiesen. Die *Times* versuchte, darauf eine Antwort zu geben. In einem harschen Leitartikel kritisierte sie die italienischen Prozesse, die sich mehr in den Medien abspielen würden als in den Gerichten. »Das ist italienischer Stil«, klagte die Zeitung. »In Italien existiert das Wort ›Verdacht‹ nicht mehr. Das Fernsehen und die Presse verurteilen schon, bevor der Prozess überhaupt begonnen hat. Die Ermittler und die Richter spüren den Druck der öffentlichen Meinung, die sich durch Zeitungsartikel und Talkshows immer weiter aufheizt.« Nach Ansicht der *Times* sei es unter solchen Bedingungen schwierig, gelassen über einen Angeklagten zu urteilen, denn »in vielen Mordfällen wird nicht nur der Schuldige, sondern oft genug auch ein Unschuldiger verdächtigt«.
Für die *New York Times* lag die Schuld für das Drama, das Amanda erlebte, allein bei den italienischen Medien, die sie als eine lasterhafte Perverse dastehen ließen. Für den Sender NBC hingegen war die Polizei verantwortlich. Auf YouTube wurde ein Video gepostet, in dem die berühmte Anwältin und ehemalige Chefanklägerin Anne Bremner erklärte, sie könne die Fehler der Ermittler nachweisen – und dies lange bevor diese Fehler im Jahr 2011 tatsächlich in einem vom Berufungsgericht bestellten Hauptgutachten bestätigt wurden.

Inzwischen war Amanda bereits zur Heldin des Internets avanciert, ihr Schicksal war nicht nur unauflöslich mit dem Prozess verbunden, sondern auch mit den Medien.
Die berühmte feministische Schriftstellerin Erica Jong, Autorin vieler Bestseller, darunter auch *Angst vorm Fliegen,* hatte keine Zweifel: »Wir haben es mit der Wiederholung eines Drehbuchs zu tun, das so alt ist wie die Welt selbst. In den Justizsystemen der halben Welt ist es immer die Frau, die auf der Anklagebank landet. Man muss ja nur mal sehen, was in Italien im Fall Amanda Knox geschehen ist, die anstelle von Rudy Guedé von allen für schuldig gehalten wird.«
In ihrem Buch *Murder in Italy,* das noch vor Amandas und Raffaeles Freispruch veröffentlicht wurde, listet die Autorin Candace Dempsey Fehler der Presse und alle von ihr vorgenommenen Verzerrungen auf. Die Familie Knox selbst sah sich gezwungen, David Marriott von Gogerty Stark Marriott, einer PR-Agentur mit Sitz in Seattle, zu engagieren. Er sollte versuchen, die ihrer Meinung nach falschen Darstellungen über Amanda zurechtzurücken.
Viele ausländische Zeitungen sparten nicht mit sarkastischen Kommentaren zu den Untersuchungen in Perugia. Der *Rolling Stone* legte in einem Artikel seine Sicht auf Migninis Modus Operandi dar: »In seiner Welt kommt die Realität ziemlich oft mit Satan in Berührung. Dessen Einfluss entdeckte er schon 2001, als er zu einer zentralen Figur in den Ermittlungen um einen Serienkiller avancierte, den man das Monster von Florenz nannte.«
Die Autorin Nina Burleigh, die viel Zeit in Perugia verbracht hatte, um ihr Buch *The Fatal Gift of Beauty* zu schreiben, kam zu folgendem Schluss: »Die Geschichte von Amanda Knox ist eine Geschichte der Medien, der Frauenfeindlichkeit, eine Geschichte von Unverständnis und Schmähung, aber vor allem eine Geschichte des Aberglaubens. Der Tod von Meredith Kercher war

ein schreckliches, aber nicht ungewöhnliches sexuelles Gewaltverbrechen an einer jungen Frau in ihrem Haus.«
Um Migninis Weltsicht zu verstehen, um zu begreifen, was er am Ort des Verbrechens sah, das sich in einer Donnerstagnacht an Halloween zutrug, um zu begreifen, was ihn glauben ließ, eine junge Frau habe ein Sexspiel inszeniert, müssen wir weit in die Vergangenheit zurückblicken, auf den langen Kampf des Katholizismus gegen andere geistige Strömungen in Italien.
Nigel Scott bemerkt dazu: »Für Mignini ist Hexerei also keine Krücke, auf die er seine Untersuchung stützt, nein, er glaubt wirklich, dass es heutzutage im Ausland Hexen gibt, er glaubt an ihren Einfluss in der Welt und dass die Macht des Bösen so real ist wie die Elektrizität, dass sie vom Teufel ausgeht und dass Amanda Knox und Raffaele Sollecito seine Vertreter sind.«
Noch einmal Nina Burleigh: »Es war ein Verbrechen anlässlich Halloween – dies ist einer der ersten Sätze von Mignini, die es zu erfassen gilt … Mignini bezog seine Hexenangst ständig in seine Theorie zu dem Mord ein und rückte nur widerstrebend davon ab.«
»Der Punkt«, schrieb ein anderer amerikanischer Autor, »ist doch der: Es gibt keine große Verschwörung der Anhänger Satans. Das ist ein Märchen, das eine hyperreligiöse Phantasie hervorgebracht hat. Es gibt keine schwarzen Messen mit Menschenopfern oder obskuren Sexspielen auf blutüberströmten Altären. Es gibt nur ein paar traurige Gestalten, die Phantasien zu diesem Zeug entwickeln. Und wenn Ihnen das einmal klar ist, dann ist der Fall gegen Amanda Knox nicht mehr das, was er scheint.«
Timothy Egan meinte in der *New York Times:* »Beweise? Na gut, sie war, so hieß es, sexuell aktiv, und sie hatte ein Sexspielzeug. Eigentlich hätte ich erwartet, dass der Staatsanwalt die Knox in eine mit Wasser gefüllte Badewanne wirft, um zu sehen, ob sie auf der Oberfläche treibt oder untergeht, so wie man es bei den Hexenprozessen von Salem gemacht hat.«

Der Beitrag, den Joan Smith noch vor dem Freispruch in ihrem Blog *Comment is free* des *Guardian* veröffentlichte, wirkte fast schon wie eine Parodie: »Hier die Nachrichten des Jahres 1486: In der Stadt Perugia wurde eine Teufelin angeklagt … Nein, Entschuldigung, lassen Sie mich noch einmal von vorne anfangen, denn dies ist nicht das 15. Jahrhundert, in dem in ganz Europa ›Hexen‹ verfolgt und gefoltert wurden, damit sie ein Geständnis ablegten und dann verbrannt werden konnten. Im Jahr 2011 kann doch eigentlich niemand mehr ernsthaft glauben, dass Frauen ihre Seelen unbedingt an den Teufel verkaufen wollen – oder doch?«

Zu den Journalisten gesellten sich zum Teil namhafte Persönlichkeiten, die ihre Stimmen zur Verteidigung von Amanda und Raffaele erhoben. Michael Heavey, ein amerikanischer Richter am Obersten Gerichtshof des Staates Washington, sorgte mit einem Brief an seinen Kollegen Giuliano Mignini für einen Eklat am Gericht von Perugia. Der Brief war ein herzzerreißender Appell, durch den die Anklage von der Unschuld der Amerikanerin überzeugt werden sollte. »Amanda kann keine Mörderin sein, das kann nicht stimmen … Sie besitzt eine außergewöhnliche Persönlichkeit. Wenn sie mit anderen zusammen ist, zeigt sie sich in einer ungewöhnlichen Reinheit, Ehrlichkeit und Offenheit.

Wahrscheinlich sind viele von ihrer Niedertracht und ihrem diabolischen Wesen überzeugt, doch ich bin vom Gegenteil überzeugt, denn sie hat zwanzig Jahre in unserer Nachbarschaft gelebt, und wir alle hatten Gelegenheit, genau das Gegenteil von dem wertzuschätzen, dessen man sie jetzt verdächtigt. Unsere gesamte Gemeinschaft kann ihre Herzensgüte bezeugen.«

Die Reaktion der Staatsanwaltschaft wurde im Lokalteil von *La Nazione* abgedruckt: »Der Brief des Stars-and-Stripes-Richters, eines Freundes der Familie Knox, hat für viel Entrüstung und eine Flut von Polemiken gesorgt. Wenn das ein italienischer

Richter verfasst hätte, wäre er wahrscheinlich vor dem Obersten Gerichtsrat gelandet.«

ABC sendete Steve Moores gewissenhaften und gut recherchierten Beitrag zur Verteidigung Amandas. Steve Moore ist nicht nur ein Ex-Sonderbevollmächtigter des FBI, sondern auch der Supervisor der Ermittlungseinheit, die sich mit Gewaltverbrechen und mit al-Qaida in Asien und Pakistan befasst. Im Brustton der Überzeugung erklärte Moore, die Beweise würden zeigen, »dass die junge Frau aus Seattle nicht der Mörder sein kann«.

Der Ex-FBI-Agent ging noch weiter: »Die vor Gericht präsentierten Beweise sind fehlerhaft, der Prozess wurde manipuliert.« Er selbst war überzeugt, dass der Mörder nur Rudy Guedé sein konnte. Moore zufolge war es bei so viel Blut am Tatort ausgeschlossen, dass Amanda und Raffaele nicht die kleinste Spur hinterlassen haben sollten. Und am Tatort, so Moore weiter, sei abgesehen von dem Opfer ja auch nur die Anwesenheit einer einzigen Person nachgewiesen worden. Daher kam er zu folgendem Schluss: »Vor einem amerikanischen Gericht wäre ein Großteil der Beweise gar nicht erst zugelassen worden.«

Nicht nur in Amerika, auch in Italien meldeten sich Journalisten zu Wort, die Partei für Amanda und Raffaele ergriffen und die Ermittlungen, vor allem aber Staatsanwalt Mignini, harsch kritisierten.

Die erfahrensten italienischen Gerichtsreporter, zu denen auch ich mich selbst zähle, sind nach gut zehn Jahren in italienischen Gerichten zynisch geworden. Auch wenn sie sich in der Presse nie dazu äußerten, waren sie sich über den Ausgang des Prozesses einig: »Verurteilung in erster Instanz, Freispruch in zweiter.« Laut diesen desillusionierten Leuten würden die italienischen Staatsanwälte einander protegieren und daher eine solche Lösung wählen. Somit würde die Staatsanwaltschaft von Perugia keine totale Schlappe erleiden, und die beiden jungen Leute würden

doch noch freikommen. Amanda und Raffaele hätten dann zwar vier Jahre ihres Lebens verloren, aber was war schon dabei?
Es war praktisch unmöglich, den Journalisten, vor allem den angelsächsischen, diese Vorhersagen zu erklären. Dennoch bewahrheiteten sie sich, sei es, weil die Zyniker recht hatten, sei es aus einem anderen Grund.
Auf die Kritiken, die aus dem Ausland nach Italien drangen, reagierte Mignini wie immer: mit einem Bombardement aus Anzeigen wegen Rufmords, die man hier schwerlich alle würdigen kann.
Eine der spektakulärsten war sicher die, die sich gegen das amerikanische Wochenblatt *West Seattle Herald* richtete. Im Januar 2009 war in der Zeitung ein Artikel erschienen, der die unzulängliche Beweislage in den Ermittlungen zum Fall Meredith Kercher kritisierte. Darüber hinaus hieß es, dass Gerichtsexperten, die nicht namentlich genannt werden wollten, Mignini als »mental instabil« einschätzten. Am 1. Februar wurde der Artikel im Internet veröffentlicht. Elf Tage später teilte Mignini der *BBC* mit, er habe ein Verfahren wegen Rufmordes gegen den *West Seattle Herald* eingeleitet. »Ich erfreue mich bester Gesundheit«, soll Mignini laut *BBC* geäußert haben. »Ich gehe kaum zum Arzt, und ich habe noch nie einen Psychologen aufgesucht.«
Auch dem amerikanischen Autor Joe Cottonwood drohte der italienische Staatsanwalt mit einer Klage wegen Rufmordes. Wie Cottonwood dem CPJ (Committee to Protect Journalists) mitteilte, war der Grund dafür eine E-Mail, die er einem befreundeten italienischen Reporter geschickt hatte. Darin hatte der Schriftsteller Mignini einen »intellektuell unehrlichen Rüpel« genannt. Im August 2009 wurde diese Äußerung in der Tageszeitung *Il Giornale* veröffentlicht, woraufhin der Staatsanwalt auch dessen Direktor Vittorio Feltri verklagte.
Im September 2010 erhielt Giangavino Sulas, investigativer

Journalist des Wochenblatts *Oggi,* die offizielle Mitteilung, Mignini habe als Reaktion auf einen vor wenigen Monaten veröffentlichten Artikel ein Gerichtsverfahren gegen ihn eingeleitet. Besagter Artikel hatte sich kritisch über die von Mignini geführten Ermittlungen zum Fall des Monsters von Florenz geäußert und auch die damit zusammenhängende Verurteilung des Staatsanwalts wegen Amtsmissbrauchs erwähnt. Umberto Brindani, der Direktor des Wochenblatts *Oggi,* erhielt im Jahr 2010 zwei Mitteilungen: einen auf den 24. Juli datierten Ermittlungsbescheid und eine »Ladung zur Beschuldigtenvernehmung«.

Am 19. April 2010 schickte das CPJ, eine Organisation, die sich weltweit für die Rechte von Journalisten einsetzt, einen vom Generaldirektor Joel Simon unterzeichneten Brief an den italienischen Staatspräsidenten Giorgio Napolitano und an Justizminister Angelino Alfano, um gegen »Schikanen der Obrigkeit« zu protestieren, die nach Ansicht der bedeutenden Organisation »Journalisten und Zeitungsredaktionen zu erdulden hatten, sobald sie Kritik an den Ermittlungen im Fall des grausamen Mordes an der britischen Studentin Meredith Kercher üben, der sich im November 2007 während eines kulturellen Austausches in Perugia abgespielt hatte«. Weiter heißt es: »Besonders beunruhigt ist das CPJ über die Intoleranz des Staatsanwalts von Perugia, Giuliano Mignini, gegenüber Kritik. Sowohl im Zusammenhang mit den Untersuchungen des Mordfalls Kercher als auch in Bezug auf die Serienmorde des Monsters von Florenz hat Mignini Strafverfahren gegen einzelne Reporter, Schriftsteller und Zeitungen aus Italien und den USA eingeleitet – oder zumindest gedroht, dies zu tun.

Während die amerikanische Studentin Amanda Knox und der italienische Student Raffaele Sollecito in Perugia in zweiter Instanz in Berufung gehen, wenden wir uns an Sie, um sicherzustellen, dass Journalisten, Autoren und Blogger die Möglichkeit erhalten, das Verfahren völlig frei und ohne Angst vor Repressalien zu kommentieren.«

Als wär's ein Widerhall des Protestschreibens aus New York, erreichte den Präsidenten Napolitano ein weiteres Schreiben aus Rom. Verfasser war Rocco Girlanda, ein Mitglied der Justizkommission der Abgeordnetenkammer und Präsident der *Fondazione Italia USA,* einer gemeinnützigen Stiftung zum Erhalt der italienisch-amerikanischen Freundschaft. Zu dem Prozess gegen Amanda und Raffaele stellte er fest: »Die Beweise und Zeugenaussagen haben sich als bestenfalls widersprüchlich und unglaubwürdig erwiesen. In den USA wurde über alle kritischen Punkte der verschiedenen Prozessphasen und über die unangebrachten Äußerungen der Kriminalpolizei ausführlich berichtet, und dies auch in Talkshows mit mehr als zehn Millionen Zuschauern, was die Fassungslosigkeit über das Justizsystem unseres Landes – nicht ohne Grund – weiter wachsen ließ.«

Der brutale Mord an Meredith Kercher wurde zum Thema leidenschaftlicher Surfer und Fans des virtuellen Facebook-Forums. Im Web entstanden immer mehr Seiten, die Amanda und Raffaele unterstützten. Zu den bekanntesten gehörten *Free Amanda and Raffaele* und *AKRS,* ein Name, der sich aus den Initialen der beiden Inhaftierten zusammensetzte.

Eine Äußerung des Staatssekretärs von Hillary Clinton rief offenen Protest hervor. Der amerikanischen Außenministerin war zu Ohren gekommen, was eine ihrer Mitbürgerinnen, die gerade zu 26 Jahren Gefängnis verurteilt worden war, im Ausland durchmachte. Tatsächlich jedoch hatte sie nichts weiter gesagt als: »Ich werde jeden, der Zweifel hat, anhören.« Nach Angaben der *Washington Post* hatte die Chefin des diplomatischen Korps ihre Bereitschaft ausgedrückt, mit jedem zu reden, der Bedenken zur Handhabung des Falls äußerte. Überhaupt erst in die Sache involviert wurde die ehemalige First Lady durch die demokratische

Senatorin Maria Cantwell, die mitteilte, sie habe den Staatssekretär beauftragt zu überprüfen, ob die Entscheidung der italienischen Richter von »antiamerikanischen Ressentiments« beeinflusst worden sei.
Die Presse begann daraufhin, von einem »Krieg« zwischen Staatsanwalt Mignini und den amerikanischen Medien zu sprechen, ja mehr noch, zwischen ihm und Amerika, das, so sagte der Staatsanwalt selbst, Amanda »zu schützen scheint«. Den Beweis dafür sah die Lokalpresse in den ständigen Einmischungsversuchen aus Übersee, aufgrund deren die Richter aus Perugia sich bereits an den Obersten Gerichtsrat (CSM) gewandt hätten.
Andere Medien reagierten weniger zurückhaltend und betonten, dass die Vereinigten Staaten ihrer Ansicht nach niemandem Lektionen erteilen sollten, zumal sie selbst immer noch der Todesstrafe anhingen und in Afghanistan das Waterboarding als Foltermethode einsetzten.
Die vielen kritischen Stimmen in der amerikanischen Presse und auch die Stellungnahmen vom CPJ und von italienischen Abgeordneten konnten Migninis Selbstsicherheit im Hinblick auf seine geleistete Arbeit nicht im Geringsten erschüttern. Seiner Ansicht nach war die Kritik nicht nur ungerecht, sie war auch wieder einmal das Ergebnis eines gigantischen internationalen Komplotts, das ihm Schaden zufügen sollte. Barbie Nadeau schrieb in ihrem E-Book: »Mignini schwört, dass Douglas Preston eine amerikanische Pressekampagne gegen ihn auf die Beine gestellt habe, um den Fall Knox zu steuern. ›Das ist alles auf Prestons Mist gewachsen‹, meinte er.«
»Aber«, erklärte Mignini gegenüber Barbie Nadeau und schrieb mir damit eine immense Macht zu, »der Drahtzieher dieses Komplotts sitzt in Italien.«

Kapitel 9

Am 28. September 2010 klingelte gegen drei Uhr das Telefon in Frank Sfarzos Wohnung im dritten Stock eines alten Wohnhauses. Am anderen Ende eine männliche Stimme, alles andere als freundlich: »Hier spricht die Polizei.«

Frank, 38 Jahre alt, was man ihm jedoch nicht ansah, war von schlanker, wenn nicht gar schmächtiger Statur, höflich, aber von Nervosität und innerer Angst getrieben, die ihn zum Kettenraucher werden ließ und seinen dunklen Augen einen traurigen Ausdruck verlieh. Vor etwa zwei Jahren war er in Amerika unter Journalisten und Amanda-Knox-Anhängern bekannt geworden. In Perugia hingegen kannte ihn vor allem die Polizei. Und die mochte ihn überhaupt nicht.

Als Frank vor etwa zwanzig Jahren aus Pietrabbonadante, einer kleinen Gemeinde in der Molise an der südlichen Adriaseite, mit seiner Familie – allesamt Ärzte und Apotheker – nach Perugia gekommen war, hatte er, wie es seiner rastlosen Art entsprach, schon manches angefangen, doch nichts je zu Ende gebracht. In der umbrischen Stadt hatte er Wissenschaftstheorie studiert, war dann aber – plötzlich von der Welt des Theaters fasziniert – nach Turin gezogen. Von dort hatte er den großen Sprung nach New York versucht, wo er sich in einen Anthropologie-Kurs einschrieb. Er wurde zwar kein Anthropologe, erwarb sich aber perfekte Englischkenntnisse. Zurück in Europa, studierte er in Paris Filmkunst und arbeitete als Regieassistent an einem monumentalen Kinoprojekt über Dschingis Khan mit. Der Film bestand fast ausschließlich aus kolossalen Kampf- und Schlachtszenen mit Tausenden von Komparsen, ganze Städte wurden nachgebaut, Milliarden Lire ausgegeben. Doch aus irgendeinem mysteriösen Grund wurde das Projekt nie fertiggestellt. Also versuchte sich der rastlose Frank am investigativen Journalismus, der auf viele junge Leute große Anziehung ausübte. Aber er hatte den falschen Zeitpunkt gewählt, denn in Italien wurden bei den Zeitungen eher Leute entlassen als neue eingestellt. Also wieder Fehlanzeige.

Doch der Virus hatte ihn bereits infiziert: Er musste Journalist werden.

Zurück in Perugia, sagte er sich: »Sobald hier ein schöner Mord verübt wird, richte ich einen Blog ein. Alle wichtigen Zeitungen, die hier vor Ort keinen Korrespondenten haben, werden mich brauchen.«

Frank war wachsam, immer auf dem Sprung, um sich »sein« Verbrechen nicht entgehen zu lassen. Und er musste tatsächlich nicht allzu lange warten. Als er erfuhr, dass in der Via della Pergola eine junge Engländerin ermordet worden war, sah er seine große Stunde gekommen. Am frühen Nachmittag nach der Mordnacht begab er sich zu dem kleinen Landhaus, in dem noch immer Merediths Leiche lag, und brachte in Erfahrung, was passiert war. Er war enttäuscht.

»Diese ganze Sache«, sagte er sich, »bringt gerade mal Stoff für drei, vier Tage. Das ist alles viel zu banal: Irgendein Idiot ist in das Haus der Mädchen eingedrungen, um etwas zu klauen, wurde aber von einer überrascht, die früher zurückgekommen war. Der Kerl, der wahrscheinlich völlig zugekifft war, hat noch versucht, sie zu vögeln, sie hat sich gewehrt und ihn vielleicht sogar erkannt. Da hat er ihr die Kehle durchgeschnitten. Totaler Mist. In ein paar Tagen schnappen sie ihn.«

Zu diesem Zeitpunkt konnte er sich noch nicht vorstellen, dass er tatsächlich auf »sein« Verbrechen gestoßen war, das die nächsten vier Jahre seinen Blog *perugia-shock* beherrschen würde. Nach nur wenigen Tagen, als neben Amanda und Raffaele auch noch

Patrick Lumumba verhaftet wurde, dachte sich Frank: »Die haben wirklich überhaupt nichts kapiert.«
Der Kongolese und Besitzer des *Le Chic* war einer seiner besten Freunde, mit dem er schon viele angenehme Abende verbracht hatte. Frank wusste genau, dass Patrick nie zu einer solchen Tat fähig wäre. Es erschien ihm völlig abwegig, das Verbrechen als sadistische Orgie und satanischen Ritus darzustellen. Dies konnte nur die Tat eines Verbrechers sein, wenn auch eines recht laienhaften.
Mit Blick auf sein Berufsethos und in der Hoffnung, von den amerikanischen Medien wahrgenommen zu werden, entschied sich Frank für einen sachlichen, fast schon angelsächsischen Stil. Schließlich konnte man nie wissen.
Nach Amandas »Geständnis«, das man ihr in einem Verhör abgerungen hatte und von dem die Aufzeichnung verlorenging, erhielten die Journalisten dieses entscheidende Dokument seltsamerweise lediglich in einer gekürzten, von der Polizei transkribierten Version. Frank rümpfte die Nase. Als er erfuhr, dass Amanda am 15. Dezember noch einmal um ein Gespräch mit dem Staatsanwalt ersucht hatte, ging er am nächsten Tag zu Mignini, um zu erfahren, was ihr Anliegen gewesen sei.
»Nichts«, antwortete der Staatsanwalt. »Sie hat nur zu weinen angefangen und wollte wieder in ihre Zelle gebracht werden.«
Eine Antwort, die den Blogger überhaupt nicht überzeugte. Am Vortag hatte er beobachtet, wie der Staatsanwalt, die übrigen Anwälte und eine Übersetzerin gegen 10.00 Uhr zu der Vernehmung gegangen und erst gegen 17.00 Uhr wieder herausgekommen waren. Viel zu lang, als dass nur ein paar Tränen hätten vergossen werden können.
Wieder ging Frank zu Mignini und bat um die Mitschrift des neuerlichen Verhörs.
»Aber das bringt doch sowieso nichts«, lautete die Antwort dies-

mal, und Mignini verweigerte ihm endgültig jeden Zugriff auf das Dokument.

Der Fall war inzwischen »abgeschlossen«, wie der Polizeipräsident in einer Pressekonferenz sagte. Nachdem die Journalisten der nationalen Zeitungen Perugia verlassen hatten, hatte Frank freie Bahn. In den ersten Januartagen gelang es ihm dank einer gut plazierten »Quelle« und einiger journalistischer Tricks, Amandas Aussagen zu lesen, die inzwischen zur »Geheimsache« erklärt worden waren – was schlicht hieß, dass sie nicht an die Presse weitergegeben werden durften. »Wunderbar«, dachte Frank, »wenn sie sie zur Geheimsache erklärt haben, kann das nur bedeuten, dass sie wichtig sind. Ein paar Tränen macht man nicht zur Geheimsache …«

Er hatte recht. Amandas Widerruf war endlich die klare, kohärente und komplette Rekonstruktion dessen, was in der Nacht des Verbrechens geschehen war. Amanda sollte sie später im Gerichtssaal wiederholen.

Zu diesem Zeitpunkt war sich Frank sicher: »Das Mädchen hat nichts mit der Sache zu tun.«

Der Ton seines Blogs begann sich zu ändern.

Den ersten Angriff auf die Polizei von Perugia lancierte er, als man Amandas Sweatshirt eineinhalb Jahre nach dem Mord in ihrem Zimmer fand. Der Anklage zufolge war es weggeworfen worden, weil sich Blutflecke darauf befunden hätten. Ein Anwalt hatte die Polizei darauf hingewiesen, dass es sich im Wäschekorb befunden habe. Angeblich sei es immer dort gewesen.

Trotz der zahlreichen – der zu zahlreichen – Durchsuchungen des Landhauses in der Via della Pergola war das Sweatshirt von keinem Polizisten je entdeckt worden.

Sfarzo war überzeugt, dass jemand ein schmutziges Spiel spielte.

Auf *perugia-shock* erschienen entrüstete Artikel, aber auch solche voller Sarkasmus:

»Mignini glaubt, die Polizei sagt immer die Wahrheit (ich weiß nicht, ob er auch an den Weihnachtsmann glaubt).«
»Für die Anklage ist DNA dasselbe wie Pasta all'Amatriciana.«
»Werfen wir doch mal einen Blick auf die Beweise, die in den Händen dieser Typen gelandet sind:
Der simple 112-Notruf zweier junger Leute, die ein Problem hatten, wurde zu einem ›Anruf, den sie nach dem Eintreffen der Polizei getätigt hatten‹. Aber bestimmt war das nur ein Versehen …
Ein wichtiges Sweatshirt ist verschwunden. Natürlich nur ein Versehen …
Ein Schuhabdruck neben Merediths Leiche sollte angeblich von Raffaele stammen. Sicher nur ein Versehen …
Das Band mit der Aufzeichnung eines Jahrhundertverhörs ging verloren. Bestimmt nur ein Versehen …
Vier Festplatten wurden zerstört. Bestimmt vier Unfälle …
Auf einem BH-Verschluss und einem Messer wurden DNA-Spuren entdeckt, die durch nichts zu erklären sind. Sicher eine Verunreinigung …«
Diese harschen, aber sehr detaillierten Attacken gegen die Staatsanwaltschaft machten Frank Sfarzo nicht nur unter Amanda-Knox-Anhängern, sondern auch unter den Journalisten bekannt, die den Fall verfolgten, ohne Stellung zu beziehen. Der Blogger veröffentlichte einfach alles, auch Dinge, die gegen Amanda sprachen.
Frank schien auf jedes noch so kleine Detail Zugriff zu haben. Seine Berichte waren klar und in hervorragendem Englisch geschrieben. In einem Artikel mit dem Titel »A Tribute to Frank Sfarzo« schrieb ein amerikanischer Journalist: »Du brauchst ein Foto von dem Messer? Dann ist Frank dein Mann. Einen Computerausdruck von Merediths DNA? Klicke hier.«
Amerikanische Journalisten, die von ihren Sendern und Zeitungen nach Perugia geschickt wurden, hatten inzwischen eine sichere

Anlaufstelle. Auch die, die nicht nach Italien reisten, klickten unweigerlich auf *perugia-shock,* bevor sie einen Artikel verfassten. In der italienischen Medienlandschaft, die fast ausschließlich von Vorverurteilungen und Anschuldigungen gegen Amanda geprägt war, nahm sich der kleine Blogger wie ein Don Quijote aus, der im Internet allein gegen Windmühlen kämpfte.

Natürlich wurde der Blog auch auf dem Polizeipräsidium und bei der Staatsanwaltschaft von Perugia angeklickt, wo man ihn sich übersetzen ließ.

Die Polizisten, mit denen Frank inzwischen täglichen Kontakt pflegte, schlugen auf einmal harsche Töne an und begannen, ihn äußerst unfreundlich zu behandeln. Eines Tages, als er gerade den Gerichtssaal verlassen hatte, rempelten sie ihn an und schlugen sogar auf ihn ein. »Du gehst uns auf den Sack!«, schrien sie.

Auch als im Dezember 2008 der Prozess gegen Amanda Knox und Raffaele Sollecito begann, behielt ihn das Mobile Einsatzkommando im Visier. Oft hinderte man ihn am Betreten des Gerichtssaals und beschlagnahmte sein Handy, um es auf seine Kontakte und SMS hin zu untersuchen. Unter den gleichgültigen Augen des Richters schlugen ihm im Gerichtssaal von der gegenüberliegenden Seite Beschimpfungen entgegen, und während er sich Notizen machte, wurde er kontrolliert.

Giuliano Mignini, der sich gegenüber Frank bislang von seiner liebenswürdigen Seite gezeigt und ihn wie jeden anderen Journalisten in seinem Büro empfangen hatte, änderte seinen freundlichen und manchmal fast vertraulichen Tonfall. Ab diesem Zeitpunkt beschlich Frank der Verdacht, dass der Staatsanwalt ihm nur deshalb so viel Aufmerksamkeit gewidmet hatte, weil er Neuigkeiten in Erfahrung bringen wollte, statt selbst mit Informationen herauszurücken.

Als Mignini von ihren Vätern sprach, die beide viel zu früh und zu jung gestorben waren, oder auch davon, dass er sonntags gerne zum Schießen ging – aber nicht mit einer Druckluftpistole, sondern mit einer echten –, hatte er eine fast freundschaftliche Atmosphäre zwischen ihnen geschaffen. Andererseits, überlegte der Blogger, hatte Mignini immer wieder Fragen in das Gespräch eingestreut, um selbst an Informationen zu gelangen. In sehr höflichem Tonfall, als würde er eine völlig nebensächliche Unterhaltung führen, hatte der Staatsanwalt gefragt: »Waren Sie noch nie in Amerika? Wissen Sie, wo Douglas Preston wohnt? Haben Sie ihn schon öfter getroffen?«

Frank begann sich zu fragen, was Mignini wirklich von ihm dachte. Ihm fiel ein, wie er dem Staatsanwalt vor einiger Zeit erzählt hatte, Lumumba sei ein Freund von ihm, und wie Mignini daraufhin nach Luft gerungen hatte. Sfarzo gelangte zu der Überzeugung, dass der Staatsanwalt seine Freundschaft mit dem Kongolesen, seinen Blog, in dem er für Amandas Unschuld plädierte, und seine Kontakte, darunter auch die von Preston und mir, keineswegs unbefangen betrachtete.

Daraus folgerte er: »Der Typ macht wieder genau das Gleiche wie im Fall Narducci: Für ihn sind alle in ein einziges Komplott verstrickt, alle schuldig. Ich eingeschlossen.«

Genau deshalb gefiel ihm die Stimme überhaupt nicht, die am 28. September um 15.30 Uhr barsch ins Telefon blaffte: »Hier spricht die Polizei.« In seinem Kopf schrillte eine Alarmglocke: Er musste vorsichtig sein.

»Hör zu, Sfarzo«, sagte die Stimme, »du musst zu uns aufs Präsidium kommen. Deine Mutter ist hier. Sie wollte ins Haus, hat aber keinen Schlüssel.«

Der Vorwand war so fragwürdig, wenn nicht gar absurd, dass Sfarzo seine Zweifel bestätigt sah. Es war vollkommen klar, dass seine Mutter – die sich, wie Sfarzo genau wusste, in der Molise aufhielt – in einer solchen Situation nie zur Polizei gegangen wäre, sondern bei ihm angerufen hätte.

»Ah, verstehe«, erwiderte er. »Könnten Sie sie mir mal geben?« Der überrumpelte Polizist wusste nicht, was er antworten sollte. Er murmelte irgendetwas Unverständliches, dann sagte er hastig: »Tut mir leid, wir müssen das Gespräch beenden«, und legte auf. Frank begriff, dass ein Krieg ausgebrochen war und die Tätlichkeiten und Beschimpfungen zu einer Guerillataktik gehörten, die nun nicht länger angewandt würde, da sie nicht das erhoffte Resultat gebracht hatte: ihn zu einer Schließung seines Blogs zu bewegen oder ihn wenigstens dazu zu bringen, einen anderen Ton anzuschlagen. Sfarzo erwartete einen direkten Angriff und beschloss, möglichst viel von seinem Material auszulagern. Er raffte CDs, Schriftstücke, Dokumente und seinen Laptop zusammen, verstaute alles in einer Umhängetasche und verließ das Haus, um sie an einem Ort zu verstecken, den diese Typen nicht kannten. Für einen kurzen Moment kamen ihm vielleicht auch Zweifel, er mag sich gefragt haben, ob er nicht übertrieb und schon ein wenig paranoid geworden war. So etwas geschah doch nur in Filmen – und in der Realität höchstens in Russland.

Als es um halb fünf an seiner Tür klopfte und Frank öffnete, begriff er, dass sich Perugia in gewisser Hinsicht nicht allzu sehr von Putins Moskau unterschied. Auf dem Treppenabsatz standen zwei ihm unbekannte Polizisten in Uniform. Der eine, der wie der Chef aussah, hätte ohne weiteres ein Freizeit-Wrestler sein können.

Sie hatten keinerlei Vollmacht, und als Frank nach ihren Namen fragte, antwortete der Chef ironisch »Pinco Pallino«. Der andere stellte sich mit »Ceppitelli« vor, doch wie sich herausstellte, hieß er in Wirklichkeit Galigani.

Frank betrachtete das Gespräch als beendet, er verabschiedete sich von den beiden und wollte gerade die Tür schließen. In diesem Moment tauchten drei weitere Polizisten auf, die sich offensichtlich im Treppenhaus versteckt und alles mit angehört hatten. Sie sagten nichts, und Frank blieb auch keine Zeit, Fragen zu stellen. Die drei stürzten sich auf ihn, warfen ihn zu Boden und rammten ihm die Knie in Brust und Bauch. Frank bekam keine Luft und konnte nur noch denken: »Jetzt sterbe ich.« Einer der anderen Polizisten betrat, ohne sich um ihn zu kümmern, die Wohnung, nahm Franks Handy an sich und sammelte alles ein, was mit *perugia-shock* zu tun hatte.

Frank konnte keine Freude darüber empfinden, dass er seinen Computer und die wichtigsten Unterlagen in Sicherheit gebracht hatte. Er hatte gar keine Möglichkeit dazu. Den drei Typen reichte es nicht, dass er sich nicht rühren konnte, sie mussten ihm auch noch möglichst große Schmerzen zufügen. Sie wollten ihn umbringen, davon war Sfarzo plötzlich überzeugt.

Eine Nachbarin erschien auf der Treppe und stieß beim Anblick der Szene einen Schrei aus. Die Beamten lockerten ihren Griff gerade genug, dass Frank rufen konnte: »Hilfe! Die wollen mich umbringen! Rufen Sie die Carabinieri!«

Die unfreiwillige Zeugin hatte Frank wahrscheinlich vor dem Schlimmsten bewahrt. Nachdem die Frau sie gesehen hatte, konnten die Polizisten nicht mit »ihrer Arbeit« fortfahren. Später glaubte Frank zu begreifen, weshalb man versucht hatte, ihn aufs Revier zu locken: Dort hätte es keine Zeugen gegeben.

Der Angriff war noch nicht vorbei. Ein hagerer Beamter, der ihn bislang nicht angerührt hatte, sah aus, als wäre ihm schlecht und als würde er gleich in Ohnmacht fallen. Mit leiser Stimme bat er seine Kollegen, sie sollten Sfarzo nicht noch weiter drangsalieren. Die drei standen auf, allerdings nicht, weil ihr schmächtiger Kollege sie überzeugt hätte. Einer von ihnen zog ein Paar Handschellen aus der Tasche und schloss Franks Handgelenke auf dem Rücken zusammen. Die Folter begann von neuem: Die Polizisten drückten Franks gefesselte Arme nach oben, bis sie fast brachen. Als er einen gellenden Schmerzensschrei ausstieß, ließen sie von ihm ab.

Sie zwangen ihn, sich aufzurichten und mit den Händen unter den Achseln die drei Stockwerke hinunter bis zum Eingangstor zu laufen, vor dem zwei blau-weiße Streifenwagen warteten. Unsanft schubsten sie Frank auf den Rücksitz, zwei Beamte nahmen rechts und links von ihm Platz. Mit Blaulicht, Sirene und den obligatorisch quietschenden Reifen fuhren sie los und jagten auch schon mal mit zwei Reifen auf dem Gehsteig in die Kurven. Frank hatte damit gerechnet, aufs Polizeipräsidium gebracht zu werden, doch zu seiner Überraschung hielten die beiden Autos stattdessen vor dem Krankenhaus Santa Maria della Misericordia.

Es ging nicht darum, ihm Medikamente zu verabreichen oder seinen Gesundheitszustand zu überprüfen. Stattdessen zerrten die Beamten Frank in die psychiatrische Abteilung und sagten der diensthabenden Ärztin, der Typ sei verrückt und müsse zwangseingewiesen werden. Als Beweis für ihre Behauptungen dienten ihnen Unterlagen, die sie in Franks Wohnung beschlagnahmt hatten: ein paar Zettel mit Notizen zum Mordfall Meredith Kercher.

»Der Mann ist auf den Fall des englischen Mädchens fixiert«, sagte ein dickleibiger Polizist. »Er ist verrückt geworden, denkt nur noch daran, die reinste Paranoia.«

Die Ärztin versuchte, Zeit zu gewinnen, um die Situation besser einschätzen zu können. Sie ließ Frank zu Wort kommen und merkte sofort, dass er zusammenhängende Antworten gab und seine Erregung angesichts der Situation nicht übertrieben war. Am Ende erklärte sich die Ärztin außerstande, eine schwere psychische Störung zu diagnostizieren.

Die Polizisten schnappten sich ihren Gefangenen und verfrachteten ihn abermals in den Streifenwagen.

Wieder die eingeschaltete Sirene, die blinkenden Blaulichter auf den Wagendächern und die quietschenden Reifen. Diesmal ging es zum Polizeipräsidium.

Sie zerrten ihn in das Gebäude, führten ihn den anderen Polizisten wie eine Trophäe vor und nannten ihn »diesen Bastard, der Amanda verteidigt«. Vergeblich verlangte Sfarzo, seinen Anwalt oder seine Verwandten anrufen zu dürfen.
Man verhörte ihn nicht und warf ihm auch nichts vor, sondern brachte ihn direkt in den Haftraum – enger noch als jede Gefängniszelle –, mit dem alle Reviere ausgestattet sind. Die Beamten stießen Frank hinein und sperrten ab.
Der Blogger blieb die ganze Nacht dort eingeschlossen. Sein einziger Trost: ein ungenießbares Brötchen. Am darauffolgenden Morgen holte man ihn heraus und brachte ihn ins Gericht, wo er endlich mit einem Anwalt sprechen konnte. Erst da erfuhr er, dass er am Vortag nicht weniger als fünf Polizisten in seiner Wohnung angegriffen und zwei davon verletzt haben sollte, wenn auch nur leicht. Dies war die Anklage, die man sich zurechtgebastelt hatte. Nun war es ja nicht so, dass Frank keinen Sinn für Ironie gehabt hätte, doch der Gedanke, dass er allein auf fünf Polizisten losgegangen sein sollte, brachte ihn diesmal nicht zum Lachen. Die Verbrechen, für die man ihn bei der Staatsanwaltschaft angezeigt hatte – Körperverletzung und Widerstand gegen eine Amtsperson –, konnten mehrere Jahre Gefängnis bedeuten.
Als er sich schließlich vor dem Gerichtsgebäude wiederfand – angeschlagen, aber als freier Mann –, brannte sich eine Frage in riesengroßen Lettern in sein Bewusstsein: WAS JETZT?
Als er sich eine Zigarette angezündet hatte, stand ihm die Antwort klar vor Augen: »Jetzt greifst du wirklich an, jetzt sagst du klar und deutlich, was Sache ist.«
Er lief geradewegs zu seinem Versteck, überzeugte sich, dass ihm niemand gefolgt war oder ihn beobachtete, und holte seine Waffen, den Laptop und die Disketten mit den Dokumenten. Dann ging er nach Hause und startete die erste Attacke.
»Und es gibt noch mehr zu berichten: Die Polizei hat der Vertei-

digung Tonbänder mit aufgezeichneten Telefonaten zwischen Amanda und Raffaele sowie Raffaele und dessen Vater übergeben, doch wie Anwalt Maori heute mitgeteilt hat, fehlen 29 davon.

Noch ein Missgeschick? Ein weiterer Fehler?

Wetten, dass sich Amanda und Raffaele in diesen Gesprächen versicherten, Meredith Kercher nicht umgebracht zu haben? Oder dass sie irgendetwas sagten, was bewiesen hätte, dass sie nichts mit dem Mord zu tun hatten?«

Es verging kein Tag, an dem Frank seine Online-Geschütze nicht abgefeuert hätte. Dabei ging es nicht um Beschimpfungen und nicht um Klatsch, sondern um präzise Informationen, die er ab und an mit schonungslosen Kommentaren garnierte.

»Raffaele schrieb in seinem Blog, er hätte gerne starke Emotionen empfunden – seine Mutter war gerade gestorben. Richterin Matteini (die zu diesem Zeitpunkt entscheiden musste, ob sie der Inhaftierung von Amanda und Raffaele wirklich stattgeben würde, Anm. d. Verf.) wurde eine auf den 13. Oktober datierte Kopie übergeben. Matteini musste glauben, Raffaele habe wenige Tage vor dem Mord nach starken Emotionen gesucht. In Wirklichkeit hatte jemand das Datum gelöscht. Der Eintrag war von 2006, vom vorangegangenen Jahr.

Schon wieder ein Fehler?

Und sind wir uns sicher, dass derjenige, der Foxy Knoxy mit ›Evil Fox‹ übersetzt hat, wirklich nur schlecht Englisch konnte? Oder hat ihm vielleicht jemand zu dieser Formulierung geraten?«

Öl ins Feuer, jeden Tag, und den Gestank des Brandes roch man in Seattle und in ganz Amerika.

Der Sender CBS sendete einen pointierten Beitrag, in dem ein Journalist seinen Zuschauern einen fingierten Test präsentierte: »Ein freischaffender, mit bescheidenen Mitteln ausgestatteter

Journalist befindet sich in seinem Zuhause, als plötzlich fünf Polizisten in die Wohnung eindringen. Es liegt kein Durchsuchungsbefehl vor. Der Journalist wird brutal zusammengeschlagen. Dann zerrt man ihn in eine psychiatrische Klinik, wo die Polizei verlangt, man möge ihn aufgrund seiner Berichterstattung zu einem Fall, der viel Aufsehen erregt hat, für unzurechnungsfähig erklären.
Wo hat sich diese Begebenheit zugetragen?
1. Libyen
2. Syrien
3. China
4. Mubaraks Ägypten.«

Sarkastisch schloss der Beitrag: »An keinem dieser Orte, sondern vergangenen September in Italien. Der Journalist heißt Frank Sfarzo und lebt in Perugia.«
Am Morgen des 10. Mai 2011 verschwand Franks Blog *perugiashock.blogspot.com* aus dem Netz. Der Krieg war wieder aufgeflammt, und diesmal hatte jemand versucht, »keine Gefangenen zu machen«, sondern Frank lieber gleich den Todesstoß zu versetzen.
Der Protest der Amerikaner ließ nicht lange auf sich warten. Zuerst reagierten die Zeitungen, die Fernsehstationen, die Blogs und gleich darauf das Committee to Protect Journalists: »Das CPJ sorgt sich besonders um die Wirkung, die derartige repressive Maßnahmen der Behörden in Perugia auf Lokalreporter und freischaffende Internetblogger haben können, die ohne die Unterstützung und den Rückhalt großer Zeitungen auskommen müssen. Diese Personen sind verwundbar und in ihrer Arbeit behördlichen Repressalien ausgeliefert – Gerichtsverfahren und körperliche Gewalt eingeschlossen.«
In ihrem Brief an den italienischen Staatspräsidenten Giorgio Na-

politano schreibt die renommierte Organisation weiter: »Unter den Fällen, welche die Aufmerksamkeit des CPJ erregt haben, sticht einer aufgrund der widerrechtlichen Handlungen von Mitgliedern des Mobilen Einsatzkommandos ganz besonders hervor. Es ging darum, die Kritik an den behördlichen Ermittlungen im Mordfall Meredith Kercher zu bestrafen … Sfarzo, wohnhaft in Perugia, hatte sich von Anfang an für den Fall interessiert und in seinem Blog Neuigkeiten und Kommentare zu der Angelegenheit veröffentlicht. Regelmäßig kritisierte Sfarzo die für sein Gefühl lückenhafte Untersuchung im Fall Kercher und griff gelegentlich zu scharfen Formulierungen, um seinen Standpunkt deutlich zu machen.«

Auch der mit Sfarzo »rivalisierende« amerikanische Blog *Injustice in Perugia* schaltete sich ein. Franks Blog wurde umgehend wiederbelebt, indem man den Bindestrich zwischen *perugia* und *shock* einfach wegließ.

»Man darf nicht zulassen«, hieß es auf der Seite, »dass Frank Sfarzo von einem Staatsanwalt zum Schweigen gebracht wird, der jeden angreift, der nicht seiner Meinung ist. Was zu viel ist, ist zu viel!«

Unmittelbar darauf erklärte Frank in einem Telefoninterview mit dem *West Seattle Herald:* »Google hat mich via E-Mail informiert. Sie nannten mir keinen Grund, sagten aber, dass es sich um eine richterliche Anordnung handle.«

Es war nicht sofort klar, was passiert war oder wer die Abschaltung des Blogs beantragt hatte. Frank wandte sich an Google und erhielt als Antwort ein Dokument, aus dem hervorging, dass es sich bei dem Antragsteller um Mignini handelte.

Der Staatsanwalt hatte sich von einigen Bemerkungen beleidigt gefühlt und Sfarzo wegen Rufmords verklagt. Damit sich das Vergehen nicht wiederholen konnte, hatte er die vorsorgliche Löschung von *perugia-shock* beantragt.

In dem als Rufmord bezeichneten Satz hatte Frank lediglich geäußert, viele von Migninis Zeugen seien Landstreicher und Drogenabhängige und würden regelrecht rekrutiert. Doch der Staatsanwalt war der Ansicht, der Blogger würde ihn mit diesen Leuten vergleichen.

CNN merkte an, *perugia-shock* sei genau 48 Stunden nach der Ausstrahlung der langen, in Perugia abgedrehten Dokumentation *Murder Abroad: The Amanda Knox Story* abgeschaltet worden, in der Mignini von dem Journalisten Drew Griffin interviewt worden war. Griffin zeigte und kommentierte eine Szene, in der Mignini ihn ein weiteres Mal aufsuchte, um zu fragen, ob es möglich sei, das Interview noch einmal aufzunehmen – für den Fall, dass er nicht überzeugend genug gewirkt habe.

Die Amerikaner fanden Migninis Verhalten so ungewöhnlich und verfehlt, dass es für sie tatsächlich so etwas wie »eine Meldung« war. Für Mignini hingegen war es völlig normal – im Prinzip zeigte es, wie seine Beziehungen zur lokalen Presse angelegt waren.

Frank, der kleine, einsame Blogger, sah diese Beziehungen in einem anderen Licht. Er übte den Beruf des Journalisten, den er im Grunde für sich erfunden hatte, so aus, wie es auch die echten tun sollten. Und die Vorkommnisse in Perugia hatten ihn in der Annahme bestärkt, dass die Regel, nach der jede Meldung erst überprüft werden müsse, im Fall Kercher doppelt gelte. Als in *Porta a Porta,* einer der wichtigsten Talkshows Italiens, angekündigt wurde, man habe einen »Superzeugen« gefunden, dessen Aussage Amandas und Raffaeles Schuld ein für alle Mal beweisen würde, wollte Frank sich diesen Zeugen aus der Nähe ansehen. Gefunden hatten ihn angeblich zwei Reporter des Provinzblättchens *Giornale dell'Umbria,* einer Tageszeitung aus Perugia.

Allein schon die Tatsache, dass diese mysteriöse Person erst zehn Monate nach dem Mord ausfindig gemacht worden war, hatte

Frank misstrauisch gemacht. Als er dann noch sah, dass die Person nur mit verdecktem Gesicht gezeigt wurde – ganz so, als handle es sich um einen Zeugen gegen die Mafia, der wer weiß welche Vergeltung fürchten musste –, war er sich fast sicher: Die Nachricht war ein Fake.

Auf dem kleinen Bildschirm konnte man nur lange graue Haare erkennen und lediglich die Stimme des »Superzeugen« hören, der behauptete, Amanda und Raffaele am Abend des Verbrechens in den Gärten der Piazza Grimana gesehen zu haben, auf der Grünfläche mit dem von Bäumen gesäumten Basketballplatz, der die Via della Pergola überragt. Dort, wo sich Rudy ebenfalls oft aufgehalten hat, genauso wie viele andere orientierungslose Jugendliche, Drogenabhängige und Obdachlose.

Der »Superzeuge« fügte noch hinzu, die beiden jungen Leute seien einige Male in Richtung des kleinen Landhauses gegangen, wo Meredith wohnte, um ein Auge darauf zu werfen, und miteinander tuschelnd wieder umgekehrt.

Am nächsten Tag ging Frank auf die Piazza Grimana und schaute sich um. In nur fünf Minuten hatte er den Typen mit den langen grauen Haaren ausfindig gemacht. Es war der Pusher der Piazza, der immer auf der Bank neben dem Zeitungskiosk saß und den alle kannten, die Polizei eingeschlossen.

Frank war verblüfft: »Okay«, sagte er sich, »es ist normal, dass ein nationales Netzwerk Lokaljournalisten mit der Nachverfolgung eines Falls betraut. Aber verdammt – wie zum Geier haben sie es geschafft, den Gammler von der Piazza *Porta a Porta* unterzujubeln?«

Der einsame Blogger beschloss, die Wahrheit herauszufinden. Das Ergebnis war einer der heftigsten Artikel, die je auf seinem Blog erschienen waren.

»Also wirklich«, hieß es zu Beginn, »es bedurfte keines Lokalreporters, keines Geheimdienstes, und man musste auch nicht in kriminelles Unterholz kriechen, um diesen Typen aufzuspüren! Er ist der erste Mensch, den ihr treffen würdet, würdet ihr euch dorthin begeben. Er saß einfach da, jeder konnte an ihn herantreten, und ganz besonders natürlich die Polizei … die ihn nach dem Mord und den Verhaftungen sicher mehrere Male verhört hat. Wer aber soll denn bitte glauben, dass der Obdachlose, der gegenüber der Polizei nie ein Wort hat verlauten lassen, sich jetzt plötzlich erinnert, Amanda und Raffaele gesehen zu haben, kaum dass das *Giornale dell'Umbria* auf ihn zukommt?

Wie also konnte man den erfahrenen Moderator von *Porta a Porta* überzeugen, dieser Unglücksrabe würde einen glaubwürdigen Zeugen abgeben?«

Weiter schrieb Frank: »Für einen Moment glaubte ich, die grauen Haare seien ein Zufall und er sei nicht der Richtige. Doch das war er!

Also trat ich näher und sprach ihn an. Er sagte, er sei nicht der Mann aus dem Fernsehen. *›Porta a Porta‹,* erklärte er mir, ›ist keine gute Sendung.‹

Doch stellt euch vor, im nächsten Moment betonte er schon, genau zu wissen, was er gesehen habe, und sich seiner Sache völlig sicher zu sein. Er gab also zu, der Superzeuge zu sein. Doch er wollte nicht darüber reden.

In nur zwei Sätzen hatte er seine Unfähigkeit, klar zu argumentieren und eine glaubhafte Version der Ereignisse zu präsentieren, bewiesen. Genau das also, was man von einem Menschen seines Schlags erwartet.«

Frank stand auf, schlenderte über die Piazza und fragte die Umstehenden nach dem Namen des Mannes. »Antonio Curatolo«, antworteten sie ihm. Er sei aus Kampanien und habe ein dickes Strafregister. Der Mann würde den Drogenhandel auf der Piazza steuern, und niemand würde ihn dabei stören, denn im Grunde belästige er ja niemanden.

Da Frank nun über die Biographie des Mannes im Bilde war, ging er zu ihm zurück. Dieser bekam daraufhin fast so etwas wie eine Panikattacke. Er verbarg sein Gesicht hinter einer Ausgabe des *Giornale dell'Umbria,* zog eine Münze aus der Tasche und rief von einer Telefonzelle aus den Zeitungsdirektor an.
»Der aufgeregte Totò« – so hatte Sfarzo den Mann getauft – »bat seinen Sponsor, sofort zu kommen, ein Journalist sei ihm auf die Schliche gekommen …
Als der andere ihn fragte, wer der Journalist sei, antwortete Totò: ›Frank Capra‹ …«
»Und so«, schrieb der Blogger, »wurde der große Scoop in nur wenigen Minuten demontiert.«
Doch Frank war noch nicht zufrieden, obwohl er aus erster Hand von einem Reporter des *Giornale dell'Umbria* erfahren hatte, dass sich einer von ihnen mit Curatolo in Verbindung gesetzt und ihn in die Redaktion gebracht hatte, wo er die sensationelle Neuigkeit enthüllen sollte. Im Gegenzug hatte er ein paar abgetragene Schuhe bekommen. Am nächsten Tag war Frank mit einem Fotografen zur Piazza Grimana gefahren, der von weitem ein paar Aufnahmen von Curatolo machte.
Frank schrieb dazu: »Er hat mein Gesicht wiedererkannt, wahrscheinlich, weil er mich erst am Vortag gesehen hatte, doch er hatte vergessen, wer ich war und weshalb ich mit ihm hatte sprechen wollen. Und so wickelte er in aller Seelenruhe seine Geschäfte vor mir ab, als wäre ich ein alter Freund. Während er seinen Stoff vertickte, beantwortete er meine Fragen nach Amanda und Raffaele, ob er sie gesehen hätte. Er erklärte mir, seine Version sei von jemand anderem bezeugt worden: ›… von meinem Meister Jesus.‹
Er war ganz offensichtlich verrückt, doch ich merkte, dass er seiner Umwelt gegenüber sehr offen und aufmerksam war. Und alle waren nett zu ihm. Er bedachte jedes Anliegen und bot dem Be-

treffenden gleich eine Lösung an oder versprach zumindest, bald mit einer aufzuwarten.«

»Was auch immer ihr also braucht«, lautete Franks Schlussfolgerung, »geht zu Totò, und Totò wird euch helfen. Einen Schlafplatz? Einen Zeugen für einen Autounfall? Oder für einen Mord? Für einen Scoop? Ihr müsst nur zu Totò … Er wird es euch bezeugen, er ist so gutherzig, der Totò …«

Antonio Curatolo wurde Staatsanwalt Migninis Zeuge vor dem Schwurgericht.

Kapitel 10

Die Gesichter von Toten sind ausdruckslos. Nur im Film ist das anders – und in Perugia. In der Realität aber wirken nach dem Tod natürliche Prozesse. Die Muskeln erschlaffen. Und jede Mimik erforderte ja ein lebendes Hirn.

Das Schlussplädoyer von Staatsanwalt Mignini, das er in den Sälen hielt, wo schon die erstinstanzlichen Prozesse gegen Amanda und Raffaele stattgefunden hatten, war eine Rekonstruktion der Ereignisse, die sich in der Nacht vom 1. auf den 2. November abgespielt hatten. Dabei sprang ihm seine Kollegin Manuela Comodi immer wieder helfend zur Seite. Dieses Plädoyer nun wich schon in den ersten Sätzen von der Realität ab.

»Ich erinnere mich noch an die weit aufgerissenen Augen der jungen Frau. Das Bild hat sich mir eingebrannt, und ich werde mich mein ganzes Leben daran erinnern.« So also begann der Staatsanwalt sein Plädoyer vor dem Berufungsgericht in Perugia.

Anhand der Ausführungen der beiden Anklagevertreter in dem Zwischenverfahren und in den beiden später folgenden Prozessen in erster Instanz sowie vor dem Berufungsgericht kann man genau nachvollziehen, was sich ihrer Ansicht nach zugetragen hat. In gewissem Sinne ist es, als würde man sich einen Film ansehen.

An der Theorie der Seherin Gabriella Carlizzi, es handle sich um ein satanisches Verbrechen, hielten sie nur bei ihrem ersten Auftritt fest, als Mignini während des nichtöffentlichen Plädoyers sagte: »Amanda und Raffaele wollten Meredith in der Halloween-Nacht aufsuchen. Dies erklärt ihren von einem Zeugen geschilderten Beobachtungsposten auf den Stufen, von wo aus man das Haus in der Via della Pergola gut überblicken kann.« Um dem Ritus zu huldi-

gen, seien die Mörder auf die Nacht des 1. November ausgewichen – »für wenige Stunden noch die Nacht von Allerheiligen«.
Der Richter des Zwischenverfahrens, der die Mordanklage gegen Amanda und Raffaele befürwortete, fegte diese Theorie mit einer fast schon sarkastischen Antwort vom Tisch, indem er die Theorie als »gelinde gesagt, phantasievoll« bezeichnete. Dies muss Mignini wie eine Aufforderung erschienen sein, von seiner Version abzulassen, die nicht nur abwegig war, sondern von der seriösen Presse sicher nicht gut aufgenommen worden wäre. Also sprach die Anklage nicht länger von satanischen Riten.
Blieb immer noch das sexuelle Tatmotiv, die Orgie, die Vergewaltigung, die sich unter der Regie der jungen Frau abgespielt haben sollte.
Hier nun die definitive Rekonstruktion des Verbrechens, an der Mignini und Comodi festhielten – und das, obwohl ihre Zeugen unglaubwürdig geworden waren und Beweise aus vertrauenswürdigeren Gutachten vorlagen, die die bisherige Anschauung des Tathergangs widerlegten:
»Amanda Knox«, erklärte Mignini, »hegte einen tiefen Hass gegen Meredith Kercher. Am Abend des 1. November 2007 war für die junge Amerikanerin der Moment gekommen, sich an dieser Zicke zu rächen.«
Dem Staatsanwalt zufolge hatte Knox Rudy Guedé treffen wollen – zunächst allein, wahrscheinlich wegen ihres gemeinsamen Drogenkonsums. Dann jedoch sei auch Raffaele Sollecito zu ihnen gestoßen. Zu dritt seien sie in die Via della Pergola gegangen, wo sich Meredith aufgehalten habe.
»Dann«, fuhr der Staatsanwalt fort, »entzündete sich eine Diskussion, in der es um Geld ging, und wahrscheinlich war Meredith mit Rudys Anwesenheit nicht einverstanden. Man versuchte, Meredith in ein brutales Sexspiel zu verwickeln. Es war der erste Abend, an dem die junge Engländerin allein zu Hause war, und

endlich hatte Amanda Gelegenheit, sich an der jungen Frau zu rächen, die sich nur mit ihren englischen Freundinnen abgab und ihr immerzu Vorwürfe wegen ihrer mangelnden Reinlichkeit machte. Merediths Leidensweg begann.«

Laut der Rekonstruktion des Staatsanwalts hatte sich der Streit in Merediths Zimmer abgespielt. Mignini behauptete, es sei zu Gewalt und einem »Sexspiel« gekommen, wobei sich die drei wie »wildgewordene Furien« aufgeführt hätten. Amanda Knox habe den Kopf des Opfers gegen eine Wand geschlagen und versucht, sie zu erwürgen. Sie habe Meredith mit einem Messer am Hals treffen wollen, während Sollecito ein anderes Messer in der Hand hielt. Letzterer, behauptete Mignini weiter, habe der englischen Studentin den BH zerrissen, während Guedé sie sexuell missbrauchte. Nachdem der Ivorer das Bad aufgesucht habe, habe er an dem Spiel teilgenommen, weil auch er um die junge Amerikanerin buhlte. Es sei ein Wettbewerb gewesen, bei dem es darum ging, ihr zu gefallen. Sie wollten Meredith in einem Sexspiel unterwerfen. »Du warst immer so scheinheilig«, rezitierte der Staatsanwalt, als sei er selbst dabei gewesen, »jetzt werden wir es dir zeigen.« Das seien Amandas Worte gewesen. Doch die englische Studentin habe sich zur Wehr gesetzt.

In dieser Rekonstruktion ist Amanda die unbestrittene Protagonistin, der perverse Kopf, der das diabolische Spiel geplant hat, die teuflische Regisseurin, die die beiden Jungs auf der Bühne anleitet. Sie benutzt den »armen Schwarzen« Rudy Guedé als ihren Phallus und Raffaele Sollecito als einen entbehrlichen Gehilfen. Sie selbst schlägt den Schädel des Opfers gegen die Wand und schneidet ihrer »scheinheiligen« Freundin die Kehle durch. Sie ist die eiskalte Organisatorin, die sich nach vollbrachtem Massaker um die Beseitigung von Spuren kümmert, die Irreführung der Polizei vorbereitet und Patrick Lumumba beschuldigt. Ironisch merkte Mignini an, dass es sich bei Lumumba – welch ein Zufall – ebenfalls um einen Schwarzen handelte. Damit implizierte er, Amanda würde zu jener Generation gehören, »die es gewohnt ist, Schwarze an irgendeinem Baum in Alabama aufzuhängen«, wie Guedés Anwalt dann auch noch ergänzt.

Amanda, immer wieder Amanda und nur Amanda.

Selbst wenn man die Theorie der Anklage gegen die drei jungen Leute für vertretbar hielte, bliebe es unerklärlich, wie man der Amerikanerin aus Seattle aufgrund der am Tatort beschlagnahmten Fundstücke eine solche Rolle zuschreiben konnte, wie die Staatsanwälte es taten. Der Umstand, dass es sich um ein Sexualverbrechen gehandelt haben musste und einiger Kraftaufwand nötig war, um Meredith zu überwältigen, die zerrissene Unterwäsche, der Bluterguss um den Mund, die Brutalität, mit der ihr die Kehle durchgeschnitten wurde – alles das weist darauf hin, dass der Angreifer oder die Angreifer männlich gewesen sein mussten.

Warum also Amanda?

Eine Frage, auf die man im *Handbook of Forensic Services* des FBI nur schwerlich eine Antwort fände. Stattdessen müsste man wohl eher im *Malleus Maleficarum* nachlesen.

Die Beweise der Spurensicherung und besonders die Laborergebnisse der Dottoressa Stefanoni – die allesamt in dem Gutachten, welches das Berufungsgericht angefordert hatte, widerlegt wurden – bildeten die Grundlage für die Anklagen der Staatsanwaltschaft. Hinzu kamen Ergebnisse der Auswertung von Raffaeles Computer. Nach Angaben der beiden jungen Leute hatten sie zu Hause bei Raffaele erst den Film *Die fabelhafte Welt der Amélie* auf dem PC angeschaut und dann noch etwas Musik gehört – und zwar um dieselbe Zeit, als Meredith vermutlich ermordet wurde.

Dann waren da noch die Zeugen: »Totò« Curatolo, Obdachloser und wichtigster Belastungszeuge, wurde von Frank Sfarzo entlarvt. Die Übrigen dürften ungefähr genauso glaubwürdig gewesen sein.

Wie erwähnt, war der Abdruck des Nike-Schuhs auf Merediths Blut »wissenschaftlicher« Beweis Nummer eins – der sich als nicht haltbar erwies. Blieben noch die von Dottoressa Stefanoni entdeckten DNA-Spuren auf dem BH-Verschluss des Opfers – jenes Beweisstück also, das man erst 46 Tage nach dem Verbrechen sichergestellt hatte. Auf dem Griff eines Küchenmessers, das man in Raffaeles Haus beschlagnahmt hatte, fanden sich schwache DNA-Spuren von Amanda und an der Spitze der Klinge Spuren von Meredith.

Nicht, dass Amanda ein Küchenmesser von Raffaele in der Hand gehabt hatte, erregte Verdacht – schließlich ging sie bei ihm ein und aus –, sondern vielmehr die Tatsache, dass sich auf dessen Klinge ein DNA-Rest der ermordeten jungen Frau befunden hatte. Da die Engländerin nie in der Wohnung des Studenten aus Apulien gewesen war, wurde dies als schwerwiegendes Indiz interpretiert. Für die Anklage handelte es sich um einen fundamentalen Beweis.

Dottoressa Stefanoni fügte hinzu, da nirgendwo Blut zu finden gewesen sei – nicht einmal in mikroskopisch kleinen Partikeln –, müsse das Messer gründlich mit Spülmittel gereinigt worden sein.

Die Ermittler präsentierten einen weiteren Zeugen, wieder jemanden, den die beflissenen Reporter des *Giornale dell'Umbria* fast ein Jahr nach dem Verbrechen ausfindig gemacht hatten und der nun beweisen sollte, dass Amanda am Morgen nach dem Verbrechen in einen Gemischtwarenladen gegangen sei, um Bleichmittel zu kaufen.

Schließlich folgerte man aus den genetischen Spuren auf dem Messergriff, dass es Amanda gewesen sein musste, die Meredith die Kehle durchgeschnitten hatte.

Das große Problem war allerdings, dass in dem Zimmer, in dem Meredith ermordet wurde, keine DNA-Spuren von Amanda oder Raffaele gefunden werden konnten, sondern nur die von Rudy.

Und ganz offensichtlich war es unmöglich zu behaupten, den beiden jungen Leuten sei es gelungen, ihre eigenen Spuren zu beseitigen und die von Rudy an Ort und Stelle zu belassen, denn genetisches Material ist unsichtbar.
Das Argument, das Mignini nun ins Feld führte und das seiner Ansicht nach alle Ungereimtheiten beseitigte, wirkte höchst verblüffend auf den Journalisten Bob Graham von der britischen *Sun,* der den Staatsanwalt interviewte. »Theoretisch«, erklärte Mignini, »hätte Amanda das Verbrechen von einem anderen Zimmer aus dirigieren können.«
Vier Jahre nach dem Verbrechen – das Interview fand zum Zeitpunkt des Berufungsverfahrens statt – dementierte der Staatsanwalt also seinen eigenen Strafantrag.
Doch dies war nicht die einzige Äußerung Migninis, die den Journalisten schockierte: Auf Grahams Frage, wie es zu erklären sei, dass die Spurensicherung keine Spuren von Amanda und Raffaele in dem Zimmer gefunden hatte, gab der Staatsanwalt seelenruhig zu, dass es aus Zeitgründen nicht möglich gewesen sei, alles zu analysieren.
Und damit nicht genug: Graham sah sich sowohl den Film an, den die Spurensicherung bei ihrer ersten Tatortbegehung aufgenommen hatte, als auch die Dokumente mit den Ergebnissen der Gutachten. Dabei fand er heraus, dass auf dem Kissen, das zur Hälfte unter der Taille der toten Meredith gelegen hatte, Spermaflecke entdeckt worden waren. Doch obwohl es sich zweifellos um ein Sexualverbrechen handelte, hatte man die Flecke nie untersucht.
Graham fragte Mignini nach dem Grund. »Weil die Spermaflüssigkeit von jedem hätte stammen können, sie hätte alt sein können und hätte uns nicht weitergebracht.«
Der englische Journalist übergab eine Kopie der Diskette mit der Aufzeichnung des Interviews an die Verteidiger der beiden Ange-

klagten, an Carlo Della Vedova, der Amanda vertrat, und an Raffaeles Anwalt Luca Maori. Die Verteidiger wiederum gaben die Diskette an den Generalstaatsanwalt Giancarlo Costagliola weiter, den Chefankläger des Berufungsverfahrens, der sich in diesem speziellen Fall ausnahmsweise von den beiden Staatsanwälten aus erster Instanz, Mignini und Comodi, unterstützen ließ.
Schon diese beiden Aussagen von Mignini hätten genügt, um zu zeigen, mit welcher Sorgfalt die Spurensicherung am Tatort vorgegangen war. Doch bereits zuvor hatte es Leute gegeben, die die Arbeit der Spurensicherung und der römischen Polizeilabore glaubwürdig angezweifelt hatten. Die Renommierteste unter ihnen war Anne Bremner, in Italien gänzlich unbekannt, in den Vereinigten Staaten dagegen fast so etwas wie eine Berühmtheit. Bremner wird regelmäßig von allen bedeutenden Fernsehsendern zu diversen Justizfällen interviewt. Bei der Strafkammer der Staatsanwaltschaft Seattle hatte sich die Kriminologin und Chefanklägerin auf Sexualdelikte spezialisiert. Wegen ihrer Arbeit bei Gericht kam sie auf die Liste der 100 Top Lawyers des Staates Washington. Sie erhielt zahlreiche wichtige Auszeichnungen und zählt zu den herausragenden Forensikspezialisten.
Ein Jahr nach Merediths Ermordung kommentierte Anne Bremner in einem Interview mit der Zeitschrift *Time* die Arbeit der Spurensicherung in Perugia, während die Aufnahmen der ersten Tatortbegehung auf ihrem Laptop liefen.
Anne Bremner hob besonders hervor, dass auf den blutverschmierten Bettlaken der Abdruck eines Messers zu sehen war und dass die Waffe, die man in Raffaeles Wohnung beschlagnahmt habe, nicht im mindesten mit dem Abdruck übereinstimme.
Ein weiterer Film, den der amerikanische Sender NBC ausstrahlte, zeigte, wie ungeschickt die Polizei in das kleine Landhaus eingedrungen war und dabei offenbar versehentlich einen Schuhabdruck verwischt hatte. »Fellini Forensic«, Gerichtsmedizin à la

Fellini, meinte Anne Bremner, die mit *Friends of Amanda* kooperierte, einem Zusammenschluss von Amandas Freunden in Seattle und all jenen, die von ihrer Unschuld überzeugt waren.

»Es gibt keine Beweise, die sie mit dem Verbrechen in Verbindung bringen würden«, sagte Bremner, die außerdem darauf hinwies, dass ein Ermittler ohne Haarschutz Vermessungen an einer Wand vornahm, was die Beweise verunreinigt haben könnte.

In einem anderen Teil des Videos sieht man, wie Ermittler die Steppdecke anheben, die Merediths leblosen Körper bedeckt. Dabei, so Bremner, konnten unter Umständen überaus wichtige Partikel auf den Boden gefallen sein, die bei der Rekonstruktion des Tathergangs hätten helfen können.

Laut der amerikanischen Expertin waren Raffaeles DNA-Spuren auf dem BH-Verschluss nicht ernst zu nehmen, denn »das Objekt wurde erst zwei Monate nach dem Verbrechen gefunden, und wie aus dem Film hervorgeht, lag es immer wieder an einer anderen Stelle, was darauf schließen lässt, dass es mehrere Male aufgehoben wurde«.

Nach Ansicht von Anne Bremner waren die DNA-Spuren das Ergebnis einer Verunreinigung. Merediths mutmaßliches genetisches Material auf der Messerspitze hielt sie ebenfalls für nicht glaubwürdig, da die gefundene Menge viel zu gering sei, um sie ernsthaft analysieren zu können.

Die Intervention von Steve Moore war nicht weniger relevant. Der ehemalige Sonderbevollmächtigte des FBI und Supervisor der Geheimdiensteinheit zur Bekämpfung von al-Qaida in Pakistan hatte in der ganzen Welt in Fällen von krimineller Gewalt und Terrorismus ermittelt und konnte auf die Erfahrungen eines langen Berufslebens zurückblicken. Nachdem Moore seine Meinung in den amerikanischen Medien kundgetan hatte, wandte er sich in einem offenen Brief an die Italiener: »Ich habe«, begann er, »in einfachen und mehrfachen Mordfällen ermittelt. Und in all diesen

Fällen habe ich Beweise untersucht. Ich habe Dutzende FBI-Agenten in komplexesten Untersuchungen angeleitet. Ich habe an der International Law Enforcement Academy in Bangkok, Thailand, Ermittlungstechniken unterrichtet. Von Beginn an habe ich sämtliche Beweise, die während dieses Prozesses erbracht wurden, überprüft, und nichts in dem Mordfall deutet auf Amanda und Raffaele als Täter hin.

Einige Beweisstücke dieses Falls habe ich Polizeiermittlern übergeben, ehemaligen oder noch aktiven FBI-Agenten (oft ohne die Identität der Verdächtigen oder den Tatort zu offenbaren). Meine Quellen haben die Beweislage des Falls studiert, und sie verstehen nicht, wie Raffaele und Amanda für schuldig befunden und verurteilt werden konnten.«

Moore hatte sich also vorgenommen, die Beweise der Spurensicherung zu überprüfen, und war dabei zu folgendem Ergebnis gekommen:

»In der Presse hieß es, Amanda und Raffaele hätten Bleichmittel benutzt, um den Tatort zu säubern, und es sei eine Quittung zu diesem Einkauf gefunden worden.

Fakt ist: Kein einziger Beweis bezüglich des Einkaufs oder Gebrauchs eines Bleichmittels ist je erbracht worden. Meine Untersuchung, die auf den am Tatort aufgenommenen Videos beruht, zeigt, dass nie ein Bleichmittel oder irgendeine andere Substanz benutzt wurde, um den Ort des Verbrechens zu säubern.

Es hieß, Amanda habe mit einem Messer auf Meredith eingestochen, das sie in Raffaeles Küche gefunden habe.

Fakt ist: Die Experten, die der Staatsanwalt heranzieht, haben selbst erklärt, das Messer, das laut dem Chefankläger während der Tat benutzt worden sein soll, könne Meredith höchstens eine der vielen Verletzungen zugefügt haben, die sie erlitten hat. Es ist schlicht zu groß, um dieselben Verletzungen zu verursachen wie das eigentliche Messer, das während der Tat verwendet wurde.

Amanda, Raffaele und Rudy sollen Merediths mutmaßliche Mörder sein. Sie haben, so wird behauptet, das Verbrechen gemeinsam in deren Zimmer begangen.
Fakt ist: Die Beweise, die am Tatort gefunden wurden, schließen aus, dass Amanda zum Zeitpunkt des Mordes in dem Zimmer gewesen ist. Alle Indizien weisen auf nur eine Person in dem Zimmer hin: Guedé. Man hat einen BH-Verschluss, der sechs Wochen nach der Tat beschlagnahmt wurde, als Beweis dafür herangezogen, dass sich Raffaele in Merediths Zimmer aufgehalten habe. Das Beweisstück ist so suspekt, dass es als nicht glaubwürdig angesehen werden muss.«
Am Ende seines brisanten Aufrufs legte der Ex-FBI-Agent, wahrscheinlich ohne es zu merken, den Finger auf den wunden Punkt der Affäre, denn die versteckten Mechanismen der italienischen Justiz konnte er ja nicht kennen. Nie wäre er darauf gekommen zu vermuten, dass ein paar zynische Gerichtsreporter den Verdacht geäußert hatten, einigen wäre es durchaus recht, wenn Amanda und Raffaele in erster Instanz verurteilt und im Berufungsverfahren schließlich freigesprochen würden. So würde das Bild der Staatsanwaltschaft nicht beschädigt werden, und die Öffentlichkeit würde ihr Vertrauen in selbige nicht verlieren. Nie wäre er darauf gekommen zu vermuten, ein so knallhartes, berechnendes Spiel würde auf dem Rücken dieser beiden unschuldigen jungen Leute ausgetragen werden.
»Während des Prozesses«, schrieb Moore, »hat der Staatsanwalt die Anträge der Verteidiger immer wieder abgelehnt. Letztere plädierten für eine Untersuchung der DNA-Spuren auf dem Messer und dem BH-Verschluss sowie für eine Untersuchung der Methoden, die diese Spuren zutage gefördert haben.
Fakt ist: Alle Anträge wurden ohne Angabe triftiger Gründe abgelehnt. Also beantragte die Verteidigung, eine dritte, unabhängige Partei solle die Untersuchungen durchführen. Und wieder lehnte

der Staatsanwalt ab. Aber wenn der DNA-Nachweis doch so hieb- und stichfest ist, weshalb verweigert der Chefankläger dann eine Kontrolle durch Experten, die seine Theorie untermauern würde?

Der einzige Grund, aus dem ein Staatsanwalt neue Untersuchungen von Beweisen unterbindet«, schließt Moore, »ist der, dass die Beweise nicht stichhaltig sind.«

Der Schuldspruch des ersten Prozesses, in dem eine neue Untersuchung ebenjener wissenschaftlichen Beweise der Spurensicherung verweigert wurde, erging nach vierzehnstündiger nichtöffentlicher Sitzung am 5. Dezember 2009: 26 Jahre für Amanda und 25 für Raffaele.

Bremner und Moore hatten recht, doch Amanda und Raffaele mussten noch bis zum 3. Oktober 2011 warten, bis das erkannt wurde und sich die schweren Metalltüren ihrer Zellen öffneten.

Tatsächlich gestatteten erst die Richter des Berufungsverfahrens, dass ein neues, unabhängiges Gutachten erstellt würde, mit dem man hochkarätige Experten betraute. Als die Ergebnisse im Gerichtssaal vorgelegt wurden, fiel die Anklage in sich zusammen. Natürlich wäre dasselbe passiert, wenn die neue Untersuchung gleich in erster Instanz genehmigt worden wäre – mit dem Ergebnis, dass die beiden jungen Leute nicht noch zwei Jahre länger unschuldig im Gefängnis hätten zubringen müssen.

Erst am 18. Dezember 2010 gab der Vorsitzende des Berufungsgerichts, Claudio Pratillo Hellmann, dem Antrag der Verteidiger von Amanda und Raffaele statt, wonach ein neues Gutachten zu den DNA-Spuren auf dem Messer und auf Merediths BH-Verschluss erstellt werden sollte. Stefano Conti und Carla Vecchiotti, Forensikspezialisten vom Fachbereich Wissenschaften der Anatomie, Histologie, Forensik und des Bewegungsapparats in der Abteilung Gerichtsmedizin an der Universität Rom, wurden mit dem Auftrag betraut.

Die Experten hatten folgende Aufgaben zu erfüllen:
»Wenn mit der neuen technischen Untersuchung möglich, die Zuschreibung der vorhandenen DNA sowie die Glaubwürdigkeit der eventuellen Zuschreibung auf den Beweisstücken 65 h (Verschluss des Büstenhalters) und 36 (Messer) bewerten.
Sofern eine solche neue Untersuchung nicht möglich ist, sollten die von der Spurensicherung vorgenommenen Ermittlungen zu oben genannten Beweisstücken anhand der Gerichtsakten auch im Hinblick auf eventuelle Verunreinigungen geprüft werden.«
Für die so notwendigen Untersuchungen wurden den beiden Experten neunzig Tage – und eventuell mehr – eingeräumt. Dadurch zog sich Amandas und Raffaeles Haft noch weiter hin.
Am 29. Juni 2011 lagen dem Gericht die Ergebnisse des Gutachtens vor – ein Tsunami, der die Argumentation der Anklage vernichtete. Alle zuvor durchgeführten technischen Untersuchungen seien »nicht beweiskräftig«, hieß es.
»Die von der Expertenkommission in Hinblick auf die Natur des analysierten Materials formulierten Hypothesen sind völlig willkürlich und halten keiner wissenschaftlich-objektiven Überprüfung stand.«
Doch dies war nur der Anfang. Die Inschrift auf dem Grabstein der diskreditierten Untersuchungen stellte unerbittlich fest: »Es ist nicht klar, inwieweit die Tatortsicherung gemäß der internationalen Protokolle ausgeführt wurde, um eine Kontaminierung zu vermeiden. Beim Einsammeln von Beweisstücken und bei den Probeentnahmen wurden die international protokollierten Regeln nicht eingehalten. Weiterhin ist nicht klar, inwieweit die strikten Dekontaminierungsmaßnahmen angewendet wurden, um eine Verschmutzung durch das Labor zu vermeiden. Bei der Quantifizierung des DNA-Materials auf den Spuren A, B, C wurde keine zuverlässige Methode angewandt …«
Das vernichtendste Ergebnis schlug im Verhandlungssaal des Be-

rufungsgerichts wie eine Bombe ein: Auf der Spitze der Messerklinge, die man in Raffaeles Wohnung sichergestellt hatte, befanden sich keine DNA-Spuren von Meredith, sondern – Spuren von Mehl. Das Messer war zum Brotschneiden benutzt und danach nicht abgewaschen worden.

»Die erwähnten Spuren«, schrieben die Experten Conti und Vecchiotti in ihrem 146 Seiten langen Bericht, »wurden einem ›spezies-spezifischen‹ Test unterzogen, und auch dieser ergab ein für die menschliche Spezies negatives Resultat.«

Im Hinblick auf das zweite fundamentale Fundstück, den Verschluss des BHs, stellten sie fest, dass »keine überzeugenden, wissenschaftlichen Hinweise für angebliche Zellabschuppungen existieren«. Weiter heißt es: »Es ist nicht auszuschließen, dass die gewonnenen Resultate von Verschmutzungen aus der Umgebung herrühren und/oder von einer Verschmutzung, die in einer beliebigen Phase der Beweisfindung und/oder bei der Bearbeitung des Beweismaterials eingetreten ist.«

Das Gutachten Conti/Vecchiotti fällte außerdem ein hartes Urteil über die von der Spurensicherung in Perugia angewandten Methoden: »Die internationalen Protokolle zur Tatortbegehung und die internationalen Protokolle für das Einsammeln von Beweisstücken und die Probeentnahmen wurden nicht eingehalten; es ist nicht ersichtlich, dass speziell abgegrenzte Bereiche geschaffen wurden, um Verunreinigungen zu reduzieren; es ist nicht ersichtlich, dass man sich unter Berücksichtigung der Anti-Kontaminations-Kriterien zwischen den verschiedenen Bereichen um einen Zutritt via Sicherheitskorridor bemüht hätte; es ist nicht ersichtlich, dass ein geeigneter Lagerplatz für Einwegmaterial eingerichtet worden wäre; die Registrierung der Tatortzugänge hat sich als mangelhaft erwiesen.«

Es geht noch weiter, und diesmal wenden sich die Experten direkt an die Biologin Patrizia Stefanoni: »Es ist nicht zu verstehen, wie

Dottoressa Stefanoni während des Verhörs behaupten konnte, die DNA von Spur B sei mittels Echtzeit-PCR quantifiziert worden. Die Quantifizierung wurde nie durchgeführt, oder zumindest ist dazu nichts dokumentiert.«

Das sogenannte »Supergutachten« machte besagte Biologin restlos nieder, walzte über ihre Arbeit hinweg wie ein Bulldozer über ein Wassermelonenfeld.

»Spezielle Antikontaminationskleidung – Schuhe, Masken und Kopfbedeckungen – wurde nicht korrekt und nicht durchgehend getragen.« Weiter heißt es, am Tatort hätten sich Personen aufgehalten, die lediglich die erforderlichen Schuhe und Handschuhe trugen. Manche hätten Merediths Zimmer sogar in normaler Straßenkleidung betreten.

»Es ist nicht ersichtlich, dass die Schuhe im Inneren des Wohnhauses ausgetauscht worden wären.« Einen Umstand hoben die Experten besonders hervor: »Wir erinnern daran, dass der BH-Verschluss schon bei der allerersten Tatortbegehung regulär gefunden und gefilmt wurde, dann aber weitere 46 Tage am Boden liegen blieb und während dieses zeitlichen Hiatus weitere Tatortbegehungen stattgefunden haben und weitere Gegenstände verrückt wurden. Ersichtlich ist, dass der Verschluss mehrmals hintereinander von verschiedenen Personen angefasst wurde, nachdem sie ihn bereits mehrfach vom Boden aufgehoben und wieder zurückgelegt hatten.«

Und das war immer noch nicht alles: »Es ist nicht ersichtlich, dass das Protokoll zur Probeentnahme von Beweismaterial korrekt eingehalten wurde.« Im Klartext: Es wurden keine Einwegpinzetten verwendet, die Proben wurden nicht in Papier eingewickelt, andere wurden in die Luft geworfen, und Dottoressa Stefanoni hatte sich nicht einmal gescheut, den Kühlschrank in der Via della Pergola als ersten Aufbewahrungsort für die Fundstücke zu benutzen.

Alles, was Anne Bremner und Steve Moore in Amerika schon lange im Voraus angemerkt hatten, bestätigte sich nun bis ins kleinste Detail.
In seinem Blog hatte Frank Sfarzo allen Raum, um seinem Ärger Luft zu machen: »So also hat sich die Biologin Stefanoni verteidigt: Als sei das alles keine große Sache, hat sie eingeräumt, den Kühlschrank der jungen Frauen benutzt zu haben. Auf die Frage, weshalb sie in dem Bericht angegeben habe, das Messer sei einem Echtzeit-PCR unterzogen worden, obwohl der Test in Wirklichkeit mit einem Fluorimeter durchgeführt worden war, da der Real-Time-Apparat defekt war, antwortete sie lediglich mit: ›Mein Fehler.‹ Auf die Frage, weshalb in dem Gutachten nicht die Quantität der DNA bestimmt worden sei, sagte sie: ›Das habe ich vergessen.‹ Und auf die Frage, warum das Labor nicht den gängigen Vorschriften entsprochen habe, erwiderte sie: ›Fragen Sie den Direttore.‹«
Auf dieser und auf der anderen Seite des Atlantiks jubelten Amandas und Raffaeles Freunde. Der Alptraum schien bald ein Ende zu haben. Die amerikanischen Medien sparten nicht mit harscher Kritik an der Staatsanwaltschaft und der Polizei von Perugia. Die beiden jungen Leute in ihren Zellen wagten wieder zu hoffen.
Den drei Staatsanwälten Giuliano Mignini, Manuela Comodi und Giancarlo Costagliola kam nicht einmal der Hauch eines Zweifels, dass sie vielleicht einen Fehler gemacht haben könnten. Es war die Wissenschaft, die sich irrte. »Was interessieren uns Allele und ›Peaks‹«, tönte Mignini, »*wir* halten den Schlüssel für den Prozess in Händen!«
»Was für eine einseitige Interpretation«, zischte Manuela Comodi und ging zum Gegenangriff über, ohne zu fürchten, jemandem auf die Füße zu treten. »Conti und Vecchiotti haben das Vertrauen der Richter missbraucht, die sie mit der Aufgabe betraut haben.«

Costagliola erklärte: »Die Existenz von Merediths und Sollecitos DNA auf dem Messer und dem Verschluss zu leugnen, ist eine Verfälschung der Realität durch die Wissenschaft.«
Die drei, denen anscheinend entfallen war, dass sie die Anträge der Verteidigung auf eine neuerliche Untersuchung abgeschmettert hatten – diese drei verlangten nun, die Fundstücke erneut untersuchen zu lassen. Das Gericht wies den Antrag zurück.
Doch nicht nur die neuen Untersuchungen des Materials der Spurensicherung hatten das Kartenhaus zum Einsturz gebracht. Dafür hatten bereits die Zeugen gesorgt, die vom Staatsanwalt selbst in den Gerichtssaal gerufen worden waren.

Kapitel 11

Er hatte Amandas und Raffaeles Alibi demontiert. Er war der entscheidende Trumpf der Chefankläger. Nach allem, was er der Staatsanwaltschaft erzählt hatte, konnten die beiden »Turteltauben« nicht länger an der Behauptung festhalten, auf die sie sich im Berufungsverfahren noch versteift hatten. Die Behauptung, sie hätten am Abend des Verbrechens bei Raffaele auf dem PC *Die fabelhafte Welt der Amélie* angeschaut, Musik gehört, Sex gehabt, zwei Joints geraucht, geschlafen und dann sogar noch die Flecken beseitigt, die ein leckendes Waschbecken verursacht hatte. Letzteres war natürlich nur vorgeschoben, um den Kauf des Bleichmittels zu rechtfertigen.
Langer, grauer Bart, eine Art Wollkappe, die ihm bis über die Augen rutschte, unordentliche Jeanskleidung, das nun war Antonio Curatolo, den Frank Sfarzo Totò nannte. Er war der Heroin-Dealer und -Konsument, den man jederzeit auf der Piazza Grimana antraf. Seinem Gedächtnis hatten die Reporter des *Giornale dell'Umbria* mit einem geschenkten Paar alter Schuhe auf die Sprünge geholfen. Immer wieder hatte er bekräftigt, dass er Amanda und Raffaele von seinem Beobachtungsposten aus am Abend des 1. November zwischen 21.30 Uhr und 23.30 Uhr gesehen habe. Er sei sich seiner Sache ganz sicher, denn er erinnere sich noch genau an die Pendelbusse, welche die jungen Leute von der Piazza Grimana zu einigen Diskotheken gebracht hätten – damit sie sich nicht in ihre Autos setzten und Unfälle verursachten.
Amandas und Raffaeles Verteidigern gelang es, ein Aufgebot von sieben Zeugen für das Berufungsverfahren zu finden: Diskothekenbetreiber, die Verträge mit einzelnen Busunternehmen geschlossen hatten, die Eigentümer der verschiedenen Verkehrsbe-

triebe und sogar den Direktor des SIAE von Perugia, des italienischen Autoren- und Verlegerverbandes. Sie alle konnten anhand entsprechender Dokumente nachweisen, dass Totòs Aussagen nichts als Lügen waren: Am Abend des 1. November hatten die Lokale, die den Shuttle-Service normalerweise organisierten, wegen eines Streiks geschlossen. Demnach war kein einziger Bus zur Piazza Grimana gefahren. Die Anwälte fanden außerdem heraus, dass Curatolo als Zeuge der Staatsanwaltschaft im Dauereinsatz war. Dank seiner Aussagen hatten schon zwei andere Mordfälle in Perugia gelöst werden können. Doch damit nicht genug: In der Zwischenzeit hatte man den Obdachlosen wegen Heroinhandels verklagt. Ein Jahr später sollte Antonio Curatolo zu einem Jahr und sechs Monaten Gefängnis verurteilt werden.

Trotz der siebenfachen Widerlegung ergriff der stellvertretende Staatsanwalt Giancarlo Costagliola das Wort, um zu erklären, der Zeuge Antonio Curatolo sei »in seinen Berichten präzise« und als »absolut glaubwürdig« einzustufen. Da Totò vor Gericht zugegeben hatte, Heroin zu konsumieren, verteidigte der Staatsanwalt dessen Glaubwürdigkeit mit den Worten: »Heroin ist kein Halluzinogen, demnach handelte es sich bei den Wahrnehmungen des Zeugen um keine Halluzinationen, als er Amanda und Raffaele am Abend des Verbrechens sah.«

Geradezu surreal hingegen war die Zeugenaussage von Hekuran Kokomani, einem Albaner, der wegen Drogenhandels im Gefängnis saß. Auch er wurde als »Superzeuge« präsentiert. Und obgleich ihn sowohl der für das Zwischenverfahren zuständige Richter als auch das erstinstanzliche Schwurgericht als unglaubwürdig eingestuft hatten, schlug ihn die Anklage im Berufungsverfahren erneut vor.

Kokomani schwor, Amanda, Raffaele und Rudy vor dem kleinen Landhaus in der Via della Pergola gesehen zu haben. Allerdings wusste er nicht mehr genau, ob es sich um den 31. Oktober oder

den 1. November gehandelt hatte. Die stundenlange Vernehmung und das äußerst kurze Kreuzverhör durch die Verteidigung förderten eine vollkommen irrationale Story zutage. Laut dem albanischen Superzeugen hatten alle beide, sowohl Sollecito als auch Knox, ein Messer in der Hand gehabt, einfach so, auf der Straße. Um das Ganze auf die Spitze zu treiben, erklärte Kokomani, er habe vor einiger Zeit einen amerikanischen Onkel von Amanda kennengelernt, der ihn überhaupt erst auf seine Nichte und deren Freund aus Apulien aufmerksam gemacht habe. Deshalb wisse er, wer die beiden seien. Abgesehen von der Absurdität dieser Geschichte, war kein Onkel von Amanda je nach Italien gereist.
Die Zeugenaussage war ein einziges Desaster.
Schließlich sollte es noch einen dritten Zeugen geben: Fabio Gioffredi, ein Hochschulassistent, der sich ein Jahr nach dem Verbrechen ebenfalls urplötzlich zu erinnern schien. Er war zur Staatsanwaltschaft gegangen und hatte erklärt, Amanda, Raffaele und Guedé am Nachmittag des 30. Oktober vor dem Landhaus in der Via della Pergola gesehen zu haben. Er sei dort gewesen, weil er einen Autounfall gehabt habe. Mit wem oder mit welchem Auto, wusste er nicht mehr, und einen Nachweis, dass er seiner Versicherung den Unfall gemeldet hatte, konnte er auch nicht vorweisen. Er beharrte darauf, dass Amanda einen roten Mantel getragen habe, doch die Amerikanerin hatte nie einen besessen. Als während einer Untersuchung von Raffaeles Computer festgestellt wurde, dass der junge Mann aus Apulien am Nachmittag des 30. Oktober an seiner Diplomarbeit gearbeitet hatte, war dies der endgültige Beweis für das Gericht, dass Gioffredi alles erfunden hatte. Der Hochschulassistent wurde nach Hause geschickt, gebrandmarkt als pathologischer Lügner.
Den anderen Zeugen erging es nicht besser: Von dem Händler, der (ebenfalls mit einem Jahr Verspätung) beteuerte, er habe Amanda am Tag nach dem Verbrechen Bleichmittel verkauft –

nur, dass er sich dabei leider vertat –, bis zu der Frau, die den Schrei des Opfers gehört haben wollte, was aber gar nicht möglich war, wie sich in einem Experiment herausstellte.

Die 39 952 Telefonüberwachungen, von denen nicht nur die engsten Verwandten der Angeklagten betroffen waren, sondern auch deren Freunde und entfernte Familienangehörige, brachten keine Ergebnisse. Nicht ein einziges legten die Staatsanwälte dem Gericht vor.

Der zwanzigminütige Film, eine dreidimensionale Rekonstruktion des Tathergangs, wie ihn die Anklage sich vorstellte, hatte 182 000 Euro gekostet, brachte aber rein gar nichts, da niemand ihn anschaute. Die Staatsanwaltschaft hatte ein Studio damit beauftragt.

Als sei das alles nicht existent, forderte der stellvertretende Generalstaatsanwalt Costagliola am 24. September 2011, auch im Namen der beiden Staatsanwälte Mignini und Comodi, dass Amandas und Raffaeles Schuld bestätigt und ihr Strafmaß auf eine lebenslange Gefängnisstrafe erhöht werde. Amanda sollte zusätzlich sechs Monate Einzelhaft bekommen und Raffaele zwei.

Das strengere Strafmaß sei notwendig, erklärte Costagliola, weil keine Strafmilderungsgründe zu erkennen seien.

Manuela Comodi ging in ihrem Plädoyer wieder dazu über, Amanda als männermordenden Vamp darzustellen, als eine Venus im Wolfspelz oder gar als eine »Jessica Rabbit«.

Mignini hingegen kam Guedé, »dem steinernen Gast« während des Prozesses gegen Amanda und Raffaele, zu Hilfe. »Auf irgendeine Art«, erklärte der Staatsanwalt, »war er immer präsent. Denn Sollecito und Knox haben sich nicht damit begnügt, ihre Unschuld kundzutun, nein, sie mussten ihn auch noch belasten … Es kann nicht schon wieder ein Farbiger für alles herhalten, noch dazu einer, der noch nicht mal als der eigentliche Verursacher des Verbrechens betrachtet wird.«

Mignini sprach auch von einer »andauernden Dämonisierung« einiger seiner Zeugen und bezog sich dabei auf die Kritik der Verteidigung. »Einige Zeugen haben gezögert, vor die Untersuchungsrichter zu treten, aber dann haben sie es getan, und zwar in absolut korrekter Weise. Die Verteidiger haben jedoch unterstellt, es hätte dazu wer weiß welcher Manöver bedurft.«
Die beiden Staatsanwälte hatten keine Zeugen, sie hatten keine Tatwaffe, und sie hatten keinerlei DNA-Spuren der Angeklagten am Tatort vorzuweisen. Und schließlich wischten sie auch noch ihre sämtlichen Theorien zum möglichen Tatmotiv vom Tisch. Keine Halloween-Hexenrituale mehr, keine Orgie und kein extremer Sex. Nicht mal mehr der Plan zu einem sexuellen Gewaltakt. Auch der Diebstahl der 300 Euro, die aus Merediths Schublade verschwunden waren, spielte keine Rolle mehr. »Sie haben wegen nichts und wieder nichts gemordet«, behauptete Mignini.
»Wegen nichts und wieder nichts gemordet«, echote Manuela Comodi, »aber dennoch müssen sie zum höchsten Strafmaß verurteilt werden. Und zum Glück«, sagte sie mit Blick auf die Amerikaner sarkastisch, »gibt es in Italien keine Todesstrafe.«
Als es an den Verteidigern war, das Wort zu ergreifen, ignorierte Mignini sie ostentativ. Er wandte ihnen den Rücken zu, um mit den Anwälten zu sprechen. Die Comodi hingegen zeigte den Verteidigern allen Ernstes eine lange Nase, indem sie ihre Nasenspitze mit dem Daumen berührte und mit den übrigen Fingern in der Luft herumwedelte, und verließ dann den Saal.
Während Ende September 2011 das Urteil des Berufungsverfahrens nahte, fanden in Perugia und andernorts weitere Prozesse statt, bei denen es nicht mehr nur um die beiden Protagonisten, sondern auch um jene Figuren ging, die eine mehr oder minder große Rolle in dem Fall gespielt hatten.
Am aufsehenerregendsten war zweifellos das Berufungsverfahren im Fall des Staatsanwalts Giuliano Mignini und des Kommissars

Michele Giuttari. Bei beiden ging es um Amtsmissbrauch, den sie bei ihren Ermittlungen zum Mord an dem Arzt Narducci begangen hatten, der angeblich mit dem Monster von Florenz in Verbindung stehen sollte. Schon am 22. Januar 2010 hatte das Gericht von Florenz den Staatsanwalt und den Kommissar des mehrfachen Amtsmissbrauchs für schuldig befunden, unter anderem auch, weil sie Journalisten ohne jede Genehmigung abgehört hatten. Mignini wurde zu einem Jahr und vier Monaten Gefängnis verurteilt, Giuttari zu einem Jahr und sechs Monaten. Zusätzlich wurde ihnen das Recht zur Ausübung aller öffentlichen Ämter aberkannt.
Beide gingen in Berufung. Unter den notorisch zynischen Gerichtsreportern begann man Wetten abzuschließen, was sich die Staatsanwaltschaft einfallen lassen würde, um das Urteil in der zweiten Instanz zu revidieren. Ein Freispruch war aufgrund der Beweislage und der Augenfälligkeit der Vergehen nicht möglich. Und dennoch hätten nur wenige auf eine Verurteilung in erster Instanz gewettet. Niemals würde ein Staatsanwalt einen anderen bestrafen, davon war man überzeugt. Ganz sicher würde eine derartige Extravaganz umgehend korrigiert. Doch wie die Sache laufen würde, wagte damals niemand vorherzusagen.
Am Urteil gegen Mignini und Giuttari gab es noch einen anderen – grotesken – Aspekt: Der zuständige Richter des Zwischenverfahrens hatte Migninis Antrag abgelehnt, sämtliche 21 Verdächtige im Fall Narducci, meine Person eingeschlossen, vor Gericht aufmarschieren zu lassen. Der Antrag wurde ad acta gelegt, und nun standen die Ermittler Mignini und Giuttari als die einzigen Verurteilten in der Sache da. Natürlich reichte Mignini auch in diesem Fall Kassationsbeschwerde ein. Mit welchem Ergebnis, ist noch offen.
Abgesehen davon wurden weitere Verfahren von der Staatsanwaltschaft Perugia eingeleitet: Raffaeles Vater Francesco Sollecito wurde angeklagt, weil er Fotos an einen Fernsehsender weiter-

gegeben hatte, die nicht hätten veröffentlicht werden dürfen. Amandas Eltern Edda und Curt sowie ihr Stiefvater Chris Mellas wurden der üblen Nachrede gegen die Polizei in Perugia beschuldigt. Ich selbst wurde von Mignini und später auch von Kommissar Giuttari wegen übler Nachrede und Rufmords angeklagt. Am Ende waren es dann insgesamt sechs Prozesse. Auch Amanda wurde beschuldigt, Polizeibeamte diffamiert zu haben, jene nämlich, die sie während der ersten Vernehmung beschimpft und mehrfach geschlagen hatten.

Während diese Prozesse öffentlich waren, spielten sich andere Verhandlungen hinter verschlossenen Türen ab. Eigentlich hätte man weniger von »Prozessen« sprechen sollen als vielmehr von inquisitorischen Verfahren aus der Zeit der Hexenverfolgungen – als Hexen in ihrem dunklen Kerker allen Arten von Erpressungen und Repressalien ausgesetzt waren.

In seinem Memoire *Honor Bound,* das am 18. September 2012 in den USA von Gallery Books veröffentlicht wurde, berichtet Raffaele Sollecito, wie während des Prozesses eine geheime Verhandlung stattgefunden habe. Er bekam mit, wie zwei Anwälte aus Perugia, enge Vertraute von Staatsanwalt Mignini, mit seiner Familie, vor allem mit seinem Vater Francesco und seinem Onkel Giuseppe, Kontakt aufnahmen und behaupteten, sie könnten eine Strafminderung oder sogar einen Freispruch erwirken, wenn Raffaele den Sachverhalt im Sinne der Mordanklage gegen Amanda Knox bestätigen würde. Sollte heißen: wenn er aussagen würde, in der Mordnacht allein zu Hause gewesen zu sein.

Heute erklärt Raffaele: »Meiner Familie wurde gesagt, Mignini sei nicht an mir interessiert, er brauche mich allenfalls, um an Amanda heranzukommen. Man ging so weit, zu behaupten, er sei bereit, meine Unschuld anzuerkennen, wenn ich ihm dafür entgegenkäme und Amanda belasten oder sie bei der Rekonstruktion des Tathergangs nicht mehr unterstützen würde wie bisher.«

Einer der Anwälte drang darauf, Raffaele solle einem Deal zustimmen und zugeben, dass er eine geringe Rolle gespielt habe – dass er etwa den Tatort gereinigt habe, ansonsten aber an dem Verbrechen nicht beteiligt gewesen sei.

Das Ergebnis war, dass Familie Sollecito der Eindruck vermittelt wurde, der Staatsanwalt sei derselben Auffassung. Dies unter anderem auch, weil einer der Anwälte anbot, »bei Mignini zu vermitteln, ohne allerdings etwas versprechen zu können«.

Weshalb hätten die beiden Anwälte eine solche Initiative von sich aus ergreifen sollen? Nur um glauben zu machen, sie seien wichtig?

Raffaeles Vater war überzeugt, die Anwälte seien direkt von Mignini geschickt worden. Migninis Entschlossenheit, Raffaele überhaupt verurteilen zu wollen, erschien ihm nun als der Versuch, Amanda zu einem Geständnis zu bringen.

Raffaeles Schwester Vanessa, damals Offizierin bei den Carabinieri, bekräftigte, dass es »moralisch nicht vertretbar« sei, auf den Deal einzugehen und ein nie begangenes Verbrechen zuzugeben. Doch hinter den Kulissen gingen die Verhandlungen dank eines weiteren Anwalts in eine zweite Runde. Dieser Anwalt war ebenfalls ein enger Vertrauter Migninis und im Sommer gerade erst zur Taufe von dessen jüngster Tochter eingeladen worden. In aller Offenheit sagte er der Familie Sollecito: »Ich glaube, dass Raffaele unschuldig und Amanda schuldig ist.«

Das Tempo der Verhandlungen beschleunigte sich, als Raffaeles Vater seinen informellen Kanal im Sommer 2010 so weit nutzte, dass ihm sogar ein Treffen mit Mignini, dessen Stellvertreterin Manuela Comodi und Raffaeles Verteidigerin Giulia Bongiorno möglich erschien. Doch als Bongiorno, die der Justizkommission der Abgeordnetenkammer angehörte, verstand, worum es wirklich ging, war sie vollkommen entsetzt und drohte, ihr Mandat niederzulegen. Erst da begriff Raffaeles Vater, ruderte zurück und zeigte sich »beschämt«. Er bat Bongiorno, ihr Mandat weiterhin auszuüben. Er sei sich nicht darüber im Klaren gewesen, was er tat.

Die Verhandlungen rissen ab.

Als der Staatsanwalt von deren Offenlegung erfuhr, bestritt er kategorisch, einen Handel irgendwelcher Art angestrebt zu haben, und behielt es sich vor, ein neues Verfahren gegen Raffaele einzuleiten.

Auch Amanda Knox wurde in den ersten zwei Monaten ihrer Haft in einen abstoßenden Vorgang verwickelt, den sie in ihrem Tagebuch sehr detailliert beschrieb. Sie hatte beschlossen, das Tagebuch ins Gefängnis mitzunehmen, »denn«, so schrieb sie am Anfang, »ich will mich erinnern«.

Auf Seite 22 heißt es: »Der stellvertretende Chef (der Gefängniswärter, Anm. d. Verf.) verhält sich seltsam. Er sagt, er würde eine Tochter in mir sehen, aber immer wenn ich in seiner Nähe bin, habe ich das Gefühl, als würde er irgendetwas suchen – so als wäre ich ein großes Mysterium und als würde sich hinter jedem meiner Worte ein Doppelsinn verbergen. Der Typ scheint sich sehr für mein Sexualleben zu interessieren. Und dauernd sagt er mir, ich sei hübsch. Leute, die ständig mein Aussehen kommentieren, sind mir suspekt. Ein Beispiel: Er zwinkert mir zu, wenn ich ›Fanbriefe‹ von Häftlingen bekomme, die mich im Fernsehen gesehen haben. Er sagt mir, ich solle nicht weinen, weil ich dann hässlich würde. Er hat schon einige Kommentare zu meinem Aussehen gemacht, und wenn er mich sieht, mustert er mich ungeniert von Kopf bis Fuß. Er fragt mich, ob ich erotische Träume habe. Er will wissen, ob ich gut im Bett sei. Als ich ihm sagte, dass mir sein Interesse an meiner Sexualität komisch vorkommt (ich habe versucht, höflich zu sein, aber was ich eigentlich sagen wollte, war VULGÄR!), hat er so getan, als sei nichts und als sei es meine Schuld, weil ich keine Grenze gezogen habe. Ja, klar.

Das erste Mal, als er mich gefragt hat, ob ich gut im Bett sei, habe ich ihn ungläubig angeschaut und ›Was???‹ gesagt. Er hat nur gelächelt und gemeint: ›Na, komm schon, antworte einfach auf meine Frage. Du weißt es doch, oder nicht?‹

Beim ersten Mal habe ich das dem kulturellen Unterschied zugeschrieben, aber als ich meiner Zellengenossin davon erzählte, meinte sie, das sei unglaublich vulgär. Jetzt bin ich noch mehr davon überzeugt, dass er einfach nur glauben will, ich sei leicht zu haben. Vielleicht will er mit den Medien reden.

Er überbringt mir ›Neuigkeiten‹, als würde er mir helfen wollen, und er möchte unbedingt wissen, wie ich mich im Hinblick auf die Beschuldigungen, die gegen mich erhoben werden, fühle. Er war der Erste, der mit mir über das angebliche Messer gesprochen hat, auf dessen Klinge meine Fingerabdrücke und Merediths DNA sind, und ich habe ihm gesagt, dass ich darüber nichts weiß. Ich bin noch nie mit einem Messer durch die Gegend gelaufen, aber er hat darauf beharrt. ›Deine digitalen Fingerabdrücke. Ihre DNA.‹ Ich habe ihm nur gesagt, dass ich unschuldig bin und auf einen anderen Beweis warte, der meine Unschuld belegen kann. ›Deine Fingerabdrücke. Ihre DNA.‹ Okay, ich hab's kapiert.

Ich will dir von der vergangenen Nacht erzählen. Ich wurde in sein Büro gebracht, und er hat sich eine Zigarette angezündet, mich mit roten, schläfrigen, hungrigen Augen angeschaut, und weil ich nicht mit ihm über den Fall reden wollte, habe ich sofort angefangen, von einem Buch zu erzählen, das ich gelesen hatte, und dass ich heute mit dem Psychologen / der Psychologin sprechen und mich ein Priester besuchen würde …

›Warum hast du gestern geweint?‹ Es stimmt. Ich habe geweint. Die Polizei war gekommen, um in meiner Tasche zu wühlen und zu überprüfen, wie schuldhaft meine Schulbücher wohl sein könnten. Ein Polizist hat mich gefragt, ob ich die Nachrichten gesehen hätte, in denen es um das Messer gegangen war. Er wollte wissen, ob ich etwas dazu zu sagen hätte. Ich habe meine Geschichte wiederholt, habe gesagt, dass ich nicht in Merediths Nähe war, als sie umgebracht wurde. Dann hat er gelacht und gesagt: ›Wieder eine neue Geschichte? Noch eine Lüge?‹ Er hat mich angestarrt, als sei ich nicht besser als ein Fußlappen. Es war das erste Mal, dass mich jemand so angeschaut hat. Als ich zurück in meine Zelle gegangen bin, habe ich über die Ungerechtigkeit des Ganzen geweint, darüber, dass ich im Gefängnis sitze, über den Tod meiner Freundin, über die Polizei, die eine kalte, irrationale Spur verfolgt, weil sie nichts Besseres zu tun hat.

Ich habe dem stellvertretenden Chef gesagt, dies sei der Grund, warum ich geweint habe. Er hat den Kopf geschüttelt und wiederholt: ›Warum hast du gestern geweint?‹, wobei er mir unterstellte, ich hätte vor irgendetwas Angst. Also habe ich ihm gesagt, dass ich unschuldig bin und nichts zu befürchten habe. ›Aber deine Fingerabdrücke, IHRE DNA?‹

Ja, ja, ich habe dich schon beim ersten Mal verstanden. Das heißt gar nichts. Und weißt du auch, warum? Weil ICH SIE NICHT UMGEBRACHT HABE.«

Am 30. September 2012 wurde der Inspektor der Gefängnispolizei von Capanne, Raffaele Argirò, wegen sexueller Nötigung einer Strafgefangenen angeklagt. Dass die Betroffene in ihrer persönlichen Freiheit eingeschränkt gewesen war, kam erschwerend hinzu. Bei der Frau, die zwischen Dezember 2006 und Januar 2007 Opfer des Gewaltakts geworden war, handelte es sich um eine Verkehrspolizistin aus Mailand, die wegen Mordes festgenommen, dann jedoch aus dem Gefängnis entlassen und freigesprochen worden war.

Als die junge Frau hörte, dass Amanda nicht gezögert hatte zu erzählen, was ihr passiert war, beschloss sie, Argirò anzuzeigen. Sie erklärte: »Als ich gelesen habe, dass es Argirò war, der Amanda belästigt hat, dachte ich, dass jetzt der richtige Moment ist, um zu berichten, was passiert war … Ich wünsche mir, dass jemandem, der Situationen psychischer Abhängigkeit ausnützt, das Handwerk gelegt wird.«

Am Morgen des 3. Oktober 2011 fanden sich viele Personen in Perugia ein, die an der Geschichte beteiligt gewesen waren, einer Geschichte, die vor vier Jahren begonnen hatte und deren Ende sie nun miterleben wollten. Die Menschen, ihre Worte und ihre Gesichter, waren voller Hoffnung, und doch verspürten sie in ihrem tiefsten Inneren Angst. Es war der Tag der Urteilsverkündung durch das Berufungsgericht. Danach konnte nur die Freiheit kommen oder das Gefängnis, und zwar ein für alle Mal, endgültig. Es gab keine Alternativen.

Amandas Eltern, Schwestern und ihre beste Freundin Madison Paxton verbarrikadierten sich in ihrem Hotel, um mit ihrer Angst allein zu sein, unbehelligt von den Medien. Raffaeles Vater blieb in seinem Hotel etwas außerhalb von Perugia, das kein Journalist kannte.

Einige amerikanische und englische Presseleute trafen sich an einem zauberhaften Ort zwischen Perugia und Todi. Der englische Professor und Arzt David Anderson und seine Frau Jenny – beide überaus aktive Verfechter von Amandas und Raffaeles Unschuld – hatten die schöne Villa, ein ehemaliges Bauernhaus, in den letzten Jahren für alle geöffnet, die nach Perugia gekommen waren, um den Prozess zu verfolgen – Verwandte, Journalisten, Autoren, Blogger und Freunde.

Im vergangenen Sommer waren Amandas Eltern und Chris Mellas, der zweite Mann ihrer Mutter, dort gewesen, ihre beiden Schwestern Deanna und Cassandra, der englische Journalist Bob Graham, Frank Sfarzo sowie die Autorin Candace Dempsey. Und natürlich auch die wunderbare Madison Paxton, Amandas Herzensfreundin, die Seattle sofort verlassen hatte, als sie von der

Verhaftung erfuhr. Sie zog nach Perugia und blieb die nächsten vier Jahre dort, um Amanda nah sein und sie bei jeder sich bietenden Gelegenheit im Gefängnis sehen zu können.
Der 3. Oktober war ein schöner Tag, und auf dem grünen Rasen um den Swimmingpool der Andersons schien eine gelöste Atmosphäre zu herrschen. Keiner erwähnte das Drama, das drohend über unseren Köpfen hing.
Zu den Gästen an jenem Tag zählten auch der ehemalige FBI-Agent Steve Moore, der extra aus den Staaten angereist war, um den Ausgang des Dramas mitzuerleben, der beharrliche Bob Graham, die beiden amerikanischen Dokumentarautoren Rod Blackhurst und Brian McGinn, die vorhatten, Amanda so darzustellen, wie sie wirklich war, und (natürlich) Frank Sfarzo. Auch ich und meine Frau Myriam waren gekommen, weil wir es als unsere Pflicht ansahen, einfach da zu sein. Aus Maine bombardierte mich Douglas mit SMS-Botschaften, ich möge ihm den Ausgang des Prozesses gleich mitteilen. Wir alle schwebten in einem Zwischenreich aus wunderbarem Traum und schlimmstem Alptraum. Wenn doch mal jemand den Fall erwähnte, dann waren es die Journalisten, aber sie hielten sich im Abseits, fast schon im Verborgenen, um die fragile Heiterkeit nicht zu zerstören. Die ausländischen Kollegen wollten vor allem von mir wissen, wie es möglich war, dass ein Staatsanwalt, den man in erster Instanz wegen Amtsmissbrauchs verurteilt hatte, weiterhin seiner Arbeit nachgehen konnte und nicht bis zum endgültigen Urteil vom Amt suspendiert wurde. Ich bezweifle, dass sie die Antwort, die ich ihnen hätte geben können, verstanden hätten. Dafür brauchte es wohl fast so etwas wie eine Pressekonferenz zum Zustand von Justiz und Politik in meinem Land, ein Zustand, der allzu byzantinisch anmutet und zu weit von der angelsächsischen Kultur entfernt ist.
Und so antwortete ich: »Ihr könnt mir glauben, ich kann's euch nicht erklären.«

Sicher wäre ihnen die Lektüre des Interviews von Nutzen gewesen, das der Journalist Pasquale De Feo mit dem Richter Edoardo Mori geführt hatte; und zwar just in jenen Tagen, als der Richter beschloss, seine Robe abzulegen. Darin erklärte er, er sei angewidert von der miserablen Vorbereitung und der Parteilichkeit, die bei den Gerichten vorherrsche.

Von 1977 an war Edoardo Mori erst Untersuchungsrichter, dann Ermittlungsrichter und schließlich Konkursrichter sowie Präsident des Tribunale di Libertà, des Freiheitsgerichts in Bozen. Dort spielte er eine Hauptrolle in den Prozessen gegen Südtiroler Terroristen und verurteilte später grausame Serienkiller wie Marco Bergamo (fünf Prostituierte, erstochen und regelrecht abgeschlachtet).

»Ich hätte noch bis 2014 im Amt bleiben können, aber ich konnte nicht mehr. Da gehe ich lieber in Rente.«

Ohne es zu wissen, hatte Richter Mori die Fragen meiner amerikanischen und englischen Kollegen beantwortet. »Ein Richter«, sagte er, »kann sein ganzes Leben lang irren, und keiner sagt etwas dazu. Die Feststellung einer eventuellen Schuld läuft über drei Instanzen, und bei dieser Unterteilung hat die Körperschaft ein verteufeltes Geschick an den Tag gelegt. Das Ergebnis: eine Lossagung von jeglicher Verantwortlichkeit. Der Richter der ersten Instanz ist sich nicht sicher? Macht nichts, er verurteilt trotzdem, im Zweifelsfall wird es der Kollege in zweiter Instanz schon richten. Für Staatsanwälte brauchte es eine Strafbarkeitsbestimmung. Aber eine Krähe hackt der anderen kein Auge aus, zumindest nicht in Italien. In Deutschland hingegen gibt es dieses spezielle Vergehen. Man nennt es ›Rechtsbeugung‹. Und genau das ist es: Eine Beugung des Rechts durch den Richter.«

Der »reuige« Richter prangert unbarmherzig weitere Missstände an: »Inzwischen kann man sich nicht mal mehr auf DNA-Untersuchungen verlassen, man muss ja nur sehen, was für eine jäm-

merliche Figur die Ermittler beim Berufungsprozess im Mordfall Meredith Kercher abgegeben haben.
Das Polizeisystem, die Behandlung der Angeklagten und die Beziehung zwischen Staatsanwalt und Richter sind im Jahr 1930 stehen geblieben. Die Polizeikräfte betrachten alle Beschuldigten als Verbrecher, die Bürger werden wie Fußabtreter behandelt, und oft arten Verhöre in Gewalt aus. Der Staatsanwalt spielt Kommissar, statt sicherzustellen, dass die Rechte des Beschuldigten gewahrt werden. Und der Ermittlungsrichter glaubt, die Handlungen des Staatsanwalts unterstützen zu müssen.«
Und Mori war noch nicht fertig. Er fügte hinzu: »Die Gutachter liefern dem Staatsanwalt die bestellten Antworten und Belege, um seine vorgefassten Theorien zu bestätigen. Die Staatsanwälte tolerieren keine kritischen Gutachter, sie wollen, dass sich diese blind zur Verfügung stellen, um die Anklage zu stützen. Und da die Gutachter wissen, dass sie die Staatsanwälte zufriedenstellen müssen, um Arbeit zu haben, passen sie sich an.«
Jeder in Italien, der schon einmal durch das engmaschige Netz des Gefängnis- und Justizapparats musste, teilt diese Meinung. Ebenso die Gerichtsreporter, die sich nach langen Jahren eine gehörige Portion Zynismus angeeignet haben.
Ich war selbstverständlich derselben Meinung, gehörte ich doch beiden Kategorien an.
An jenem 3. Oktober ging Amanda und Raffaele vermutlich das Gleiche durch den Kopf. Doch aus Angst vor Repressalien hätten sie sich gehütet, dies in aller Öffentlichkeit kundzutun.
Früh am Morgen, noch bevor wir uns im Garten der Andersons versammelten, wurden Amanda und Raffaele in zwei gepanzerte Streifenwagen verfrachtet und zu dem mittelalterlichen Palazzo im Zentrum der Piazza Matteotti gefahren, wo sich das Berufungsgericht befindet – dem Palazzo mit den marmornen Löwen über dem Eingang und der sitzenden Justitia-Statue davor, die ein

langes Schwert in der einen Hand hält. Amanda aus ihrem Gefängnis in Perugia, Raffaele aus dem in Terni, nicht allzu weit davon entfernt. Abgeschirmt von Kameraobjektiven ließ man sie das Gebäude durch einen Nebeneingang betreten. Keiner der beiden trug Handschellen. Von der Gefängnispolizei eskortiert, führte man sie zwei Stockwerke nach unten ins Parterre und sperrte jeden von ihnen in eine kahle Zelle. Die Wände waren aus Backstein, die Gitter so breit wie eine ganze Wand.

An jenem Morgen würden sie ihre letzten Aussagen machen. Dann würden sich die Richter ins Beratungszimmer zurückziehen, um über das Leben der Angeklagten zu entscheiden. Nun also lagen alle Karten auf dem Tisch.

Amanda und Raffaele froren in ihren Zellen.

Kapitel 12

Auf dem von klarer Luft erfüllten Platz vor dem Palazzo di Giustizia lastete eine spürbare Anspannung. Links von dem großen Tor parkten zwei oder drei nachtblaue Transporter der Carabinieri. Auf der rechten Seite standen in einer langen Reihe die weißen Vans der amerikanischen Fernsehsender. Auf ihren Dächern runde Parabolantennen und auf der Erde schwarze Stromkabel, die sich wie Schlangen umeinanderwanden. Neben breit geöffneten Wagentüren wurden Frisuren und Make-up der Journalistinnen letzten kritischen Prüfungen unterzogen, Reporter machten erste Sprechproben.

Direkt vor dem gotischen Tor befand sich eine breite, quadratische Absperrung aus Metall. Zutritt verboten. Schon jetzt drängten sich Kameraleute und Fotografen mit großen Teleobjektiven um die Absperrung, und keiner war bereit, den einmal eroberten Platz preiszugeben. Schaulustige flanierten vorbei oder blieben stehen. Einige setzten sich vor eine Bar, bestellten einen Cappuccino und schlugen die Zeitung auf, deren Schlagzeilen verkündeten, was sich in Kürze nur wenige Meter vor ihren Augen abspielen würde. Andere schlenderten langsam davon. Sie wussten, der Augenblick der Wahrheit lag noch in weiter Ferne.

Die Öffentlichkeit war nicht zugelassen in der Sala degli Affreschi. So nannte sich der Saal, in dem der Prozess stattgefunden hatte und wo nun bald das Urteil verkündet werden sollte. Er war zu klein, als dass alle darin Platz gefunden hätten. Daher hatte das Gericht verfügt, dass nur Journalisten eingelassen würden, die eine entsprechende Akkreditierung beantragt und erhalten hatten. Mehr als vierhundert waren gekommen.

Um das Gebäude betreten zu können, musste man zwei Kontrollen der Carabinieri passieren, eine im Freien und eine direkt hinter dem Eingang. Auch hier wieder Metallabsperrungen, um zu verhindern, dass mehrere Personen gleichzeitig durch die Kontrollen schlüpften.

Dann ging es zwei Treppen hinunter ins Erdgeschoss, wo sich der Gerichtssaal befand. Die Einrichtung – die Möbel, die Deckenleuchten, das lange Richterpult und die Stühle – war modern und bildete einen Kontrast zu dem großen, altehrwürdigen Raum mit seinen steinernen Wänden, auf denen stellenweise noch gotische Fresken zu sehen waren. Auf der rechten Seite befand sich ein breiter Eisenkäfig, der bis vor kurzem für Angeklagte verwendet worden war, die man als besonders gefährlich eingestuft hatte.

Auf der gegenüberliegenden Seite gab es eine niedrige Tür mit einem massiven steinernen Türsturz: Hier würden später Amanda und Raffaele, von den Gefängniswärtern eskortiert, hereinkommen. Gleich zu ihrer Linken würden die beiden jungen Leute Merediths Mutter, Schwester und Bruder auf einer langen Bank an der Wand sitzen sehen.

Die Staatsanwälte Mignini und Comodi und Generalstaatsanwalt Costagliola belegten die Bank auf der linken Seite. Hinter ihnen saßen die Anwälte der Zivilkläger und auf der rechten Seite die Verteidiger. Gegenüber den Kerchers wartete eine weitere Bank darauf, dass Amandas Angehörige auf ihr Platz nahmen. Die Angeklagten selbst würden in der ersten Reihe neben ihren Anwälten sitzen.

Der Raum war eher breit als lang, und eine hölzerne Barriere, die längs von einer Seite zur anderen lief, trennte den für die Presse reservierten Bereich vom Rest des Saals ab. Vor allem dort, wo die beiden Angeklagten die Aula betreten würden, drängten sich Fotografen und Kameraleute um das hölzerne Geländer. Um das beste Bild zu bekommen, hatten sich viele von ihnen mit hohen Hockern oder Tritten bewaffnet. Zusammen bildeten sie eine

Menschenmauer, die einem den Blick auf den Saal dahinter fast gänzlich verstellte. Um noch etwas sehen zu können, musste man den Kopf zwischen die Beine der Bildreporter stecken, die hoch oben auf ihren Hockern und Trittleitern standen.

Nervöses Blitzlichtgewitter, das kein Ende nehmen wollte. Eiliges Getrappel vor den langen Pulten der Chefankläger und Anwälte. In der Luft die Vibration einer unsichtbaren Stimmgabel, das Zeichen der Ankunft von Amanda und Raffaele im Saal.

Blass und teilnahmslos ließ sich jeder von ihnen neben seinem Anwalt nieder. Der Vorsitzende Claudio Pratillo Hellmann erklärte den beiden, wenn sie wollten, könnten sie jetzt ihr Schlusswort halten.

Amanda erhob sich als Erste. Völlige Stille senkte sich über den Saal.

Sie wirkte unsicher, zerbrechlich und erinnerte an schwankendes Schilf, aber eben an Schilf, das dem Wind widerstand. Ihre Stimme brach vor Angst. Mehr als einmal musste sie innehalten, um Luft zu holen. Ihre zu Fäusten geballten Hände machten fahrige Gesten. Und sie sprach ein hervorragendes Italienisch.

»Verehrte Damen und Herren, hohes Gericht …«, begann sie mit einer Formel, zu der ihr ihr Anwalt geraten haben musste. Noch einmal beteuerte sie ihre Unschuld, erklärte, sie sei an jenem Abend bei Raffaele zu Hause gewesen. In der Zeit nach dem Verbrechen habe er ihr glücklicherweise zur Seite gestanden, da ihre eigene Familie doch weit weg war. »Ich hatte niemanden. In diesem Moment war er alles für mich. Ich hatte ihn.«

Doch Amanda beließ es nicht dabei, sich zu verteidigen, sondern wandte sich auch an diejenigen, die sie in diesen schrecklichen Alptraum hineinmanövriert hatten: »Dank meiner Erziehung habe ich mich der Justiz, der Obrigkeit, verpflichtet gefühlt und ihr vertraut, denn sie war ja auch da, um uns zu beschützen. Ich habe ihr blind und vollauf vertraut. Bis zur Erschöpfung habe ich mich zu allem bereit erklärt, und ich wurde verraten. In der Nacht vom 5. auf den 6. November wurde ich nicht nur unter Druck gesetzt und belastet, ich wurde auch manipuliert.«

An dieser Stelle versagte ihr die Stimme. Der Vorsitzende Hellmann bot ihr rücksichtsvoll an, sich zu setzen, wenn ihr das lieber sei. Doch Amanda blieb stehen und fuhr fort: »Ich bin nicht das, was von mir gesagt wird. Das Einzige, was jetzt anders ist als vor vier Jahren, ist, dass ich gelitten habe … Mein bedingungsloses Vertrauen in die Autorität der Polizei wurde verraten. Ich muss auf eine ungerechte Anklage, die jeglicher Grundlage entbehrt, antworten, und ich bezahle mit meinem Leben für etwas, das ich nicht getan habe. Ich will nach Hause …« Wieder brach ihr die Stimme. Eine Geschworene versuchte, ihre Ergriffenheit zu verbergen, indem sie sich ein Taschentuch vors Gesicht hielt, als sei sie erkältet.

»Ich will … in mein altes Leben zurück. Ich will nicht für etwas, das ich nicht getan habe, bestraft und meines Lebens beraubt werden. Und … und … wir verdienen die Freiheit, denn wir haben nie etwas getan, um sie nicht zu verdienen.«

Sie war fertig. Einige im Saal schluckten. In vielen Augen standen Tränen. Kein Stimmengewirr erhob sich nach Amandas Worten.

Raffaele war an der Reihe. Er war sichtlich distanzierter als die junge Frau, doch auch er wirkte, als stünde er am Rand eines Brunnenschachts, der ihn zu verschlingen drohte. Sein Ton war zurückhaltend, beinahe resigniert. Er wusste, dass jetzt alles entschieden war.

Doch er wollte den Richtern und vor allem auch den Geschworenen ein anderes Bild von sich und Amanda vermitteln als das, was die Medien gezeichnet hatten.

»Am Abend des 1. November«, erklärte er, »befand ich mich in einer wunderbaren, ja, ich würde fast sagen, idyllischen Situation. Ich war dabei, ein für mich wichtiges Ziel zu erreichen. Bis zur Abgabe meiner Diplomarbeit waren es nur noch wenige Tage, und vor kurzem hatte ich Amanda Knox kennengelernt.« Raffaele warf einen Blick nach rechts auf die junge Amerikanerin, mit der er nur neun Tage zusammen gewesen war. »Eine schöne, heitere, lebhafte und … sanfte junge Frau. Es war unser erstes gemeinsames Wochenende, wir waren frei von allen Verpflichtungen und hatten nur den einen Wunsch, den Abend voller Zärtlichkeit zu verleben.«

Am Ende seiner Ansprache strich sich Raffaele ein gelbes Plastikarmband vom linken Handgelenk, auf dem – grammatikalisch nicht ganz korrekt – geschrieben stand: »Libero Amanda e Raffaele« – »Befreit Amanda und Raffaele«. Ein paar Mitglieder der Vereinigung *Free Amanda and Raffaele* hatten es ihm geschenkt, und seit Beginn des ersten Prozesses hatte er es nicht ein einziges Mal mehr abgelegt.

»Jetzt«, sagte er, »ist der Moment gekommen.« Er legte das Armband vor sich auf den Tisch, als würde er es dem Richter darbieten – zusammen mit seinem Vertrauen in die Entscheidung, die dieser fällen würde. Denn ganz gleich, wie das Urteil ausfiel, er würde keinen Grund mehr haben, das Armband zu tragen.

Die kurze Sitzung war vorbei. Der Vorsitzende Hellmann legte den Zeitpunkt der Urteilsverkündung auf halb neun am selben Abend fest. Anschließend zog sich das Gericht ins Beratungszimmer zurück. Langsam gingen die Zeitungsjournalisten hinaus auf die sonnenbeschienene Piazza, die Fernsehleute eilten zu ihren Übertragungsstationen zurück, um die *breaking news* von der Uhrzeit zu verkünden, zu der das Urteil verlesen werden sollte und die Sender ihr laufendes Programm unterbrechen würden.

Fast alle, die sich für einen Freispruch der beiden jungen Leute eingesetzt hatten, fanden sich erneut im Garten der Villa von Doktor David Anderson ein.

Es war nicht nur strahlend schön, sondern auch warm wie im Sommer. Die Jüngsten unter uns sprangen in den Swimmingpool. Jenny und David reichten einen hervorragenden Wein aus eigener Herstellung und Platten mit exquisitem umbrischem Aufschnitt. Ein ahnungsloser Gast hätte vermutet, die Menschen hier würden einen unbeschwerten Urlaub verbringen. Doch die Heiterkeit war nur vorgetäuscht, vor allem machten sich die Anwesenden selbst etwas vor. Insgeheim hofften sie, die Zeit würde langsamer vergehen und der Moment, da sie zurück nach Perugia mussten, um den Urteilsspruch anzuhören, ließe sich immer noch weiter hinausschieben.

Auf der Suche nach einer ernstzunehmenden Abhandlung über Hexen surfte ich durchs Internet. »Hexenjagd – Semiotik der Angst« von Jurij Lotmann mit einer Vorbemerkung von Silvia Burini erregte meine Aufmerksamkeit. Der Text war sehr lang, und es strengte mich an, ihn auf dem kleinen Bildschirm meines Laptops zu lesen. Ein paar der Aussagen erschienen mir jedoch überaus geeignet, um das Geschehen, das ich hier verfolgte, wenigstens teilweise zu verstehen.
Eines überraschte mich besonders: Die Autoren bezeichneten es als völlig falsch, das Phänomen der Hexenjagd lediglich mit dem Mittelalter in Verbindung zu bringen. Schließlich sei ein Großteil der Opfer zwischen dem 15. und 17. Jahrhundert umgekommen, in der Blütezeit der Renaissance also – nicht im sogenannten dunklen Zeitalter, sondern fast schon an der Schwelle zur Aufklärung. Mit anderen Worten: Es ist ein Irrtum, anzunehmen, derartige Phänomene würden in »zivilisierten« Zeiten nicht mehr existieren, ganz im Gegenteil.
Im Gedächtnis blieb mir auch die Aussage, wie typisch gerade Prozesse gegen junge »Hexen« waren. Dies zeigt die Tragödie um die 29 Scheiterhaufen in Würzburg, auf denen im Jahr 1629 je

vier bis sechs Menschen bei lebendigem Leib verbrannt wurden. Die makabre Auflistung der Opfer enthielt Vermerke wie: »ein Mädchen von neun oder zehn Jahren«, »ein Kleinkind«, »sein Schwesterchen«, »ein Mädchen um die fünfzehn«, »eine junge Schönheit aus Würzburg«, »eine Hebamme, die sich zu elegant kleidete« und so weiter.

Mir fiel auf, dass das Wort »fremd« außerordentlich oft in der Liste auftauchte. Jung, schön, fremd: Am Ende war dies die am häufigsten wiederkehrende Definition einer Hexe, die brennen musste. Und es war auch die Beschreibung von Amanda Knox.

Weiter las ich: »Das gesamte Verfahren zur Wahrung der Rechte der Angeklagten wurde ausgehebelt, und Verhöre führten zu einer Erzwingung der geforderten Geständnisse mittels Drohungen und physischer Gewalt. Parallel dazu waren die Anwälte, die mitunter versuchten, die Hexen zu verteidigen, schwersten Einschüchterungen ausgesetzt.«

In dem Text war also von eingeschüchterten Anwälten die Rede. Zur damaligen Zeit gab es ja auch noch keine Journalisten.

Die gefürchtete Stunde hatte geschlagen. Es war Zeit, von allen Zerstreuungen abzulassen, sich ins Auto zu setzen und nach Perugia zu fahren.

David Anderson forderte das Schicksal heraus: Er verstaute einen Kasten Champagner im Kofferraum seines Peugeot.

Als wir vor dem Justizpalast ankamen, war der Himmel fast schwarz. Doch durch die vielen Scheinwerfer der Fernsehsender, in deren Licht die Menschen riesige Schatten auf die antiken Palazzi warfen, war der Platz fast taghell erleuchtet. Das Polizeiaufgebot war beträchtlich, doch man spürte keine Nervosität in der Menge. Viele Leute, vor allem junge, waren gekommen, und es wurden immer mehr. Die Besitzer der Cafés und Pizzerien waren zufrieden. Heute lief das Geschäft außergewöhnlich gut.

Wieder drängten sich Journalisten aus aller Welt um die trichterförmige Absperrung, durch die einer nach dem anderen durchgeschleust wurde, um seine Akkreditierung kontrollieren zu lassen. Die ganze Prozedur zog sich ziemlich in die Länge, und viele begannen, nervös zu werden. Es war seltsam, die Engländer, Amerikaner und Deutschen zu beobachten, die versuchten, sich vorzudrängeln – ganz so, als seien sie plötzlich alle zu Italienern geworden.

Zwei Stockwerke tiefer ragte wieder die Mauer aus Fotografen und Kameraleuten auf. Hinter ihnen versuchten sich Journalisten die Zeit zu vertreiben, indem sie Meinungen und Prognosen austauschten.

Aus den Staaten schickte mir Doug Preston eine weitere SMS. »Und?« Inzwischen hatte ich mich informiert. Das Gericht würde noch mindestens zwei Stunden brauchen, was ich ihm umgehend mitteilte.

Trotz der langen Wartezeit ging niemand mehr ins Freie, weil man befürchtete, noch einmal die Kontrollen passieren zu müssen. Ein paar eingefleischte Raucher fanden ein stilles Eck – eine Art Nische zwischen zwei uralten Mauern unter einer Treppe –, wo sie ungestört qualmen konnten. Die Carabinieri taten, als würden sie es nicht bemerken.

Stattdessen entdeckten sie Frank Sfarzo. Eine Handvoll Beamte näherte sich ihm mit grimmigem Gesichtsausdruck. »Du kannst hier nicht bleiben. Du musst gehen.«

Frank zeigte seine Akkreditierung und fragte: »Wieso? Es hat alles seine Ordnung …«

»Nein«, antwortete einer. »Pro Zeitung darf nur ein Journalist hier rein. Und von deiner ist der Direttore schon da.«

Sfarzo musste lachen. Natürlich hatte sein Blog keinen Direttore, er war der einzige Autor. »Direttore? Was denn für ein Direttore? Ich arbeite allein …«

Doch es half nichts. Sie packten ihn am Arm und führten ihn hin-

aus auf den Platz. Frank Sfarzo gesellte sich zu David Anderson, meiner Frau und ein paar anderen Freunden. In einem Van des amerikanischen CBS-Senders verfolgten sie auf Bildschirmen das Geschehen im Saal.
Der ehemalige FBI-Agent Steve Moore betrat den Saal, ohne aufgehalten zu werden. Ich weiß nicht, ob er das einer gefälschten Akkreditierung oder irgendeinem Geheimdienst-Trick verdankte. Um halb elf teilte ein Angestellter den Anwälten mit, das Gericht sei bereit. Alle gingen zu ihren Plätzen und warteten auf den Auftritt der Richter. Draußen war die Menge der jungen Leute derart angewachsen, dass es schier unmöglich war, die Piazza zu überqueren. Viele hatten sich mit einer Bierflasche auf die breite Treppe des Gebäudes vor dem Gericht gesetzt. Das grelle Scheinwerferlicht strahlte sie gnadenlos an und verlieh ihren Gesichtern etwas Geisterhaftes. Die Luft war elektrisch geladen.
Im Saal beschleunigte sich der Herzschlag der Menge, als sich linker Hand die kleine Tür öffnete und Amanda und Raffaele mit gesenktem Blick eintraten. Wie immer waren sie von Wachleuten in hell- und dunkelblauen Uniformen umringt, die sie am Arm hielten. Er hatte etwas Eisiges an sich, wirkte emotionslos und zeigte keinerlei Nervosität. Sie hingegen schien sich kaum auf den Beinen halten zu können. Obwohl es ein warmer Abend war und viele kurzärmlig herumliefen, trug sie einen schwarzen Dufflecoat, der ihr inneres Frösteln offensichtlich nicht vertreiben konnte. Es schien sie übermenschliche Anstrengungen zu kosten, einen Fuß vor den anderen zu setzen. Zwei Polizistinnen hielten ihre Arme umklammert, nicht aus Sicherheitsgründen, sondern, um sie zu stützen. Sie begleiteten sie bis zu ihrem Platz, wo sich Amanda auf ihren Stuhl sinken ließ. Ihr Anwalt Della Vedova legte seine Hand auf die ihre.
Ein paar grausame Minuten verstrichen, was kein böser Wille war, sondern den Vorschriften entsprach. Wir alle, aber besonders

Amanda und Raffaele, mussten warten, um etwas zu erfahren, was bereits unwiderruflich entschieden war. In diesem kurzen und doch unendlich langen Zeitraum verharrte das Leben der beiden jungen Leute in einem Vakuum, in das niemand eindringen konnte und in dem keine Handlung mehr möglich war.

Vom Rauschen ihrer schwarzen Roben begleitet, betraten die Richter den Saal. Der Vorsitzende Hellmann hielt die Blätter mit dem Urteilsspruch in der Hand. Vor dem Mikrofon blieb er stehen. Er sah sich um, fragte, ob alle anwesend seien, und erhielt sogleich die Bestätigung.

Mit ruhiger, klarer Stimme begann er zu lesen: »Im Namen des italienischen Volkes …«

Ich schloss die Augen und war mit der Stimme allein. Wie ein Schwert durchbohrte sie mein Bewusstsein: »… gemäß der Artikel … in partieller Revision des vorangegangenen Urteils … wird Amanda Knox für schuldig …«

Kapitel 13

»Nein!« Der lautlose Schrei ließ meinen Kopf fast explodieren. Die Hände zu Fäusten geballt, krümmte ich mich vor Wut zusammen, schier überwältigt von einem Wirbel rasender Gedanken, die mein Hirn wie Blitze durchzuckten. »Wie konnten sie nur?« – »Jetzt ist es aus mit den beiden!« – »Und die neuen Untersuchungen?« – »Und diese Witzfiguren von Zeugen?« Tonlos fuhr Hellmanns Stimme fort. Ein paar Wortfetzen drangen zu mir durch: »… zu einer Haftstrafe von drei Jahren …« Ich fasste mich und richtete mich ruckartig auf.

»Wie konnte jemand wegen Mordes lediglich zu drei Jahren verurteilt werden?«

Ein Blitz der Erkenntnis durchfuhr mich, und ich verstand: Das Gericht hatte Amanda zu drei Jahren verurteilt, weil man sie der Verleumdung Patrick Lumumbas für schuldig befunden hatte. Wie ich später erfuhr, hatten auch fast alle anderen vergessen, dass die junge Frau ja auch dieses Vergehens angeklagt war. Und in einem Urteilsspruch werden zuerst die Verurteilungen verlesen und dann eventuelle Freisprüche.

Es bedürfte vieler Worte, um zu schildern, was sich in der Zeitspanne zugetragen hatte, die zwischen dem explodierenden »Nein!« in meinem Kopf und dem Moment lag, in dem ich endlich begriff.

In Wirklichkeit hatte das alles vielleicht zwei Sekunden gedauert. Ich atmete tief aus. Ich fühlte mich erschöpft.

Richter Hellmann fuhr fort: »… werden Amanda Knox und Raffaele Sollecito freigesprochen, da sie die Tat nicht begangen haben …«

Ich sah, wie Amanda auf ihrem Stuhl wie eine leblose Puppe in

sich zusammensackte und in hemmungsloses Schluchzen ausbrach. Raffaele rührte sich nicht.
Die Journalisten applaudierten. Höflich, aber bestimmt unterbrach sie der Vorsitzende: »Nein, meine Damen und Herren, bitte …«
Ich sah, wie sich Mignini über seinem Pult zusammenkrümmte, als würde er einen tiefen Schmerz empfinden. Seine Kollegin Manuela Comodi hatte noch vor der Verlesung des Urteils den Saal verlassen.
Ich griff nach meinem Handy und schickte Doug Preston eine SMS: »FREEEEEEEEEEEE!« Als ich den Blick hob, schaute ich in Steve Moores lächelndes Gesicht. Wir sagten kein Wort, doch ich schlug meine Faust mit Schwung gegen seine.
Die Polizei musste Amanda geradezu wegschleifen. Sie sollte ihre Gefühle in ruhiger Umgebung verarbeiten können.
Raffaele umarmte seinen Vater, die Anwälte und eine Gefängniswärterin, offensichtlich eine heimliche Anhängerin.
Alle Mitglieder der Familie Knox hatten tränenüberströmte Gesichter und umarmten sich. Madison Paxton, Amandas wunderbare Freundin, wirkte verwirrt und hörte nicht auf zu schluchzen.
Auf den zwei Treppen drängelten die Journalisten, jeder von ihnen wollte so schnell wie möglich zu seiner Übertragungsstation zurück, um als Erster die *breaking news* zu überbringen, auf die so viele Amerikaner warteten.
Aus Angst, als Zweiter ins Ziel zu kommen, legte so mancher von ihnen zu große Hast und zu viel Phantasie an den Tag. Unglaublich, aber wahr: Nick Pisa, Korrespondent der englischen *Daily Mail,* hat auf der Homepage seiner Zeitung einen Artikel veröffentlicht, der Amandas und Raffaeles Verurteilung schilderte. Um das Ganze noch glaubhafter zu machen, beschrieb er die Reaktionen der Protagonisten, die versteinerte Amanda, ihre Angehörigen, die auf den Stühlen zusammenbrachen, die Staatsanwälte, die gesagt hätten: »Gerechtigkeit ist geschehen.«

Als wir aus dem Untergrund des Gerichts wieder auf die Piazza hinaustraten, wurden wir von den Rufen der Menge überrascht, die zu einem gewaltigen Chor anschwollen. »Schande, Schande!«, schrien die Menschen, Tausende von Stimmen, die auf den Ausgang des Prozesses gewartet und ihn live mitverfolgt hatten. Einige meiner amerikanischen Kollegen fragten mich, was die Rufe bedeuteten. »Shame«, erwiderte ich angewidert. Entgeistert starrten sie mich an. Sie konnten nicht begreifen, weshalb sich die Menge, fast nur junge Leute, darüber empörte, dass zwei der Ihren, deren Unschuld noch dazu weithin bewiesen worden war, nicht zu einer lebenslangen Gefängnisstrafe verurteilt wurden. Für die Journalisten war dies eine weitere Nachricht, die sie in ihren Berichten unterbringen wollten.
Enttäuscht blieb ich mitten in dem Gewühl stehen, von allen Seiten angerempelt, und betrachtete die Szene vor mir. Ich sah die unbesiegbare Blindheit derer, die ihren Verstand nicht benutzen wollen, sah die Verwüstung in den Seelen derer, die sich von verfälschten Informationen hatten manipulieren lassen. Ich sah die vollkommene Unmöglichkeit, jemanden zu überzeugen, der die Wahrheit bereits zu kennen glaubte und in Wirklichkeit doch überhaupt nichts wusste. Ich sah den Fanatismus falscher Gewissheiten.
In jener herrlichen Nacht des 3. Oktober 2011, auf dieser Piazza, die in einigen Abschnitten von Scheinwerfern ausgeleuchtet wurde und an anderen Stellen in vollkommener Dunkelheit lag, auf dieser Piazza mit den verschwitzten, verzerrten Gesichtern und den obszön aufgerissenen Mündern wurde es offenbar: Dieser Platz sah nicht nur alt aus, auch seine Seele stammte aus einer längst vergangenen Zeit. Wahrscheinlich lag es an den vielen expressionistischen Schwarzweißfilmen aus Deutschland oder Dänemark, denn plötzlich sah ich nicht mehr das Scheinwerferlicht der Fernsehsender, sondern das Licht von Fackeln, das lange, flackernde Schatten an die Mauern warf und Gesichter bläulich er-

hellte. Und in meinen Ohren schrien die Stimmen nicht mehr »Schande, Schande!«, sondern »auf den Scheiterhaufen, auf den Scheiterhaufen!«.

Amanda und Raffaele wurden durch einen sicheren Nebenausgang nach draußen gebracht, um die letzten Formalitäten abzuwickeln.

Der gleiche Ausgang wurde auch von den Familienangehörigen und einigen Anwälten genutzt. Raffaeles Verteidigerin Giulia Bongiorno trat durch das Haupttor auf die Piazza. Eine Traube von Carabinieri umgab sie. Man wies sie an, sich zu ducken, damit die Offiziere sie mit ihren Körpern besser schützen konnten, falls man sie mit Gegenständen bewerfen würde. Doch das geschah zum Glück nicht.

Als ich meine Frau und David Anderson sowie meine anderen Freunde entdeckte, umarmten wir uns glücklich. Frank Sfarzo war nach Hause geeilt, um die Neuigkeiten auf seinem Blog zu verkünden.

In Versalien schrieb er: »FREE – THE NIGHTMARE IS OVER«. Weiter betonte er, die Formulierung der Richter habe gelautet: »da sie die Tat nicht begangen haben«. Vollkommener könne ein Freispruch nicht sein.

Außerdem wies Sfarzo völlig zu Recht darauf hin, Amanda und Raffaele seien auch von der Anklage, ein Verbrechen vorgetäuscht zu haben, freigesprochen worden. Sie hätten das Fenster von Filomena Romanelli also nicht eingeworfen, um etwas zu fingieren. In diesem Fall lautete die Ausführung des Richters: »weil dieser Tatbestand nicht existiert«. Im Klartext: Der Einbruch hatte tatsächlich stattgefunden.

Wir verließen die Piazza mit der fanatischen Menge und nahmen eine breite, völlig menschenleere Straße, die Via Baglioni. Auf dem nahe gelegenen Platz am Ende des Corso Vannucci setzten wir uns im Freien an die Tische des gastfreundlichen Hotel Brufani, das in jenen Tagen zum Hauptquartier der Presse aus der halben Welt geworden war.

David Anderson holte seinen Kasten Champagner. Es wurde sehr spät an diesem Abend.

Am nächsten Tag sah ich Amanda im Fernsehen. Ein schwarzer Mercedes der italienisch-amerikanischen Stiftung von Rocco Girlanda, einem Parlamentarier aus Perugia, der sich für Amanda und Raffaele eingesetzt hatte, hatte sie direkt zum römischen Flughafen Fiumicino gebracht. Von dort gab es nur wenige Bilder, nur sie zusammen mit Madison Paxton und einigen anderen Leuten, wahrscheinlich Vertretern der amerikanischen Botschaft. Es machte ihr Spaß, zum ersten Mal seit vier Jahren wieder eine Rolltreppe hinunterzufahren. Am darauffolgenden Tag sah ich die tränenreichen Bilder, als sie endlich zu Hause in Seattle angekommen war.

Einige Zeit verging, bis ich eines Tages eine E-Mail von ihr erhielt. Sie bedankte sich für alles, was ich für sie getan hatte, und mit aufflackerndem Humor schloss sie: »Außerdem haben ich und du ja etwas gemeinsam …« Sie spielte auf unser beider Gefängnisaufenthalt an, der jeweils von Staatsanwalt Mignini angeordnet worden war. Nur dass meiner so unendlich viel kürzer gewesen war als ihrer.

Raffaele wurde lange Zeit durch seine Familie gegen die exzessive Neugier der Leute und vor allem auch der Medien abgeschirmt. Doch wir sprachen am Telefon miteinander.

Natürlich hatten alle italienischen Medien den Fall des doppelten Freispruchs an herausragender Stelle plaziert. Doch nur die wenigsten – und sicherlich nicht die bedeutendsten – interessierten sich dafür, wie ein so schwerwiegender Fall, der weltweit Interesse erregte, überhaupt hatte zustande kommen können.

»Die Hellseherin« Gabriella Carlizzi konnte ihre Meinung nicht mehr kundtun. Im August 2010 war sie einer unheilbaren Krankheit erlegen.

Die Staatsanwälte beschlossen, am Kassationsgerichtshof in Berufung zu gehen. Dort würde kein dritter Prozess stattfinden, sondern lediglich überprüft, ob alle Vorgänge korrekt abgelaufen waren. Die Entscheidung im Hinblick auf Amanda und Raffaele wird für den 25. März 2013 erwartet. Erst dann kann der Justizfall rein formal für abgeschlossen erklärt werden.

Beide jungen Leute haben beschlossen, in einem Buch von ihren außergewöhnlichen Erfahrungen und ihren teilweise höchst brisanten Wahrheiten zu erzählen. Raffaele fand in Italien keinen Verleger, der sich bereit erklärt hätte, seine Geschichte zu veröffentlichen. Also wandte er sich mit Unterstützung von Freunden an die amerikanische Agentin Sharlene Martin aus Seattle, die ihm zu einem Vertrag mit Gallery Books verhalf, einem Verlag von Simon & Schuster. Sein Memoire, das er zusammen mit dem englischen Journalisten Andrew Gumbel verfasst hatte, wurde am 18. September 2012 veröffentlicht und trägt den Titel *Honor Bound: My Journey to Hell and Back with Amanda Knox.*

Als bekannt wurde, dass Amanda ebenfalls ein Buch plante, begann zwischen den großen amerikanischen Verlagen ein regelrechtes Wettbieten, das HarperCollins mit einem Gebot von 3 400 000 Dollar für sich entschied. Auch in diesem Fall zeigte kein italienischer Verlag Interesse, das Buch auf der Apenninhalbinsel zu veröffentlichen.

Am 21. November 2011 sah ich David Anderson und Frank Sfarzo in Florenz wieder. Sie waren gekommen, um dem Berufungsprozess gegen Giuliano Mignini und Kommissar Michele Giuttari beizuwohnen, der den Polizeidienst inzwischen quittiert hatte. Ich brachte eine gehörige Dosis Skepsis mit.

Das Gericht befand sich direkt gegenüber der Basilica di San Marco, der Kirche mit dem Kloster, das die berühmten Fresken Fra Angelicos birgt. Ich war neugierig, wie diese für die Staatsanwaltschaft peinliche Verurteilung zurechtgerückt werden sollte.

»Ein Freispruch kommt nicht in Frage«, erklärte ein Anwalt, der

nicht mit dem Fall befasst war, jedoch gut darüber Bescheid wusste. »Die Beweislage ist zu erdrückend.«
Doch die Spitzfindigkeit der italienischen Justiz gab Zynikern wie mir recht: Da es aufgrund der Beweislage nicht möglich war, die beiden Angeklagten freizusprechen, wies das Gericht die Anklage kurzerhand zurück.
Der Generalstaatsanwalt, der die Anklage eigentlich hätte aufrechterhalten müssen, erklärte in seinem Plädoyer, der erste Prozess samt Verurteilung könne nicht als gültig erachtet werden, da er nicht in Florenz hätte abgehalten werden dürfen. Natürlich schlossen sich ihm die Verteidiger an.
Laut ihren Argumenten, denen auch der Berufungsrichter zustimmte, war Florenz als Gericht für eine Anklage gegen einen florentinischen Staatsanwalt sachlich unzuständig. Daher müssten die Akten nach Genua weitergeleitet werden, wo sich das für in der Toskana tätige Staatsanwälte zuständige Gericht befindet. Nun hatte aber auch die ligurische Staatsanwaltschaft in der Angelegenheit eine Rolle gespielt. Also wurde das Verfahren schließlich an die Staatsanwaltschaft Turin übergeben.
Man könnte annehmen, dass dies unter normalen Umständen wenig ändern würde. Man hätte nur ein bisschen warten müssen, und es wäre erneut zu einer Verurteilung gekommen. Doch in Italien sind die Umstände nie normal. Da die Mühlen der Justiz so extrem langsam mahlen und ein Turiner Richter den Fall noch einmal von vorne würde aufrollen müssen, war abzusehen, dass die Vergehen, deren Giuttari und Mignini angeklagt waren, verjähren würden.
Auf diese Weise würden also beide weder für unschuldig erklärt, noch würden sie je verurteilt werden – ein in meinen Augen extravaganter juristischer Zaubertrick.
Die Plädoyers der Anwälte, die die illegal abgehörten Journalisten vertraten, klangen wie Rufe in der Wüste.

Nur wenig Publikum und lediglich zwei Journalisten wohnten dem Verfahren bei. Als es zu Ende war, verhehlten die beiden Angeklagten ihre Befriedigung nicht. Der ehemalige Kommissar Michele Giuttari, ein Sizilianer mit dunklem Zweireiher und schwarzer Sonnenbrille, rempelte David Anderson im Rausgehen so heftig an, dass dieser beinahe gefallen wäre. Giuttari drehte sich nicht mal um. Der englische Professor hatte den Eindruck, eine Botschaft erhalten zu haben: »Ich weiß, wer du bist.«
Giuliano Mignini blieb weiter Staatsanwalt. Seine erste neue Anklage – keine juristische allerdings – galt den Richtern, die Amanda und Raffaele freigesprochen hatten.
In einem Fernsehinterview erklärte er: »Dies ist ein Prozess, der einem inakzeptablen Druck der Medien ausgesetzt war und dessen Ausgang praktisch schon im Vorhinein angekündigt wurde. Das ist nicht akzeptabel.«
Als ihn der Journalist, der das Interview führte, an die Fehler der Polizei erinnerte, unterbrach ihn Mignini: »Wenn Sie mich fragen, haben allein die Gutachter und die Berufungsrichter Fehler gemacht.«
Amanda war ihm entkommen. Sie war davongeflogen, in die Ferne entschwunden, wenn auch nicht auf einem Besen, sondern in einem Jet.
Und nicht nur ihm war sie entkommen, sondern auch all jenen, die nicht auf Beweise hörten, sondern auf Gerüchte. Amanda musste trotz allem schuldig sein, denn sie war anders. Sie hat sich verhalten, wie sich eine junge Amerikanerin eben verhält. Sie hat sich nicht versteckt, sondern sich ohne falsche Scham gezeigt, doch hat sie damit Gewissheiten einer althergebrachten Ordnung gefährdet, die vielen als unabänderlich gilt und an der sie verzweifelt festhalten. Die Stimme der anonymen Masse, die sie anklagte, das abwegige, obskure Gefasel, das Gerede und der Klatsch über Sex und Amoralität wurzelten in der Angst, jahrhun-

dertelang gültige Konventionen eingebüßt zu haben und sich erneut in Frage stellen zu müssen. Und sie hatte ihre Wurzeln in der Furcht vor den *mala tempora,* einem Gemeinplatz, wonach all die Laster »von Tag zu Tag anwachsen«.

Die Masse wurde von den Medien bestärkt, die nicht selten davon irritiert waren, wie sehr sie sich selbst desavouiert hatten. Und wie frustriert waren sie, dass Amanda ihnen in ihrer neuen Freiheit die kalte Schulter zeigte! Also versuchten sie, weiterhin Zweifel zu schüren.

Das erste Paparazzifoto wurde in mehreren Zeitungen veröffentlicht. Es zeigte eine lächelnde Amanda mit einem jungen Mann auf einer Straße in Seattle, er hatte seinen Arm um ihre Schulter gelegt. Seit ihrer Freilassung waren nur wenige Tage vergangen, und in der Bildunterschrift hieß es, »Foxy Knoxy« habe schon wieder einen neuen Freund.

Dann tauchte ein weiteres Foto auf, das manche gar als skandalös empfanden. Amanda hatte sich als Mann verkleidet und war entsprechend geschminkt, mit einem schwarzen Oberlippenbart, dessen Enden sich bis auf ihre Wangen hochzwirbelten. Sie trug ein T-Shirt mit Querstreifen und ein breites Arbeiterbarett. Kurz und gut, sie hatte sich als *apache* verkleidet, als Verbrecher aus dem Paris der ersten Hälfte des 20. Jahrhunderts.

»Amanda als Dieb verkleidet«, titelte *Umbria24* und befand die Kostümwahl der jungen Frau als »unsensibel«.

Amanda, immer wieder Amanda und nur Amanda. Natürlich konnten dies keine unschuldigen Bilder sein. Es waren Zeichen, die sie erneut entlarvten, erneut ihr wahres Wesen offenbarten.

Und wieder hatte Amanda Spaß. War frei und liebte, wen sie wollte. Noch hübscher war sie jetzt. Amanda, verkleidet als Gangster. Und an Merediths viertem Todestag ging Amanda auf eine Party.

Und es war Halloween.

NACHWORT VON DOUGLAS PRESTON

Verbrechen und Strafe

Kapitel 1

Am 10. November 2007, kurz nach 12.00 Uhr mittags, postete Candace Dempsey, eine Journalistin aus Seattle, im Blog *seattlepi.com* einen knappen Eintrag mit der Überschrift »Meredith Kercher: Mord in Seattles Partnerstadt«. Wenig später kamen die ersten Kommentare, und es wurden immer mehr. Man sollte die Hexe Amanda verbrennen. Man sollte sie aufhängen. Man sollte sie auf dem elektrischen Stuhl hinrichten und die Stromrechnung nach Amerika schicken. »Die Kommentare waren brutal und ausfallend«, sagte Dempsey. »Ich war geschockt.« Am folgenden Vormittag war sie eine ganze Zeitlang damit beschäftigt, diese widerwärtigen Äußerungen zu löschen. In der Folge schaltete sie abends, wenn sie neue Kommentare nicht mehr zeitnah sichten konnte, diese Funktion ganz ab.

Dempseys nächster Eintrag »Amanda Knox: Was hat Seattle damit zu tun?« löste einen weiteren Sturm wütender Attacken gegen Amanda und ihre Familie aus. Die Kommentare wurden dermaßen übel, dass Dempsey die Kommentarfunktion für mehrere Tage abschaltete. In ihrem nächsten Eintrag mit der Überschrift »Amanda Knox: Trollarazzi sitzen zu Gericht« griff sie die Kommentatoren an und bezeichnete sie als »pöbelnde Bande von Flammenwerfern«, die eine »Plage der Blogosphäre« seien.

Doch die Überschrift des nächsten Eintrags »Was, wenn sie unschuldig ist?« brachte diese Leute erst richtig in Fahrt. »Danach wurde mein Leben zum Alptraum«, berichtete Dempsey. »Sie drehten einfach durch.« Es gab Morddrohungen. Sie wurde als Schlampe, als Irre und Idiotin beschimpft. Einige fanden heraus, dass ihre Schwester einige Jahre zuvor an Brustkrebs gestorben war, und müllten den Kommentarbereich mit Spams zu, in denen der Name ihrer Schwester Dutzende von Malen wiederholt wurde. Als Dempsey weiter über den Fall Knox schrieb, bombardierten die Leute ihren Herausgeber und die Zeitung mit Forderungen, ihr den Blog zu entziehen, posteten ein mit Photoshop bearbeitetes Foto von ihr mit blutverschmiertem Mund und versuchten, ihre Wikipedia-Seite löschen zu lassen.

Die Kommentare selbst, die auf *seattlepi.com* gepostet worden waren, wurden vor einigen Jahren von Dempsey im Zuge einer Neugestaltung der Website gelöscht. Aber ähnliche Kommentare lassen sich auch heute noch mühelos finden.

»Kann Candace mir bitte verraten, wo das Grab ihrer Schwester ist? Ich brauche einen Platz, wo ich gut Rad schlagen kann. Vielleicht nehme ich auch jemanden mit zum Vögeln oder was weiß ich, in der Art von Dempseys Idol Amanda Knox.«

»Candace Dempsey, du bist eine alte, frustrierte Kuh … Du kriegst schon noch dein Fett weg. Kannst du gut schlafen? Du bist ein widerliches Weib, ein absolut abstoßender Mensch, und solltest dich schämen. Du findest dich wohl sehr schlau mit deinem falschen Spiel? Normale Leute, die nicht auf Dope sind, durchschauen dich und wissen, was du vorhast. Ich hoffe, du schmorst in der Hölle wie deine Heldin, ihr passt gut zusammen.«

»Es wäre doch richtig lustig, wenn am Ende auch Dempseys Sohn ermordet würde … Das wäre doch ein Spaß, da hätten wir was zu lachen …«

Zu dieser Zeit hatten Mario und ich die Arbeit an unserem Buch *Die Bestie von Florenz* fast beendet. Wir kritisierten darin einen italienischen Staatsanwalt namens Giuliano Mignini, der die Ermittlungen zu dieser Mordserie in den Hügeln um Florenz teilweise geleitet hatte. Nun war Mignini zufällig auch der leitende Staatsanwalt im Mordfall Kercher. Da ich bereits mit ihm zu tun gehabt hatte, bat mich Dempsey um ein Interview für ihren Blog, warnte mich aber gleich, dass die anschließenden Kommentare durchaus unter die Gürtellinie gehen könnten. Ich versicherte ihr, dass ich in meinen dreißig Jahren als Schriftsteller und Journalist durchaus Erfahrung mit negativen Äußerungen hatte sammeln können.

Am 8. Februar 2008 postete sie ein Interview mit mir, in dem ich sagte: »Ich bin überzeugt, dass sie unschuldig ist, und ich kann nicht begreifen, warum die Leute sie vorverurteilen, ja geradezu Blut sehen wollen.«

Es folgte eine Flut von Kommentaren, jetzt gegen mich gerichtet, häufig unverschämte persönliche Attacken und wildeste Unterstellungen. Die Kommentatoren hatten im Internet recherchiert und private Informationen über mich aufgespürt, von denen ich nicht einmal gewusst hatte, dass sie zugänglich waren. Sie schleuderten mir praktisch meine eigene Biographie ins Gesicht, bis zur Unkenntlichkeit verzerrt, garniert mit Zitaten aus negativen Besprechungen meiner Bücher und bösartigen Äußerungen über meine Familie. Sie warfen mir vor, ich hätte sexuelles Interesse an Amanda. Und ich stürzte mich wie der letzte Idiot in die Debatte, postete selbst Kommentare, verteidigte mich, attackierte meine Angreifer und konterte ihre Kritik – was diese Leute zu noch heftigeren Ausbrüchen veranlasste. Ich richtete ein Google-Alert für meinen Namen ein, und schon liefen Benachrichtigungen ein, die es mir ermöglichten, sofort die entsprechenden Attacken irgendwo im Internet aufzurufen. Ich steckte mittendrin in dem Drama, checkte wie besessen täglich viele Male die jeweiligen Stellen im Internet, ärgerte mich über die negativen Kommentare und freute mich über Leute, die sich auf meine Seite stellten. Es versetzte mich in Panik, dass die Unterstellungen, besonders diejenigen sexueller Natur, für alle Zeit im Internet verfügbar bleiben würden. Auch meine Kinder und ungeborenen

Enkel würden sie lesen können. Jede einzelne Anschuldigung musste ich kontern, mich massiv zur Wehr setzen, die Dinge richtigstellen. Aber je mehr ich mich wehrte, desto übler wurde ich beschimpft. Ich kam mir vor wie der keltische Sagenheld Cú Chulainn, der das Meer mit seinem Schwert aufzuhalten versucht. Das ging tagelang so, ich wurde schier wahnsinnig dabei. Schließlich kam ich wieder zur Vernunft. War ich nicht allmählich schon so verrückt wie diese Leute? Ich ließ es gut sein, fragte mich aber doch: Wer *sind* diese Menschen? Warum investieren so viele Leute, die weder eine Verbindung zum Opfer noch zu den Angeklagten haben, Zeit und Energie dafür, die Bestrafung dieser jungen Frau zu fordern und all jene zu attackieren, die sie verteidigen? Dass Verwandte und Freunde alles tun, um ihre Unschuld zu beweisen, das ist verständlich. Und auch, dass diejenigen, die von ihrer Unschuld überzeugt sind, ein Unrecht beseitigt sehen wollen. Aber warum dieser obsessive Eifer von Dritten, die gar nichts mit ihr zu tun haben? Es schien eine frappierende Diskrepanz zu geben zwischen denjenigen, die Amanda verteidigten, und den anderen, die sie verfolgten. Erstere verhielten sich wie ganz normale Menschen, Letztere zeigten ein Verhalten, das geradezu krankhaft wirkte.

Was zu einer grundsätzlichen Frage führte, die mich schon seit einiger Zeit beschäftigte: Warum gibt es im Internet so viele Leute, die sich richtig gemein verhalten?

Auf eine solche Frage erhält man von internetaffinen Menschen meist stereotype Antworten. Schon die Frage sei naiv. Was man denn erwarte? Jedermann wisse doch, dass die Welt voll von traurigen, einsamen und verbitterten Menschen sei, die kein eigenes Leben haben. Das Internet habe solchen Menschen eine Stimme gegeben, den bislang Ohnmächtigen Macht. Diese Menschen fänden nun in ihrem sinnentleerten Leben einen Sinn, indem sie sich im Internet mit Gleichgesinnten zusammentun, mit Verlierern im richtigen Leben, die dort nach Sinn und Erfüllung suchen. Letztlich liege es auch an der Natur des Internets, bekommen wir zur Antwort – das Internet sei eine Wüste, ein Ort, an dem das menschliche Es Amok läuft, ein Tummelplatz für psychisch gestörte Leute, eine Echokammer für die Uninformierten, ein Land der Trolle. Derlei Äußerungen seien eine Art Hintergrundrauschen, das wir am besten nicht beachten sollten. Es habe keine Auswirkung auf die reale Welt.

All diese Erklärungen mögen zutreffen, doch sie erscheinen unzureichend. Keine ergründet wirklich, warum sich im Internet derart viel Hass entlädt und Menschen mit einer Vehemenz sondergleichen über Fremde herfallen, die ihnen nichts getan haben.

Kapitel 2

Am 28. November 2012, als ich an diesem Abschnitt schrieb, machte ich ein kleines Experiment. Ich gab »Amanda Knox« bei Google ein und erhielt 4,3 Millionen Treffer. Dann probierte ich es mit »Amanda Knox« und »bitch« (Schlampe) – 1,3 Millionen Treffer. »Amanda Knox« und »pervert« (Perverse) brachte 800 000 Treffer, und ihr Name zusammen mit »Sex« ganze 1,5 Millionen. Bei »Amanda Knox« und »innocent« (unschuldig) waren es hingegen 660 000.

Hier eine mehr oder weniger zufällige Auswahl an Kommentaren nach kurzer Internetsuche:

»Sie ist eine Giftspinne und muss jetzt büßen. Leider hat Italien, wie so viele andere sozialistische EU-Länder, überhaupt kein Rückgrat und keine Todesstrafe mehr. Diese vier Schweine müssen sterben.«

»Ich hoffe, sie erleidet dasselbe Schicksal wie die arme Meredith, und das hoffentlich bald, denn diese dreckige **** hat es verdient. Warum wollt ihr alle, die ihr diese **** unterstützt, nicht die Wahrheit sehen, weil keiner von euch sagen kann, dass er keinen einzigen Zweifel hat, was passiert ist, woran sie beteiligt war. Sie ist SCHULDIG!«

»Ich kann nur hoffen, dass meine Botschaft glasklar rüberkommt. Wenn dieser Prozess vorbei ist und AK schuldig gesprochen wird, hoffe ich, dass ihre Familie einsam und allein auf der Straße endet.«

»Ihre Tochter wird (bei ihrer Geilheit) als knallharte Lesbe aus dem Gefängnis kommen. Ich hoffe, Sie sind tot, ehe es so weit ist, wirklich. Meredith Kercher ist tot, und Sie scheren sich einen Dreck um sie oder ihre Familie. Aber Sie sind die armen Opfer, ja? Schmort in der Hölle.«

»Und Raffaele? Der ist dermaßen pervers, dass man ihn für den Rest seines Lebens wegsperren sollte … Raffaele war genau der Richtige, dass Amanda ihm die sündhafte und so verführerische Bösartigkeit einträufeln konnte, die aus kindischen Faxen und gegenseitiger Masturbation entsteht. Sie wissen nichts von Liebe und Mitgefühl, sie kennen nur die schnelle, perverse Selbstbefriedigung.«

»Es gibt eine ganze Menge Frauen, die sie instinktiv für eine ausgemachte Schwindlerin halten, sie kann keine von uns täuschen, sie ist verdorben bis ins Mark, und wir hoffen, sie verfault im Gefängnis und landet in der Hölle.«

»Die Schlampe soll splitternackt sterben, mit dem Geschmack ihres eigenen Blutes im Mund.«

»Ich hoffe, Knox bleibt im Knast, wo sie vor mir und anderen, die ähnlich denken, sicher ist, denn wenn sie jemals nach Hause kommen sollte, nach Seattle, wird ihr das Gleiche passieren wie ihrem Opfer. Keiner von euch wird mich davon abhalten können. Denkt an das alte chinesische Sprichwort: ›Wer einen Mord plant, sollte zuerst zwei Gräber ausheben.‹« (Per Screengrab aus Joseph Bishops langem Attachment.)

In den ersten zwei Wochen wirkten die meisten der Anti-Amanda-Kommentare wie ziellose, blindwütige Attacken. Im Laufe der Zeit aber entwickelte sich eine Art organisierte Bewegung. Die Anti-Amanda-Blogger schlossen sich zusammen und richteten zwei Websites ein: *Perugia Murder File* (die sich nach Streitigkeiten später aufspaltete, mit den Erweiterungen *.net* und *.org*), und die Website *True Justice for Meredith Kercher.*

Nicht alle Blogger, die sich auf diesen Seiten äußerten, entsprachen dem Klischee des Verlierers, der irgendeinen Lebenssinn sucht. Viele wirkten gebildet und intelligent. Sie konnten formulieren, sich gut ausdrücken. Sie waren kompetent. Und sie waren vollkommen fixiert auf Amanda. Die Administratorin von *Perugia Murder*

File, Skeptical Bystander (skeptischer Beobachter), postete laut der Statistik in ihrem Profil durchschnittlich sieben Mal täglich etwas über Amanda Knox, und das jeden Tag in den vergangenen fünf Jahren. Der Schöpfer von *True Justice,* Peter Quennell (der einzige Anti-Amanda-Blogger, der seinen richtigen Namen benützt), hat über achthundert Artikel zu dem Fall geschrieben und außerdem mehr als zweitausend Kommentare gepostet. Macht insgesamt rund zwei Millionen Wörter oder mehr. Auch heute, fünf Jahre später, ist auf allen drei Websites noch ziemlich viel los.

Insbesondere die Website *True Justice* wurde zu einer Dokumentationsstelle, zu einem Sammelpunkt der Amanda-Gegner. Sie nahm einen ungeheuren Umfang an und verzeichnete zehn Millionen Aufrufe. Bemerkenswert waren die langen, detaillierten Artikel mit vielen Unterpunkten, Fußnoten, Diagrammen und Fotos, in denen jeder Aspekt des Falles bis ins letzte Detail zerlegt und analysiert wurde. Man fand dort akribische Analysen des Verbrechens, der Gerichtsverfahren, der einzelnen Beteiligten und der forensischen Beweise. Und Gigabytes von Power-Point-Präsentationen. Die Website legte eigene Ordner für Leute an, die mit dem Fall zu tun hatten, darunter Amandas Verteidiger. Sie mussten sich vernichtende Kritik gefallen lassen, ihre Motive, ihre Integrität und Kompetenz wurden angezweifelt.

Doch die Website beschränkte sich nicht nur auf Negatives. Sie lobte die Integrität, Unbestechlichkeit und den Scharfblick von Staatsanwaltschaft, Polizei und Justiz in Italien, die Amanda verhaftet und des Mordes angeklagt hatten. Der große Held von *True Justice* war Giuliano Mignini. Eingerahmt waren die Seiten dieser Website mit Fotos von Meredith Kercher, die nach übereinstimmenden Berichten eine bemerkenswerte, kluge junge Frau gewesen war. Es gab herzzerreißende Artikel über ihr Leben, Beileidsbekundungen an ihre Familie und traurige Betrachtungen darüber, was die Welt an ihr verloren habe.

Den Ton der Website würde ich mit »maßvoll empört« beschreiben. Die vielen Artikel mit den massenhaften Details schufen eine glaubhafte Parallelrealität. Darin wurde von Amanda Knox das Bild einer Sextäterin, Drogenabhängigen und Mörderin gezeichnet, deren schönes Gesicht lediglich eine Maske war, die ihre Verdorbenheit verbarg. Sie wurde als das Produkt einer gestörten, möglicherweise inzestuösen Familie dargestellt. In dieser Parallelrealität kleideten sich ihre jüngeren Schwestern (eine zwölf Jahre alt) unpassend und sexuell aufreizend und zeigten klare Anzeichen einer psychischen Störung; kämen sie nicht in Pflegefamilien, würden sie vielleicht ebenfalls zu Mörderinnen werden. Die »Mörderin« (es wurde immer nur die weibliche Form benutzt) wurde von etlichen »Karrieristen« unterstützt – sprich von opportunistischen Anwälten, skrupellosen Journalisten (ich selbst diente als Musterbeispiel), prestigesüchtigen FBI-Agenten, korrupten Richtern, narzisstischen Kriminologen und inkompetenten Forensikern, die für Ruhm und Geld »im Blut eines ermordeten Mädchens wateten«. Auf *True Justice* wurde ausführlich dargelegt, wie Amandas Familie eine teure PR-Agentur mit zahlreichen Verbindungen engagiert hatte, der es gelang, die nationalen Medien hinters Licht zu führen, darunter auch die vier landesweiten Fernsehsender und die *New York Times.* Leute, die eine andere Meinung posteten, wurden von *True Justice* gesperrt, ihre Kommentare verschwanden umgehend von der Website.
Auf Menschen, die von den tatsächlichen Gegebenheiten des Falles nichts wussten, dürfte die Website *True Justice* durchaus informativ, gründlich, sachlich und stimmig gewirkt haben. Und es gab viele Leute da draußen, denen die Fakten unbekannt waren. *True Justice* wurde täglich viele tausend Mal aufgerufen und mit der Zeit sogar von einigen großen Nachrichtenagenturen als Quelle genutzt, vor allem von der BBC und *Newsweek/The Daily Beast.*

Der Aufruhr im Internet war nicht nur Hintergrundrauschen. Migninis Büro beauftragte eigens jemanden, der die Blogs verfolgte. Es lenkte die öffentliche Meinung gegen Amanda. Es beeinflusste die Berichterstattung seriöser Journalisten. Barbie Nadeau zum Beispiel, die für *Newsweek/The Daily Beast* über den Fall berichtete, schrieb ein Buch mit dem Titel *Angel Face: The True Story of Student Killer Amanda Knox.* Zwar wurden darin weder Quellen angegeben, noch gab es eine Bibliographie oder Fußnoten, doch es scheinen Informationen verwendet worden zu sein, die von anonymen Bloggern stammen, denn sie lassen sich dadurch identifizieren, dass sie falsch sind. Das Vorwort zum Buch verfasste Tina Brown, Chefredakteurin von *Newsweek/The Daily Beast.* Darin schreibt Brown, dass »eine gnadenlose Jugendkultur aus Sex, Drogen und Alkohol« zu Amandas »Abstieg in die Welt des Bösen« geführt habe und sie sich frage, ob Amandas »hübsches Gesicht« vielleicht nur eine »Maske« sei, »die heuchlerische Fassade eines durch und durch verdorbenen Menschen«. Äußerungen wie diese zeigen, wie sehr das »Hintergrundrauschen« aus der Blogosphäre den seriösen Journalismus inzwischen beeinflusst. Ins gleiche Horn wie Tina Brown stieß Ann Coulter, eine weitere bekannte Figur in den Medien. Unter Berufung auf ähnliche Informationen schrieb sie: »Obwohl die Liberalen verzweifelt um die Zuneigung der Europäer buhlen, haben die amerikanischen Medien ganz Italien in Rage gebracht mit ihren unverhohlenen Lügen über einen abscheulichen Mord in Perugia, begangen von einem jugendlich frischen amerikanischen Mädchen namens Amanda Knox.«

Kapitel 3

Zeynep Tufekci ist Soziologin mit Schwerpunkt Internet und betreibt den Blog *Technosociology*. Sie ist Fellow am Center for Information Technology Policy an der Princeton University und Assistenzprofessorin an der School of Information der Universität von North Carolina. Ihr Interesse gilt vor allem auch der Bildung sozialer Gruppen im Internet.

In groben Zügen war Tufekci der Fall Amanda Knox bekannt. Von dem Aufruhr im Internet wusste sie zwar nichts, doch er überraschte sie keineswegs. »Auf den ersten Blick wirkt es vielleicht wie ein Mob ohne jede Struktur«, meinte sie. »Verfolgt man das Ganze aber zurück, stößt man auf den Punkt, an dem die Beteiligten sich zusammengetan haben. Der Schwarm bildet eine Art Gemeinschaft.« Es sei diese Formierung einer Gemeinschaft, erklärte sie, die das Ganze so groß, so wirkungsvoll und dauerhaft mache. Es seien keine anonymen Verrückten, die mutterseelenallein mitten in der Nacht zu bloggen begännen. »Sie investieren in diese Gemeinschaft.« Ohne diese Gemeinschaft, meinte sie, würden sie ihre Aktivitäten nicht über längere Zeit fortführen können.

Aber was für Leute sind das? Während unseres Gesprächs googelte Tufekci ein wenig und stellte fest, dass die meisten der Anti-Amanda-Kommentare ziemlich primitiv und sexueller Natur waren – und zwar sowohl von männlichen wie weiblichen Kommentatoren. »Dass sich ein solcher Mob auf eine bestimmte Person einschießt, kann unterschiedliche Gründe haben«, meinte sie. »Es könnte beispielsweise eine Art Koalition weiblicher Blogger mit sexuell interessierten männlichen gegen eine Konkurrentin sein.« Vermutlich würden sie ihre Motive für den Wunsch, Amanda bestraft zu sehen, überhaupt nicht hinterfragen. »Das Internet verhilft diesen ›Bestrafern‹ plötzlich zu einer gewissen Art von Macht, sie haben keinen direkten Kontakt zu ihren Opfern. Es stellt sich eine gewisse Enthemmung ein, wenn man online ist. Der ständig wiederholte Refrain, dass das Internet einfach nur das Internet ist und nicht real, erleichtert es den Leuten, sich von ihrem Tun zu distanzieren. Die Leute fassen es als nichtrealen Raum auf, in dem man keine moralische Verantwortung trägt. Das ist natürlich Unsinn. Das Internet ist sehr real. Wir Menschen sind soziale Tiere. Natürlich hat es eine starke Wirkung in der Welt.«

Ganz offensichtlich war Dempseys Blog einer der entscheidenden Orte, an dem sich der Anti-Amanda-Mob als Erstes traf und eine Gemeinschaft zu bilden begann. Dempsey tröstete sich mit dem Gedanken, dass es sich bei den Kommentatoren vermutlich größtenteils um Engländer handelte – Menschen also, die weit weg lebten –, weil die Kommentare mitten in der Nacht gepostet und in britischer Schreibweise verfasst wurden. Dass diese Vermutung falsch war, zeigte sich, als die Familie Knox ein Spendendinner mit anschließender Auktion organisierte, um die Anwaltskosten bestreiten zu können. Die Veranstaltung fand im Januar 2009 im *Salty's* statt, einem Restaurant in Seattle.

Als Amandas Familie diese Veranstaltung zum Spendensammeln ankündigte, verbreitete sich die Nachricht sogleich in der Anti-Amanda-Blogosphäre. Sie wurde ausgiebig kommentiert und, je näher der bewusste Tag rückte, auch zunehmend heftiger, wie man es sonst beim Endspurt vor einer wichtigen Wahl oder einem großen Sportereignis erlebt.

Das *Salty's* erstreckt sich über zwei Stockwerke. Auf der unteren Etage fand das private Spendendinner statt, die obere mit Bar und Toiletten war allgemein zugänglich. Es erschien auch eine Gruppe Anti-Amanda-Blogger, darunter Peggy Ganong aus Seattle, die Administratorin der Website *Perugia Murder File*. Außerdem der Administrator einer weiteren Anti-Amanda-Website, Randy Jackson, mit seiner Frau Kathleen, die unter dem Pseudonym Professor Snape unermüdlich gegen Amanda polemisierte. Bei Randy Jackson gibt es eine persönliche Verbindung zu dem Fall, denn er gehörte zum Lehrkörper der University of Washington, als Amanda dort studierte.

Die Blogger setzten sich an einen Tisch bei der Tür. »Wir wollten einfach sehen, wie viele Leute zu dem Spendendinner kamen«, schrieb mir Peggy Ganong später, damit ihre Zahl in der Presse nicht übertrieben werde. Nachdem sie die Gäste gezählt hatte, habe sie das Restaurant verlassen. Als Reporter von Lokalsendern anrückten, um über das Ereignis zu berichten, wurden sie sogleich von Randy und Kathleen Jackson in ein Gespräch verwickelt. Später erschienen die beiden in den Nachrichten mit der Aussage, dass nicht alle Menschen in Seattle von Amandas Unschuld überzeugt seien.

Bei dem Spendendinner wurden auch Dias aus Amandas Kindheit gezeigt. Mittendrin begann eine ihrer jüngeren Schwestern zu weinen und flüchtete mit ein paar Freundinnen auf die Damentoilette. Entweder folgte Kathleen Jackson den Mädchen in den Waschraum (wie einige Amanda-Unterstützer behaupten), oder sie war zufällig gerade dort (wie Peggy Ganong sagt). Wie dem auch sei, jedenfalls berichtete Jackson später auf *Perugia Murder File* darüber, dass sie mit den Mädchen im Waschraum gewesen sei. Irgendwann an dem bewussten Abend ging Kathleen Jackson auch nach draußen und fotografierte die Teilnehmer am Spendendinner durch das Fenster aus einer nicht ungefährlichen Position, nämlich von einer Landzunge im Wasser aus. Als Tom Wright, ein Freund der Familie Knox, hinausging, um nachzusehen, wer da Fotos schoss, rannte sie weg, erzählt er. Am nächsten Tag wurden die körnigen Bilder auf *Perugia Murder File* gepostet. (Später wurden sie, wie Jacksons »Bericht«, wieder gelöscht.)

Dass die Blogger persönlich bei der Veranstaltung auftauchten, sich den Journalisten aufdrängten, mit Amandas jüngerer Schwester und ihren Freundinnen im Waschraum waren und Fotos der Anwesenden machten, empörte und ängstigte Amandas Familie und Freunde. »Es erschreckte mich«, sagte Dempsey, »dass sie persönlich vorbeikamen. Ich hatte nicht gewusst, dass so viele von der Anti-Amanda-Fraktion aus Seattle stammten. Das ist viel schlimmer, als wenn es irgendwelche Unbekannten im Internet wären. Nach diesem Vorfall behielt die Polizei mein Haus aufmerksam im Auge.«
Am nächsten Tag äußerte sich Peggy Ganong unter ihrem Pseudonym Skeptical Bystander selbst zu dem Abend. »Jeder große Sender in Seattle berichtete über das Oscar-Event der Familie Knox«, schrieb sie, »aber am Ende gehörten sie doch wieder zu den Verlierern. Die jüngere Schwester versteckte sich mit ihren auf Grunge gestylten Freundinnen im Waschraum.«
Ich fragte Ganong, warum sie sich in diese Sache so sehr einmische, und erhielt von ihr die Erklärung: »... als ich zum ersten Mal von dem Fall las, dachte ich, die junge Frau auf dem Foto daneben sei Meredith, und mir schoss durch den Kopf: ›Mann, das ist das Mordopfer? Die sieht ja eher aus wie eine Mörderin.‹ Das Foto zeigte tatsächlich Amanda Knox, aufgenommen am 2. November.« Abgesehen von dieser Aussage hatte Ganong keine Erkenntnis zu bieten, warum sie der Fall derart beschäftigte. Auch Peter Quennell, der Administrator von *True Justice,* wusste sein Engagement nicht zu erklären. Von ihm kam als Begründung lediglich, dass er mehrere angloindische Familien wie die Kerchers kenne und das einer der Gründe sein könne, warum er sich so stark mit ihnen identifiziere. Dieselbe Frage stellte ich vielen anderen passionierten Anti-Amanda-Bloggern, die mir entweder überhaupt nicht antworteten oder nicht angeben konnten, was sie zu ihrem Engagement bewog.

Kapitel 4

Steve Moore war früher Mitarbeiter des FBI, ein vielfach ausgezeichneter Mann. Mit 25 Jahren wurde er Special Agent, er war Experte für Terrorismusbekämpfung, ausgebildeter Scharfschütze und Hubschrauberpilot. Er nahm an verdeckten Operationen gegen die Aryan Nations und andere rassistische Gruppen teil, und er leitete beim FBI die Abteilung, die terroristische Akte gegen die USA in Pakistan und anderen asiatischen Ländern untersuchte. 2008 verließ er das FBI aus Altersgründen und übernahm den Posten eines stellvertretenden Sicherheitschefs an der Pepperdine University in Malibu, Kalifornien. Man kannte den gutaussehenden Mann mit dem zerknitterten Gesicht als humorvollen, selbstkritischen Menschen, der unverblümt seine Meinung sagt und äußerst hartnäckig sein kann.

Im Ruhestand überfiel ihn die Langeweile. Ende November 2009 sah seine Frau Michelle einen Fernsehbericht von CBS über Amanda Knox und rief ihn ins Wohnzimmer: Er solle sich das mal anschauen. Da werde offenbar eine junge Amerikanerin in Italien für einen Mord verurteilt, den sie nicht begangen hatte.

»Ich nahm es anfangs nicht ernst«, erzählte mir Moore, »und sagte nur, solche Leute seien immer schuldig.«

Aber Michelle ließ nicht locker. »Dann zeig mir, was an diesem Bericht falsch ist.«

Also ging Steve ins Internet und begann, den Fall zu recherchieren. »Bei jedem wichtigen Indiz, das sie belastete, fand ich gravierende Probleme … Je tiefer ich grub, desto eindeutiger wurde es für mich, dass alles von vorne bis hinten konstruiert war. Später, als ich schließlich die Aufzeichnungen vom Tatort in die Hän-

de bekam, begriff ich, dass es kein Versehen war, sondern volle Absicht. Sie haben ihr den Mord *absichtlich* angehängt.«
Zuerst unternahm Moore nichts. Der Prozess gegen Amanda und Raffaele war fast abgeschlossen, in wenigen Wochen sollte das Urteil verkündet werden. Er war überzeugt, dass die beiden freigesprochen würden. »In den USA werden nur absolut unanfechtbare Beweise bei Gericht zugelassen«, erklärte er. »Und ich dachte, in Italien sei es ebenso. Es gab keine Beweise gegen Amanda.«
Am 5. Dezember wurden die beiden des Mordes für schuldig befunden. »Ich war derartig geschockt, dass ich von der Arbeit nach Hause gehen musste«, erzählte er. »Bei mir schrillten die Alarmglocken, ich konnte da nicht tatenlos zusehen.« Als ehemaliger Topagent des FBI müsse er doch etwas tun können, dachte er. Sein Arbeitgeber, die Pepperdine University, erteilte ihm mündlich und schriftlich die Erlaubnis, sich öffentlich für Amanda einzusetzen.
Moore vertiefte sich in den Fall, recherchierte jedes kleinste Detail. Schon seine ersten öffentlichen Auftritte sorgten für Aufruhr. Am 2. September 2010 meldete er sich am selben Tag in drei Sendungen zu Wort – in der *Today Show* mit Anne Curry, bei *Good Morning America* mit George Stephanopoulos und in der *Early Show* mit Harry Smith auf CBS. Bei Stephanopoulos sagte er, die Beweise gegen Amanda seien »lächerlich«, die kriminaltechnischen Methoden »haarsträubend« und das mit ihr geführte Verhör sei »Dritte-Welt-Niveau«. »Ich bin mir so sicher wie nur was, dass sie unschuldig ist«, schloss er.
Moores Auftritte in der Öffentlichkeit hatten eine durchschlagende Wirkung. Die Anti-Amanda-Fraktion mit ihren drei Websites heulte auf vor Wut.
»Ich bin es gewohnt, dass man mich nicht liebt«, erzählte mir Moore. »Ich bin schon von Mördern bedroht worden. Auf der

Website der Aryan Nations posteten sie, dass ich auf ihrer Abschussliste stünde, dass ich ein Feind meiner Rasse sei. In Pakistan hatte ich mit al-Qaida zu tun. Aber was jetzt geschah, war unglaublich. So etwas habe ich noch nie erlebt. Selbst die Mörder, die ich in den Knast brachte, haben mich nicht dermaßen attackiert wie diese Spinner von *PMF* und *TJMK*.«

Auf diesen Websites wurde Moore angegriffen, lächerlich gemacht und wegen seines christlichen Glaubens verspottet, als Pädophiler, Rassist, Lügner und Idiot beschimpft. Man beschuldigte ihn, seine Töchter sexuell belästigt zu haben. Seine älteste Tochter erhielt Drohanrufe. Vor allem auf Steves Frau Michelle hatte man es abgesehen. »Michelle wurde mit besonders gemeinem, widerwärtigem Zeug bombardiert, manche schrieben Dinge wie ›ich möchte so gerne mit dir machen, was sie mit Meredith gemacht haben, nur dass es weniger angenehm sein wird‹ und dass man sie mal vergewaltigen sollte.« Jemand schickte ihr pornografische Sachen. Die Äußerungen zu Moore auf den beiden *Perugia Murder File*-Websites summierten sich auf Hunderte von Postings, und auf *True Justice* wurde gar ein eigener Ordner angelegt.

Den Stein ins Rollen brachte Skeptical Bystander auf *PMF:*

»Mein Bullshit-Detektor ist in höchster Alarmbereitschaft … Als ich klein war, drohte mir meine Mutter, uns den Mund mit Seife auszuwaschen, wenn wir logen oder fluchten. Wahrscheinlich werden Steve aus sämtlichen Löchern Seifenblasen quellen, wenn er sich das nächste Mal im Fernsehen zeigt.«

»Auweia, Skep! … Ich denke lieber nicht an Steevie, schon gar nicht an seine Körperöffnungen. Der Kerl ist doch ein ausgemachtes Arschloch.«

»Kann man denn überhaupt nichts tun, damit dieser Steve Moore nicht weiter seinen Bullshit verbreitet? Ich meine es ernst. Es ist nicht nur eine Beleidigung, es wird auch absolut lächerlich, wenn man diesen Mann weiter seine Show abziehen lässt.«

»Er tut so, als wäre er ein Kreuzritter, der Amanda retten muss, dabei ist sie nur ein unmoralisches, versoffenes College-Girl wie die auf der Pepperdine, die er so verachtet, nur eine Million Mal schlimmer! Aber sie ist jung, sie ist scharf, sie hat blaue Augen, sie ist sexy, also ist er ausgetickt. Der ist doch ein echter Jekyll-Hyde-Typ, und seine Frau genauso, sie hat ihn zu diesem Irrsinn angestiftet …«

An der Pepperdine University machte der Aufruhr im Internet sofort die Runde. Als Moore am 3. September wieder zur Arbeit erschien, tobte dort ein »Feuersturm«. Man hatte die Einträge auf *PMF, TJMK* und anderen Websites aufmerksam verfolgt, man war beunruhigt. Zehn Tage später erhielt Moore einen Brief von der Verwaltung, in dem er aufgefordert wurde, nicht mehr als Amandas Fürsprecher in Erscheinung zu treten. Als Begründung wurde unter anderem angeführt, man sei besorgt, dass »der Ruf der Universität Schaden nehmen könnte, da einige Menschen Ihre Untersuchung, Ihre Kompetenz als Experte in dieser Angelegenheit und Ihre Beweggründe in Zweifel zu ziehen beginnen«. Das »einige Menschen« konnte sich nur auf die Blogosphäre beziehen, denn nur anonyme Blogger hatten diese Fragen aufgeworfen. (Von den normalen Medien war Moore herzlich willkommen geheißen und als der Experte behandelt worden, der er in der Tat war.)

»Ich war fassungslos«, erzählte Moore. »Sprachlos. Geschockt. Nicht nur wegen der gemeinen, bösartigen und verleumderischen Unterstellungen auf *PMF/TJMK* …, sondern weil gebildete Leute diesen Mist glaubten. Das ist das Gefährliche an diesen Internet-Trollen: Wenn sie das richtige Vokabular benützen, dann glauben es in solchen Sachen ahnungslose Leute auch.«

Moore war der Fall inzwischen zu wichtig, als dass er sein Engagement für Amanda Knox aufgegeben hätte. Die Pepperdine University feuerte ihn. Und die Blogger drehten schier durch vor Begeisterung.

»Dieses Selbstmordkommando musste natürlich in die Hosen gehen … Er ist doch nur einer von vielen Helfershelfern der Knox, eine stinknormale Marionette wie die anderen, und er wird nicht der Letzte von allen sein, die sich wegen dieser Mörderin ruinieren.« *(WSH)*

»Moore ist doch ein Vollidiot … Schnapp ihn dir, Mignini.« *(PMF)*

»Ich freue mich, dass wieder ein Mördersympathisant bekommt, was er verdient. Er wird nicht der letzte sein. Dafür wird schon gesorgt.« (Website des *West Seattle Herald*)

Moore verklagte die Pepperdine University wegen unrechtmäßiger Kündigung. Die Universität einigte sich mit Moore auf eine »beiderseits zufriedenstellende«, nicht näher bezifferte Abfindung. »Ich kann nur sagen, dass ich mit dem Vergleich sehr zufrieden bin«, erklärte Moore.

»Ich sehe jetzt für mich einen Sinn im Leben, den es vorher nicht gab«, sagte er. »Es ist ungerecht, was da läuft. Und wer könnte besser mithelfen, ein Unrecht wiedergutzumachen, als jemand, der weiß, wie das Justizsystem funktioniert?«

Die Blogosphäre vergaß ihn nicht. Vier Jahre lang wurde Moore im Internet an den Pranger gestellt. Selbst heute noch muss er sich gegen bösartige anonyme Attacken zur Wehr setzen. Noch im November 2012 ging ein Blogger mit dem Pseudonym BRMull auf die Website von Moores Tochter, kopierte einige ihrer Songs auf die Website *Perugia Murder File* und machte sie nieder. Am Ende hängte er noch eine Drohbotschaft an: »Ja, Steve Moore, ich rede von deiner Tochter, BRMull meint es ernst.«

Dazu Moore, fassungslos: »Und ich habe ihnen überhaupt nichts getan!«

Kapitel 5

Zur selben Zeit begann bei Wikipedia eine Auseinandersetzung anderer Art. Im April 2010 ersetzte eine Gruppe Wikipedia-Autoren, unter ihnen auch einige Administratoren, einen ziemlich dünnen Artikel mit der Überschrift »The Murder of Meredith Kercher« durch einen neuen. Dieser neue Artikel, formuliert in der üblichen objektiven Sprache der Website, ergriff nach Ansicht anderer Wikipedia-Autoren eindeutig Partei gegen Amanda. Sie meinten, der neue Artikel spiele herunter, dass Amandas strafrechtliche Verurteilung umstritten sei. Außerdem werde mit keinem Wort erwähnt, dass eine Vielzahl amerikanischer Experten Zweifel am fairen Prozessverlauf geäußert hätten. Als jedoch Autoren aus der Pro-Amanda-Fraktion den Artikel mit Informationen ergänzen wollten, löschten Autoren der Anti-Amanda-Fraktion diese Beiträge sofort wieder mit der Begründung, das Material basiere auf unglaubwürdigen Quellen. Zu den Quellen, die sie für unglaubwürdig befanden, zählten CBS News, die US-Senatorin Maria Cantwell, der Kriminologe Paul Ciolino, die Reporterin Judy Bachrach von *Vanity Fair,* Steve Moore, der Kolumnist und Pulitzer-Preisträger Timothy Egan von der *New York Times* sowie Mario Spezi und ich selbst. Mindestens zwei Wikipedia-Autoren posteten unter ihren Wikipedia-Benutzernamen gehässige Tiraden auf Anti-Amanda-Websites. Einer von ihnen war ebenjener BRMull, der später Steve Moores Tochter bedrohte. BRMull zeichnete für über vierhundert Bearbeitungen des Artikels verantwortlich und hatte auf *PMF* geäußert, dass Amanda Knox »eine wirklich böse Hexe« sei.

Ein Tauziehen begann, Informationen wurden ergänzt und ebenso rasch wieder gelöscht. Die Anti-Amanda-Fraktion setzte sich durch, sperrte mindestens acht Autoren den Zugang. Und sie verhinderte die Erstellung eines separaten Eintrags »Amanda Knox« bei Wikipedia mit Rückverweisen zum Artikel »The Murder of Meredith Kercher«.

Einer der gesperrten Wikipedia-Autoren, Phaneul B., postete einen offenen Brief an Jimmy Wales, den Gründer von Wikipedia, der gleichzeitig eine Petition darstellte. Darin hieß es unter anderem: »Der Artikel ›The Murder of Meredith Kercher‹ in seiner gegenwärtigen Form ist nicht aus neutraler Perspektive geschrieben und hat wenig Ähnlichkeit mit dem, was vertrauenswürdige Quellen zu dem Fall äußern.« Zehn Stunden nachdem dieser offene Brief im Netz stand, outeten anonyme Blogger Phaneul B. als einen in Connecticut lebenden Ingenieur namens Joseph Bishop.

Wenig später meldete sich Jimmy Wales auf der »Talk«-Seite des Artikels zu Wort – dort können die Autoren frisch von der Leber weg miteinander diskutieren. Wales hatte sich genau angesehen, wie der Artikel zustande gekommen war, und sprach sich entschieden gegen die voreingenommenen Bearbeitungen aus. Vor allem beanstandete er den systematischen Ausschluss glaubwürdiger Quellen. »Trifft es zu, dass Personen wegen völlig neutraler Bearbeitungen gesperrt worden sind? Ja. Trifft es zu, dass glaubwürdige Quellen systematisch ausgeschlossen wurden? Ja. Keines von beidem ist hinnehmbar.« Einigen Autoren warf er sogar vor, sich zum Zensor aufgeschwungen zu haben, nach den Wikipedia-Regeln das schlimmste Vergehen.

Darauf folgte eine scharfe Diskussion im Netz, bei der einige Autoren Wales zur Zielscheibe ihres Zorns machten.

»Jimbo … Recherchier doch selber. Du wirst schnell feststellen, dass nichts an dieser Petition neu ist oder hier nicht schon angesprochen wurde …« MLauba (Talk) 17:15, 22. März 2011 *(UTC)*.

»Ich recherchiere selbst, und es sieht nicht gut aus. Ich sehe, dass Autoren mit fadenscheinigsten Begründungen wegen einzelner Bearbeitungen gesperrt werden. Das ist nicht akzeptabel.« Jimbo Wales (Talk) 23:25, 22. März 2011 *(UTC)*.

Wales schrieb, sichtlich verärgert: »Es macht mich betroffen, dass selbst ich als eine Art ›Verschwörungstheoretiker‹ hingestellt werde, seit ich diesen Sachverhalt angesprochen habe ... Wenn schlichte Fragen zu derartiger Empörung führen, sollten wir uns immer fragen, wo denn die Wahrheit liegt.«

Die Auseinandersetzung um den Wikipedia-Artikel zog sich über Monate hin. Wales versteht seine freie Enzyklopädie als demokratisches Projekt, und nichts lag ihm ferner, als sich in die Abläufe bei Wikipedia einzumischen, den großen Macker herauszukehren, Autoren zu sperren oder Sperrungen aufzuheben. Er äußerte lediglich seine Meinung. Da die verschiedenen Autoren mit Zähnen und Klauen um jeden Satz kämpften, blähte sich die »Talk«-Seite des Artikels immer mehr auf. Bis schließlich, etwa zu der Zeit, als Knox freigesprochen wurde und sich die Beweise gegen sie als manipuliert erwiesen, der bewusste Artikel komplett in den Papierkorb wanderte. SlimVirgin, einer von Wikipedias Top-Leuten, schrieb ihn vollkommen neu, neutral und auf Fakten basierend.

»Diese Leute waren knallhart«, sagte Joseph Bishop zu mir. »Es waren keineswegs beschränkte Typen. Sie haben schon früher als wir bei Wikipedia mitgearbeitet, und deshalb konnten sie sich anfangs auch gegen uns durchsetzen.« Nachdem man ihn geoutet hatte, wurde er auf ebenso bösartige Weise wie Steve Moore attackiert. Bishop wies mich noch auf eine ironische Pointe hin: Sein Benutzername bei Wikipedia, Phaneul B., geht auf einen seiner Vorfahren zurück, der im Jahr 1692 bei den Hexenprozessen von Salem unter Anklage stand.

Die Blogger auf der *PMF*-Website sahen hinter Wales' vermittelndem Einschreiten ein anderes Motiv als den Wunsch, die Neutralität von Wikipedia zu sichern. Sie gruben einen sexuellen Fehltritt in seiner Vergangenheit aus und untermauerten damit ihre Behauptung, er habe sexuelles Interesse an Amanda Knox.

»Jimbo wird bald sein ganzes Ansehen als Unternehmer in den neuen Medien verlieren … nur um einen Blick auf das zarte junge Fleisch einer Sexkillerin zu erhaschen.«

»Jimbo ist genau der Typ des alternden Schürzenjägers, der durch seine Medienbeziehungen an Weiber herankommen will.«

»Jemand sollte Jimbo eine kalte Dusche verpassen. Er steht eindeutig unter Strom und ist klar zum Gefecht mit einer brünetten Sexkillerin.«

Skeptical Bystander, die Administratorin von *Perugia Murder File,* trug noch ein Wortspiel bei: »Im Ernst, was ist denn los mit diesen Wiki-Typen und ihren Wichsgeräten?«

Die Anti-Amanda-Fraktion griff auch viele andere an, die sich zugunsten von Amanda äußerten. Häufig verfolgten sie sie bis an den Arbeitsplatz, so wie im Fall von Steve Moore. Zu ihren Opfern zählten ein Highschool-Lehrer auf Hawaii, ein Professor der Universität Leeds und mehrere Mitarbeiter des Committee to Protect Journalists (CPJ). Die Pro-Amanda-Blogger schlugen, häufig ebenfalls anonym, mit der gleichen Waffe zurück und wühlten in dem Privatleben ihrer Gegner herum – ebenso gnadenlos, wie diese es bei Amandas Familie und ihren Unterstützern getan hatten. Peter Quennell wurde als Messie entlarvt, gegen den wegen Belästigung einer New Yorker Balletttänzerin ein Kontaktverbot bestand. BRMull wurde als Brendon Robert Mull enttarnt, ein kalifornischer Arzt, dem die Approbation vorübergehend entzogen worden war, weil er eine Bewährungsstrafe verbüßte. Er hatte versucht, die Psychiaterin zu erwürgen, bei der er wegen Medikamenten- und Alkoholmissbrauchs in Behandlung war. Bei Peggy Ganong entdeckten die Pro-Amanda-Blogger keine Leichen im Keller, doch sie bedrohten sie und posteten private Informationen über sie, unter anderem die Tatsache, dass ihr Bruder an Schizophrenie litt. Einige der E-Mails empfand Ganong als derart bedrohlich, dass sie damit zur Polizei ging. Sich mit dem Fall Amanda Knox zu befassen war also eine durchaus riskante Sache, vor allem wenn man etwas zu verbergen hatte. Bleibt immer noch die grundsätzliche Frage: Warum investierten diese Leute, die mit dem Fall überhaupt nichts zu tun hatten und sich dadurch sogar möglicherweise selbst in Gefahr brachten, so viel Zeit und Mühe für Attacken auf Amanda Knox und all jene, die sie unterstützten? Die Erklärung für dieses rätselhafte menschliche Verhalten findet sich, wie so häufig, in der Evolutionsbiologie.

Kapitel 6

Katrin Riedl vom Max-Planck-Institut für evolutionäre Anthropologie in Leipzig führte mit Schimpansen ein kurioses Experiment durch. In ihrer Versuchsanordnung konnte ein Schimpanse mit Hilfe verschiedener Seilrollen und Klappen Futter von Artgenossen stehlen. Ein weiterer Schimpanse, der den Dieb beobachtete, konnte ihn dann »bestrafen«, indem er an einem Seil zog, wodurch dem Dieb das unrechtmäßig ergatterte Futter wieder abgenommen wurde. Ziel dieses Experiments war, herauszufinden, ob Schimpansen eine »Bestrafung Dritter« betreiben – das heißt, ob ein Schimpanse einen Artgenossen bestraft, weil dieser einem anderen Schimpansen unrecht tut.

Doch der dritte Schimpanse bestrafte den Dieb kein einziges Mal – selbst wenn es sich bei dem Opfer um einen nahen Verwandten handelte. Dieses und andere Experimente belegten überzeugend, dass es bei Schimpansen keine »Bestrafung Dritter« gibt. Wenn ein Schimpanse einem anderen das Futter stiehlt oder ihm etwas antut, übt das Opfer selbst Vergeltung. Andere Schimpansen, die den Vorfall beobachten, mischen sich nicht ein.

Ein krasser Gegensatz zum menschlichen Verhalten. Andere Forscher am Max-Planck-Institut führten ein Experiment mit dreijährigen Kindern durch, das wie folgt ablief (ich vereinfache ein wenig): Ein Kind wurde in ein Spielzimmer geführt, in dem bereits zwei Schauspieler mit Handpuppen warteten; die eine stellte eine Kuh dar, die andere einen Elefanten. Kuh, Elefant und Kind formten jeweils eine Figur aus Ton – die Kuh eine Blume, der Elefant eine Schnecke und das Kind eine Phantasiefigur. Dann verließ die Kuh das Zimmer, und der Elefant sagte zu dem Kind: »Die Blume der Kuh gefällt mir nicht, ich mache sie jetzt kaputt.«

Und der Elefant zerstörte die Blume der Kuh und warf den Tonklumpen in den Abfalleimer. Fast alle Kinder, die sein Tun beobachteten, protestierten entschieden, manche versuchten, ihn davon abzuhalten, und erzählten der Kuh davon, als sie wiederkam. Nach diesem Vorfall waren die Kinder freundlicher zur Kuh, wollten sie trösten, tätschelten und streichelten sie, während sie sich dem Elefanten gegenüber sehr abweisend verhielten.

Dieses und andere Experimente ließen erkennen, dass Kinder bereits im Alter von drei Jahren eine ausgeprägte Tendenz besitzen, differenziert auf Verfehlungen von Dritten zu reagieren und diese zu bestrafen.

Manche Anthropologen bezeichnen die »Bestrafung Dritter« als »altruistische« Bestrafung. Warum »altruistisch«? Die Antwort ist: Wer einen Dritten bestraft, der ihm direkt nichts Böses getan, sondern die in der Gruppe geltenden Normen verletzt hat, handelt damit altruistisch – das heißt, zum Wohle der Gruppe und nicht wegen eines persönlichen Vorteils. Dieses Individuum geht sogar ein gewisses Risiko für sich selbst ein, weil der Dritte, den es bestraft hat, zurückschlagen könnte.

Bei den Schimpansen ist dieses Verhalten unbekannt. Was nahelegt, dass die altruistische Bestrafung ein spezifisches Ergebnis der menschlichen Evolution ist.

Kapitel 7

Es gibt einen Mann, der sich seit zehn Jahren mit der Entwicklung der altruistischen Bestrafung beschäftigt: Samuel Bowles, ehemaliger Professor für Ökonomie an der University of Massachusetts, heute Forschungsprofessor und Leiter des Verhaltenswissenschaftlichen Programms am Santa Fe Institute. Bowles hat in Harvard seinen Doktor der Ökonomie gemacht. Mit seiner Forschungsarbeit stellte er die Annahme der herkömmlichen Ökonomie auf den Prüfstand, dass menschliches Handeln ausschließlich von Eigeninteresse motiviert ist. Dies veranlasste ihn dazu, sich mit der menschlichen Evolution und der Entwicklung altruistischen Verhaltens zu befassen.

Um dieser tiefgreifenden Frage auf den Grund zu gehen, hat Bowles die Evolution kleiner Menschengruppen in mathematischen Modellen dargestellt und diese Modelle mit Studien über Jäger-und-Sammler-Gesellschaften verglichen. Seine Kernfrage war folgende: Wie hat sich altruistisches Verhalten entwickelt? Oberflächlich betrachtet würde man nicht annehmen, dass altruistisches Verhalten adaptiv ist. Wer sich selbst zum Wohle der Gruppe opfert oder einem Risiko aussetzt, wird seine Gene nicht so leicht weitergeben können wie eine egoistische Person, die für die Gruppe niemals etwas riskiert. Warum also bestehen menschliche Gesellschaften nicht nur aus egoistischen Menschen, die ausschließlich im Eigeninteresse handeln?

Der Grund ist die Gruppenevolution. Eine Gruppe, in der die Individuen zum Wohle der Gruppe zusammenarbeiten, wird sich gegenüber einer Gruppe völlig egoistischer Menschen mit Erfolg durchsetzen. Als Bowles jedoch den evolutionären Vorteil direkter Kooperation im mathematischen Modell darstellte, kam er zu dem Schluss, dass es so gut wie keinen Vorteil gab. Gruppen, die lediglich aus kooperativen Individuen bestehen, entwickeln sich insgesamt nicht in eine sonderlich kooperative Richtung, und zwar wegen der Drückeberger. In einer solchen Gruppe besteht jedermanns bestes Interesse darin, ein Schmarotzer zu sein – das heißt eine Person, die von der Zusammenarbeit der Gruppe profitiert, ohne selbst etwas beizutragen. Der Drückeberger ist der Bursche, der sich unter einem Busch schlafen legt, während der Rest der Gruppe auf Mammutjagd geht – was ihn aber nicht daran hindert, beim späteren Festschmaus ungeniert zuzugreifen. Um Schmarotzer abzuschrecken, braucht die Gruppe »Bestrafer«. Sie braucht jemanden, der sagt: »He, du warst nicht mit uns auf der Jagd, jetzt bekommst du auch nichts zu essen.« Dann stellte Bowles den evolutionären Vorteil von Strafe zur Durchsetzung von Kooperation mathematisch dar. Und siehe da – Strafe hatte eine erhebliche Auswirkung auf die Entwicklung von Kooperation. Sie war der Schlüssel.

Und so funktioniert es. Nehmen wir eine kleine Gruppe von, sagen wir, zweihundert Personen. Die Gruppe besteht fast ausschließlich aus kooperierenden Individuen, es sind aber auch einige Drückeberger darunter. Die Drückeberger tun nichts, tragen nichts bei, verbrauchen aber Ressourcen. Sie sind für die Gruppe von Nachteil. Wenn nun niemand in dieser Gruppe ist, der Kooperation durchsetzt, kommen die Drückeberger mit ihrem Verhalten durch und ziehen die ganze Gruppe nach unten. Sie schwächen die Gruppe.

Mischt man ein paar »altruistische Bestrafer« darunter, kommt es zu einer dramatischen Veränderung. Die Schmarotzer werden bestraft. Die Zahl der Drückeberger sinkt gegen null, die Gruppe profitiert davon, und das kooperative Verhalten entwickelt sich in eine stark positive Richtung. Mit der sinkenden Zahl an Drückebergern nimmt auch das Risiko für die Bestrafer ab. Die altruisti-

schen Bestrafer haben die Gruppe stärker und überlebensfähiger gemacht, und das bei sinkendem Risiko für sie persönlich.
Man stelle sich nun die umgekehrte Situation vor, dass nämlich die Gruppe nur aus Bestrafern besteht. Entsprechende Experimente belegen, was uns schon der gesunde Menschenverstand sagt: dass eine solche Situation geradezu tödlich ist und die Gruppe schwer beeinträchtigt.
In einer idealen Gruppe gibt es folglich einen bestimmten Prozentsatz an altruistischen Bestrafern. In Gruppen mit »Durchsetzern« entwickelt sich rasch eine Kooperation. Mit anderen Worten, zwei der am meisten geschätzten Eigenschaften des Menschen – Zusammenarbeit und Altruismus – entwickelten sich nur deshalb, weil es Bestrafung gibt.
Bowles führt zahlreiche psychologische Experimente an, die eine große Bereitschaft des Menschen belegen, Fehlverhalten zu bestrafen, selbst wenn es zu seinen eigenen Lasten geht. In einer sehr bekannten Studie hat man aus Collegestudenten Paare gebildet, A und B. A erhält 100 Dollar mit der Anweisung, dass er B so viel oder so wenig davon abgeben kann, wie er möchte. Akzeptiert B die Aufteilung des Betrages, dürfen beide das Geld behalten. Akzeptiert B die Aufteilung nicht, verlieren beide ihren Anteil.
Man könnte meinen, dass B jeden Anteil akzeptiert, den A ihm anbietet – schließlich bekommt er ja das Geld geschenkt. Dem ist aber nicht so. Die Hälfte der 100 Dollar nimmt B mit Freuden an, fast immer akzeptiert er auch noch 40 Dollar. Wenn A jedoch B nur, sagen wir, 20 Dollar anbietet, wird B diese Aufteilung fast immer ablehnen. Warum? Weil B den Mitspieler A für die unfaire Aufteilung bestrafen will, auch wenn B dieser Betrag dann entgeht.
Das Experiment wurde erweitert. Nun teilt A sich das Geld mit B, und C ist beobachtender Zeuge. C hat die Möglichkeit, A zu be-

strafen, wenn er die Aufteilung für unfair hält, aber das kostet C Geld. In der Schimpansengesellschaft würde sich C keinen Deut um das Aufteilungsproblem von A und B scheren. In der menschlichen Gesellschaft aber wird C mit Sicherheit A bestrafen, sobald die Aufteilung »unfair« aussieht, und das sogar zum eigenen Nachteil.

Bowles' mathematische Simulationen zeigten, dass eine optimale Gesellschaft stets einen signifikanten Prozentsatz an Bestrafern hat. »Die Menschen genießen es, böse Buben zu bestrafen«, sagte er. »Es gibt ziemlich viele Belege dafür, dass die Leute wirklich Spaß daran haben, andere Menschen, die den sozialen Normen zuwiderhandeln, zu rügen, ihnen zu schaden und sie zu bestrafen. Sie *lieben* es geradezu, andere zu bestrafen.«

Und das sei eine gute Sache, betont er. »Viele Menschen, die freiwillig beim Militär dienen oder in der Strafrechtspflege, tun dies um anderer Menschen willen. Das sind gute Menschen. Werfen Sie mal einen Blick in die Geschichte. Was hat das liberale Europa hervorgebracht? Eine spezialisierte Gruppe von Leuten mit Uniform und Abzeichen und der Aufgabe, die sozialen Normen durchzusetzen. Es hat lange gedauert, bis Europa eine spezialisierte Gruppe entwickelt hat, der die Bestrafung oblag. Nehmen Sie das moderne Gerichtsverfahren. Ein solches Verfahren ist für eine moderne, liberale Gesellschaft eine sehr aufwendige Methode, private Information in öffentliche Information zu übersetzen, damit Rechtsbrecher bestraft werden können.«

Als Bowles sich noch eingehender mit der Mathematik von Kooperation und Bestrafung befasste – und insbesondere als er bei seinen Modellen auch die Kriegsführung einbezog –, tauchte ein düsterer Aspekt auf, ein Phänomen, das er »parochialen Altruismus« nennt.

Führt man die gleichen Simulationen erneut durch, lässt die Gruppen dieses Mal aber im Krieg gegeneinander antreten, dann ergibt sich aus den Berechnungen folgende optimale Situation: Drückeberger innerhalb der Gruppe werden von den Bestrafern hart angefasst. Bei diesem Szenario bekommt die Bestrafung ein noch größeres Gewicht, weil ein Drückeberger im Krieg die Gruppe ernsthaft in Gefahr bringen kann. Kooperation und Altruismus entwickeln sich noch stärker. »Gruppen mit einer großen Zahl von Altruisten tragen in Kriegen den Sieg davon«, sagt Bowles.

Auf diese verblüffende, beunruhigende These möchte ich näher eingehen: Kriege waren in der Menschheitsgeschichte unerlässlich, damit sich Kooperation und Altruismus entwickeln konnten. »Diese These als umstritten zu bezeichnen ist untertrieben«, bemerkt Bowles trocken.

Am Kriegsszenario wird noch ein weiterer, unheilvoller Effekt deutlich: Altruismus innerhalb der Gruppe erstreckt sich nicht auf Gruppen außerhalb, er darf es gar nicht. Die Angehörigen der anderen Gruppe müssen dämonisiert werden – würde man sie sonst töten? Sie sind alle böse bis ins Mark und müssen bestraft werden. Der Altruismus gilt nur innerhalb der Gruppe, nicht zwischen Gruppen – deshalb »parochial«, zur Gemeinde gehörig.

In unserer modernen Gesellschaft kann diese Art von »parochialem Altruismus« schnell aus dem Ruder laufen – und das passiert auch des Öfteren. Beispiele finden sich in der Geschichte zuhauf: die Hexenprozesse in Europa, die Inquisition und zahllose, aus idiotischen Gründen geführte Kriege. Bestes Beispiel aus neuerer Zeit ist Deutschland unter nationalsozialistischer Herrschaft. Was war die sogenannte »Kristallnacht« anderes als ein Amoklauf »altruistischer Bestrafer«, die sich zusammenrotteten, jüdische Geschäfte zerstörten und unschuldige Menschen ermordeten, weil sie die »anderen« waren?

»Die Empfindungen, aus denen die abscheulichste rassistische Politik gegen Ausgegrenzte entspringt«, schreibt Bowles, »haben evolutionär denselben Ursprung wie jene, die uns auf Naturkatastrophen reagieren lassen und uns dazu motivieren, anderen zu helfen. Es mag unser genetisches Vermächtnis sein, so sind wir geworden, was wir sind. Aber es muss nicht unser Schicksal sein.«

Was hat das Ganze mit Amanda Knox zu tun? Blättern Sie doch wieder zurück, lieber Leser, und lesen Sie noch einmal die früher zitierten Kommentare – oder, noch besser, googeln Sie selbst. Sie werden feststellen, dass die meisten einem ähnlichen Muster folgen:

1 Amanda Knox hat soziale Normen verletzt (sie ist sexgierig, pervers, eine Mörderin, Lügnerin etc.)
2 Sie muss bestraft werden.
3 Es wird eine geeignete Strafe vorgeschlagen (verbrennen, vergewaltigen, lebenslang wegsperren, in der Hölle schmoren).

Das ist nichts anderes als die »Bestrafung Dritter« oder »altruistische« Bestrafung, auf das Internet übertragen.

Früher erfolgte die Bestrafung Dritter in kleinen sozialen Gruppen, in denen jeder jeden kannte. Pauline Wiessner, Professorin für Anthropologie an der University of Utah, untersuchte die »Durchsetzung von Normen«, wie sie es nannte, bei den Jul'hoansi oder !Kung-Buschmännern im südlichen Afrika. Ihre Lebenswelt ähnelt heute noch stark derjenigen, in der auch wir uns entwickelt haben. Wenn bei den Buschmännern jemandem »unrecht« getan wird, schreitet der Betroffene nicht auf der Stelle zur Vergeltung, sondern spricht zuerst mit seinen Verwandten und Freunden über die Sache. Hast du gehört, was Soundso mir angetan hat? Ist das nicht schrecklich? Wenn die Freunde anderer Meinung sind als er, lässt derjenige, dem unrecht geschah, die Sache gewöhnlich auf sich beruhen. Stimmen sie ihm jedoch zu, dann folgen zahlreiche Debatten innerhalb der Gruppe darüber, was genau geschehen ist, warum es unrecht war und wie der Übeltäter bestraft werden sollte. Diese Debatten finden öffentlich statt, und der Täter sitzt entweder direkt dabei oder in der Nähe, so dass er mithören kann. Am Ende, wenn über die Strafe beschlossen worden ist, überträgt man die Aufgabe einem nahen Verwandten – so ist zum einen dafür gesorgt, dass die Strafe nicht unverhältnismäßig ausfällt, und zum anderen wird verhindert, dass zwischen den Familien Fehden entstehen.

Übertragen wir diesen Ablauf auf unsere moderne Gesellschaft mit Polizei, Gesetzen und Gerichten, dann sehen wir, dass sich das Vorgehen gar nicht so sehr verändert hat. Rechtsverletzungen werden von neutralen Parteien untersucht und beurteilt. Dann werden die Informationen (»Beweise«) öffentlich auf formalisierte Weise und vor vielen anwesenden Personen diskutiert. Der nach dem Gesetz Angeklagte muss an diesen Diskussionen teilnehmen können. Der Ankläger muss dem Angeklagten direkt gegenübertreten. Der Prozess ist in jedem Stadium offen und überprüfbar. Und dann wird der Staat (nicht die Familie des Opfers) mit der Bestrafung betraut, damit keine Fehden oder Vendettas ausbrechen. Es ist ein großartiges, erstaunlich effektives Verfahren – einer der wertvollsten Aktivposten unserer Gesellschaft. Die westliche Welt brauchte viele Jahrhunderte mit blutigen Kriegen, um es zu entwickeln. Es ist eine staatliche Form sozialer Kontrolle.

»Das Internet«, sagt Bowles, »ist eine nichtstaatliche Form sozialer Kontrolle.« Weiter oben haben wir gesehen, wie die Anti-Amanda-Blogger einander fanden, Websites einrichteten und eine Gemeinschaft bildeten. Wir haben gesehen, wie diese Anti-Amanda-Gemeinschaften eine Art Cyberkrieg austrugen, bei dem alle Mittel erlaubt sind, bei dem jeder, der Zweifel an Amandas Schuld äußerte, zum »anderen« wurde, zum Feind und deshalb zur legitimen Zielscheibe für die wildesten anonymen Attacken – die Auswirkungen in der realen Welt hatten. Wir haben gesehen, wie der so tief in uns verwurzelte Wunsch nach Bestrafung im Fall Amanda Knox völlig aus dem Ruder lief.

Nie zuvor in der Menschheitsgeschichte gab es ein System wie das Internet, das unseren Bestrafungsinstinkten jeden Freiraum lässt: ohne gegenseitige Kontrolle, ohne Moderation, ohne Selbstkontrolle, ohne dass jemand zur Rechenschaft gezogen wird – und das alles bei völliger Anonymität. Im Internet bleibt jede Behauptung, mag sie auch noch so falsch sein, beinahe für immer zugänglich. Angesichts der Speicherkapazität des World Wide Web könnten die 1,3 Millionen Fundstellen, die sich beim Googeln von »Amanda Knox« und »bitch« (Schlampe) ergeben, in digitaler Form für Jahrzehnte, selbst Jahrhunderte erhalten bleiben.

Wie Zeynep Tufekci anmerkt, ist die Gemeinschaft ein fundamentaler Bestandteil dieses Prozesses. Das Internet bildet die kleinen Gemeinschaften nach, in denen sich der Mensch entwickelt hat. Aber diesen Internet-Gemeinschaften fehlen die ausgleichenden Effekte der realen menschlichen Interaktion, bei der von Angesicht zu Angesicht über Fehlverhalten diskutiert wird und unterschiedliche Meinungen geäußert werden; wo Menschen für das, was sie sagen, zur Rechenschaft gezogen werden und wir den Mitmenschen im anderen erkennen, wenn wir ihm ins Auge sehen. In diesen Cyber-Gruppen sind alle selbsternannte Bestrafer. Andersdenkende werden ausgegrenzt, nicht genehme Meinungen gelöscht. Der Angeklagte ist nicht anwesend, er ist nur eine abstrakte Vorstellung, der »andere«, ein nichtmenschliches Wesen. Eine zerstörerische Feedbackschleife an hoch gefilterter Information verwandelt die Gruppe in einen Cyber-Mob, nicht unähnlich den Hexenjägern im mittelalterlichen Europa, den Inquisitoren oder den Lynch-Mobs in den amerikanischen Südstaaten. Wir sehen dieses Phänomen nicht nur im Fall Amanda Knox, sondern überall im Internet. So auch bei den jüngsten Wahlen in den USA. Das Internet ist in der Tat eine nichtstaatliche Form der sozialen Kontrolle – aber eine überaus dysfunktionale. Die im Internet verbreiteten Bösartigkeiten sind kein bloßes Hintergrundrauschen. Sie bleiben für alle Zeit erhalten. Sie lassen sich nicht ignorieren. Sie führen dazu, dass in der realen Welt schreckliche Dinge geschehen. Das Internet ist ein Ort, an dem sich die dunkelsten Seiten unserer Evolutionsbiologie austoben.

Chronologie des Mordfalls Kercher

2. NOVEMBER 2007: Meredith Kercher, eine 21-jährige englische Studentin, wird tot in ihrem Schlafzimmer in der Via della Pergola in Perugia aufgefunden.

6. NOVEMBER 2007: Die Polizei verhaftet Merediths Mitbewohnerin Amanda Knox, deren Freund Raffaele Sollecito und den kongolesischen Musiker Patrick Diya Lumumba. Lumumba ist Amandas Arbeitgeber. Sie bringt ihn ins Gefängnis, indem sie ihn als den eigentlichen Urheber des Verbrechens bezeichnet.

11. NOVEMBER 2007: Ein Schweizer Dozent teilt der Polizei mit, er habe sich am Abend des Verbrechens in Lumumbas Pub aufgehalten, und bestätigt damit das Alibi des kongolesischen Musikers.

15. NOVEMBER 2007: Die Spurensicherung findet DNA-Spuren von Meredith Kercher und Amanda Knox auf einem Küchenmesser, das in Sollecitos Wohnung sichergestellt wurde.

19. NOVEMBER 2007: Der 22-jährige Ivorer Rudy Hermann Guedé wird als der »vierte Mann« bezeichnet. Die Polizei fahndet per internationalem Haftbefehl nach ihm.

20. NOVEMBER 2007: Lumumba wird freigelassen, während Rudy Hermann Guedé von der deutschen Polizei in einem Zug auf der Strecke Koblenz–Mainz festgenommen wird.

6. DEZEMBER 2007: Guedé wird nach Italien gebracht und noch am selben Abend ins Gefängnis Capanne verbracht. Er erklärt sich für unschuldig.

14. DEZEMBER 2007: Die Trauerfeier für Meredith Kercher wird in der Kirche St. John The Baptist in Croydon im Süden Londons abgehalten.

27. MAI 2008: Die Ermittlungsrichterin Claudia Matteini ordnet die Einstellung des Strafverfahrens gegen Patrick Diya Lumumba an.

16. SEPTEMBER 2008: Beginn des Zwischenverfahrens vor dem Richter Paolo Micheli. Patrick Lumumba tritt wegen Falschbeschuldigung als Nebenkläger gegen Amanda Knox auf. Der Richter ordnet ein abgekürztes Verfahren für Guedé an.

18. OKTOBER 2008: Die Staatsanwälte Comodi und Giuliano Mignini beantragen eine lebenslange Freiheitsstrafe für Guedé und den Eröffnungsbeschluss gegen Amanda und Raffaele.

28. OKTOBER 2008: Richter Paolo Micheli verurteilt Rudy Hermann Guedé wegen Mordes und sexueller Gewalt zu dreißig Jahren Gefängnis und ordnet die Eröffnung des Hauptverfahrens gegen Amanda Knox und Raffaele Sollecito an.

16. JANUAR 2009: Beginn des Prozesses gegen Amanda Knox und Raffaele Sollecito vor dem Schwurgericht Perugia.

16. MÄRZ 2009: Wegen widerrechtlicher Inhaftierung spricht das Berufungsgericht Perugia Patrick Lumumba eine Entschädigung von 8000 Euro zu.

18. NOVEMBER 2009: Beginn des Berufungsprozesses von Rudy Hermann Guedé.

21. NOVEMBER 2009: Die Staatsanwälte Mignini und Comodi fordern eine lebenslange Haftstrafe für Amanda und Raffaele.

30. NOVEMBER 2009: Sollecitos Verteidiger fordern einen Freispruch für den Studenten aus Giovinazzo, »da er die Tat nicht begangen hat«.

2. DEZEMBER 2009: Amandas Verteidiger fordern einen Freispruch, »da sie die Tat nicht begangen hat«.

5. DEZEMBER 2009: Nach mehr als vierzehn Stunden nichtöffentlicher Sitzung verurteilt das Schwurgericht Amanda und Raffaele zu 26 und 25 Jahren Haft.

22. DEZEMBER 2009: Das Berufungsgericht Perugia reduziert das Strafmaß des Ivorers Rudy Guedé von dreißig Jahren auf sechzehn.

15. APRIL 2010: Wegen eines »makroskopischen Fehlers« bei den DNA-Analysen legen Raffaeles Verteidiger Berufung gegen das erstinstanzliche Urteil ein. Sie fordern eine neuerliche Untersuchung. Auch die Staatsanwaltschaft Perugia legt Berufung ein, und zwar wegen der den Angeklagten zuerkannten allgemeinen Strafmilderungsgründe und wegen der Nichtberücksichtigung eines Tatmotivs aus niederen Beweggründen.

17. APRIL 2010: Die Verteidigung von Amanda Knox legt Berufung ein und fordert neuerliche Untersuchungen, vor allem im Hinblick auf genetische Spuren.

7. MAI 2010: Guedés Verteidiger legen vor dem Kassationsgericht Revision gegen das Berufungsgericht Perugia ein.

24. NOVEMBER 2010: Eröffnung des Prozesses von Raffaele Sollecito und Amanda Knox vor dem Berufungsgericht Perugia.

11. DEZEMBER 2010: Wieder geht es in den Gerichtssaal. Amanda ist sichtlich bewegt und weint, als sie sich an Merediths Familie wendet: »Ich bin unschuldig. Raffaele ist unschuldig. Wir haben Meredith nicht umgebracht. Meredith und ihren Angehörigen wird keine Gerechtigkeit widerfahren, wenn unser Leben einfach abgeschnitten wird und wir für etwas bezahlen müssen, was wir nicht getan haben.«

16. DEZEMBER 2010: Das Kassationsgericht bestätigt das vom Berufungsgericht auferlegte Strafmaß von sechzehn Jahren für Rudy Guedé.

18. DEZEMBER 2010: Das Berufungsgericht Perugia tritt wieder in die Hauptverhandlung gegen Raffaele Sollecito und Amanda Knox ein und ordnet ein neues parteienunabhängiges Gutachten hinsichtlich der genetischen Spuren auf dem Messer und dem Verschluss des BHs an, den das Opfer trug, als es getötet wurde.

23. MÄRZ 2011: Den Gerichtsgutachtern ist es nicht möglich, die DNA-Analysen der Spuren auf dem Messer und dem BH zu wiederholen. Auf der Messerklinge konnte zu wenig genetisches Material isoliert werden, das andere Beweisstück ist zu verunreinigt.

26. MÄRZ 2011: Der Obdachlose Antonio Curatolo wird im Gerichtssaal und vor dem Berufungsgericht vernommen.

27. JUNI 2011: Rudy Guedé wird im Berufungsprozess von Amanda und Raffaele als Zeuge vernommen.

29. JUNI 2011: Die Gutachter des Berufungsgerichts stufen die Arbeit der Spurensicherung als ungenügend ein. Die Ergebnisse hinsichtlich Merediths DNA auf dem Messer und Raffaeles DNA auf dem BH-Verschluss werden als »nicht glaubwürdig« bezeichnet. Zudem schließen die Experten nicht aus, dass die Ergebnisse der Analysen von einer Verunreinigung herrühren.

25. JULI 2011: Die Gutachter legen dem Gericht ihre Untersuchungsergebnisse dar.

5. SEPTEMBER 2011: Ein neuer Kampf um die DNA-Spuren entbrennt. Die Kriminalbiologin Patrizia Stefanoni, Beraterin des Staatsanwalts, weist die Kritik der Gerichtsgutachter Punkt für Punkt zurück und erklärt, dank neuester technischer Ausstattungen sei es möglich, die Spuren auf dem Messer zu analysieren.

7. SEPTEMBER 2011: Das Gericht weist die Forderung des Staatsanwalts nach einer neuerlichen Untersuchung der DNA-Spuren zurück und schließt die Beweisaufnahme ab.

23. SEPTEMBER 2011: Im Prozess folgen nun die Plädoyers des stellvertretenden Generalstaatsanwalts Giancarlo Costagliola und des Staatsanwalts Mignini. Für Costagliola ist es »eine Verfälschung der Realität durch die Wissenschaft« zu behaupten, auf dem Messer und dem BH-Verschluss fände sich keine DNA von Meredith und Sollecito.

24. SEPTEMBER 2011: Die Generalstaatsanwaltschaft beantragt eine lebenslange Gefängnisstrafe für Amanda Knox und Raffaele

Sollecito (plus sechs Monate Einzelhaft für sie und zwei Monate für ihn). Wieder geht es um die Forderung nach einer neuerlichen Untersuchung der Messerklinge sowie um die gerichtliche Anerkennung des erschwerenden Umstands, die Tat sei aus niederen Beweggründen verübt worden. Schließlich wird gefordert, allgemeine Strafmilderungsgründe gänzlich auszuschließen.

26. SEPTEMBER 2011: Die Nebenkläger ergreifen das Wort. Patrick Lumumbas Anwalt Carlo Pacelli und Francesco Maresca, der Anwalt der Familie Kercher, fordern die Bestätigung des erstinstanzlichen Urteils.

27. SEPTEMBER 2011: Sollecitos Verteidiger fordern Raffaeles Freispruch.

28. SEPTEMBER 2011: Amandas Verteidiger fordern einen Freispruch.

3. OKTOBER 2011: Das Berufungsgericht spricht Amanda Knox und Raffaele Sollecito frei, »da sie die Tat nicht begangen haben«.

»Ein fesselndes, faszinierendes Buch und ein nervenzerreißendes Lesevergnügen!«
Minette Walters

Douglas Preston
Mario Spezi

DIE BESTIE VON FLORENZ

Eigentlich will der amerikanische Bestsellerautor Douglas Preston nur einen schönen Sommer in der Toskana verbringen – bis er von einer spektakulären Mordserie hört: Die »Bestie von Florenz« hat sieben Paare brutal ermordet, und trotz langjähriger Polizeiarbeit, unzähliger Verdächtiger und Verurteilungen scheinen die Verbrechen noch nicht aufgeklärt zu sein.
Gemeinsam mit dem italienischen Journalisten Mario Spezi beginnt Douglas Preston zu recherchieren. Doch die beiden decken nicht nur Ermittlungsfehler und Ungereimtheiten der italienischen Rechtsprechung auf, sondern geraten selbst in das Fadenkreuz der Ermittler – mit dramatischen Folgen!

Der internationale Bestseller exklusiv im Taschenbuch: die hochspannende, schockierende Anatomie eines Verbrechens.
»Dieses Buch wird Ihnen den Angstschweiß auf die Stirn treiben.«
Publishers Weekly

Knaur Taschenbuch Verlag

Douglas Preston & Lincoln Child Romane

in der inhaltlich chronologischen Reihenfolge

RELIC – **Museum der Angst**
war unser erster Roman und der erste, in dem Special Agent Pendergast vorkommt.

ATTIC – **Gefahr aus der Tiefe**
ist die Fortsetzung von RELIC.

FORMULA – **Tunnel des Grauens**
ist unser dritter Pendergast-Roman und steht ganz für sich.

RITUAL – **Höhle des Schreckens**
ist der nächste Roman in der Pendergast-Reihe. Auch dieser Roman enthält eine in sich abgeschlossene Geschichte. Die Leser, die mehr über Constance Green erfahren möchten, werden hier allerdings auch fündig werden.

BURN CASE – **Geruch des Teufels**
ist der erste Roman in der Reihe, die wir inoffiziell die Diogenes-Trilogie nennen. Zwar ist auch dieser Roman in sich abgeschlossen, doch nimmt er einige Fäden auf, die erstmals in FORMULA gesponnen werden.

DARK SECRET – **Mörderische Jagd**
ist der mittlere Roman der Diogenes-Trilogie. Obwohl man ihn als in sich abgeschlossenes Buch lesen kann, ist zu empfehlen, BURN CASE vorher zur Hand zu nehmen.

MANIAC – **Fluch der Vergangenheit**
ist der abschließende Roman der Diogenes-Trilogie. Um das größte Lesevergnügen zu haben, sollte der Leser zumindest DARK SECRET vorher gelesen haben.

DARKNESS – **Wettlauf mit der Zeit**
ist ein in sich abgeschlossener Roman, der nach den Ereignissen in MANIAC spielt.

CULT – **Spiel der Toten**
ist ein eigenständiger Roman, bezieht sich aber teilweise, wie es bei uns üblich ist, auf vorhergehende Romane.

FEVER – **Schatten der Vergangenheit**
ist der Auftakt zu einer neuen Trilogie um die dunkelsten Geheimnisse der Familie Pendergast.

REVENGE – **Eiskalte Täuschung**
ist der mittlere Roman der Trilogie um die dunkelsten Geheimnisse der Familie Pendergast. Obwohl man ihn als in sich abgeschlossenes Buch lesen kann, ist zu empfehlen, FEVER vorher zur Hand zu nehmen.

Gideon Crew – Unser neuer Ermittler
2011 haben wir eine neue Reihe von Thrillern mit einem ungewöhnlichen Ermittler namens Gideon Crew gestartet. Das erste Buch der Serie, MISSION – **Spiel auf Zeit,** wurde im Mai 2011 veröffentlicht. COUNTDOWN – **Jede Sekunde zählt,** ist der zweite Band. Wir freuen uns sehr, dass Paramount Pictures die Rechte zu den Gideon-Crew-Thrillern erworben hat und sie, wie wir hoffen, bald verfilmen wird.
Wir möchten Ihnen versichern, dass unsere Ergebenheit gegenüber Agent Pendergast ungetrübt bleibt und dass wir auch weiterhin Romane über den geheimnisvollsten FBI-Agenten der Welt mit der gleichen Frequenz wie bisher schreiben werden.

Unsere anderen Romane
Wir haben neben den Fällen von Special Agent Pendergast und Gideon Crew eine Reihe von in sich abgeschlossenen Abenteuerromanen geschrieben, die an dieser Stelle – anders als unsere Soloromane, die in Deutschland bei verschiedenen Verlagen erscheinen – natürlich nicht unerwähnt bleiben sollen:

MOUNT DRAGON – **Labor des Todes**
ist unser zweiter gemeinsamer Roman, den wir nach RELIC geschrieben haben.

RIPTIDE – **Mörderische Flut**
entführt die Leser auf eine spannende Schatzsuche.

THUNDERHEAD – **Schlucht des Verderbens**
ist der Roman, in dem die Archäologin Nora Kelly eingeführt wird, die als Figur in allen späteren Pendergast-Romanen auftaucht.

ICE SHIP – **Tödliche Fracht**
stellt unter anderem Eli Glinn vor, der in DARK SECRET, MANIAC und den neuen Gideon-Crew-Romanen eine Rolle spielt.

Und für all diejenigen, die noch dazu auf einen Blick sehen möchten, in welcher Reihenfolge wir unsere gemeinsamen Romane geschrieben haben:

RELIC – Museum der Angst
MOUNT DRAGON – Labor des Todes
ATTIC – Gefahr aus der Tiefe
RIPTIDE – Mörderische Flut
THUNDERHEAD – Schlucht des Verderbens
ICE SHIP – Tödliche Fracht
FORMULA – Tunnel des Grauens
RITUAL – Höhle des Schreckens
BURN CASE – Geruch des Teufels
DARK SECRET – Mörderische Jagd
MANIAC – Fluch der Vergangenheit
DARKNESS – Wettlauf mit der Zeit
CULT – Spiel der Toten
FEVER – Schatten der Vergangenheit
MISSION – Spiel auf Zeit
REVENGE – Eiskalte Täuschung
COUNTDOWN – Jede Sekunde zählt

Wir schätzen uns außergewöhnlich glücklich, dass es Menschen gibt wie Sie, denen es ebenso viel Freude bereitet, unsere Romane zu lesen, wie es uns Freude macht, sie zu schreiben.

Mit besten Grüßen